Kurt Lehmkuhl: Der Grenzgänger

Kurt Lehmkuhl

# Der Grenzgänger

Kriminalroman

(Mörderisches Aachen Band 6)

Bibliografische Information der Deutschen Nationalbibliothek: Die Deutsche Nationalbibliothek verzeichnet diese Publikation in der Deutschen Nationalbibliografie; detaillierte bibliografische Daten sind im Internet über www.dnb.de abrufbar.

Dieser Roman wurde 2001 im Meyer & Meyer Verlag, Aachen erstmals veröffentlicht. Der Abdruck erfolgt mit freundlicher Genehmigung des Gmeiner-Verlags, Meßkirch. Er veröffentlicht diesen Roman in seiner Reihe „E-Book only", ISBN 978-3-7349-9396-1.

Herstellung und Verlag: BoD – Books on Demand, Norderstedt.
ISBN 9783754398142

Personen und Handlung sind frei erfunden.
Ähnlichkeiten mit lebenden oder toten Personen
sind rein zufällig und nicht beabsichtigt.

# Renatus Fleischmann

Ich konnte nach dem unergiebigen Telefongespräch nur noch verwundert den Kopf schütteln, tief durchpusten und mir mit beiden Händen durchs kurz geschorene, blonde Haar kratzen. Da bahnte sich eine undurchsichtige Geschichte an, befürchtete ich und entschloss mich, nach Möglichkeit meine Finger davonzulassen. Allein schon der Name, den ich vor wenigen Augenblicken vernommen hatte, war mehr als befremdlich und verhieß Ungewöhnliches, wenn nicht sogar Ungemach.
Wie konnte ein normaler Mensch bloß Renatus Fleischmann heißen?

Aber so hieß nun mal der Mann, den ich suchen sollte, weil er angeblich oder tatsächlich verschwunden war, und den ich nicht suchen wollte, eben weil er Renatus Fleischmann hieß und weil mir obendrein das sonderbare Verhalten meiner möglichen Auftraggeberin überhaupt nicht gefallen hatte.

Ich hatte mir nichts dabei gedacht, als mir meine Liebste und Sekretärin Sabine kurz vor der Mittagspause ein Telefonat mit einer gewissen Frau Doktor Leder durchstellte. Für mich war das ein Anruf wie so viele im Laufe eines normalen Arbeitstages. Üblicherweise steckte ein banales Alltagsgeschäft dahinter, vielleicht eine verprügelte Gattin oder die unterbliebene Unterhaltszahlung eines ehemaligen Gemahls.

„Tobias, es gibt vielleicht Arbeit für dich«, hatte Sabine froh gelaunt gelästert, als sie mich aus meinem Büroschlaf aufweckte. „Wir haben erst Anfang Oktober, es ist noch viel zu früh für deine Winterruhe."

Ich ging auf die flapsige Bemerkung nicht weiter ein, brav und artig meldete ich mich mit meinem „Grundler" und erinnerte mich schon beim ersten, forschen Laut, den die Frau am anderen Ende der Leitung von sich gab, dass ich nicht zum ersten Mal mit ihr sprach.

Es fiel mir sofort ein: Die Frau Doktor war die Freundin von Maria Guillot, jener aus Aachen stammenden und jetzt auf Mallorca wirkenden Künstlerin, die meinen letzten Sommerurlaub ganz gehörig durcheinander gewirbelt hatte. Die Erinnerung an die turbulenten Ereignisse auf der Ferieninsel, die zumindest in mittelbarem Zusammenhang mit dieser Person gestanden hatten, deutete nicht gerade auf eine angenehme oder belanglose Plauderei hin, sondern kündigte drohendes Ungemach an. Höchste Konzentration schien durchaus angebracht.

„Was kann ich für Sie tun, Frau Doktor Leder?", fragte ich höflich in meiner zuvorkommenden Art, während ich mich bequem im Sessel zurücklehnte und die Beine auf dem Schreibtisch übereinander schlug.

„Kennen Sie Renatus Fleischmann?", entgegnete die Frau flott und forsch mit einer Gegenfrage statt mit einer vernünftigen Antwort, was mir überhaupt nicht behagte.

„Nein", bekannte ich spontan, „nie gehört. Muss ich diesen Herrn etwa kennen?"

„Müssen nicht", antwortete sie schnell, „aber Renatus Fleischmann ist der aufstrebende Stern am Himmel der deutschen Kriminalliteratur." Der Mann hätte binnen weniger Jahre einige Kriminalromane geschrieben, die inzwischen bei Kennern schon Kultcharakter besäßen. Die Schar seiner Fans wachse von Monat zu Monat, klärte mich die Frau mit unverblümter Begeisterung für den Typen auf.

„Aha", bemerkte ich gedehnt, weil mir im Moment nichts Besseres einfiel. Zwar war mir die Krimiszene im Allgemeinen nicht gänzlich unbekannt und waren mir die Aachener Krimis aus der Reihe „Tatort Grenzland" im Besonderen durchaus geläufig, bildete ich mir jedenfalls ein; aber ein Krimiautor namens Renatus Fleischmann war mir im bisherigen Verlauf meines nicht gerade langweiligen Lebens noch nicht über den Weg gelaufen.

Wahrscheinlich übertrieb die Gute maßlos.

„Bei manch einem dauert es halt etwas länger, bis er die wahren Qualitäten unserer besten deutschsprachigen Autoren erkennt", hielt mir Frau Doktor Leder wenig respektvoll entgegen. „Und wenn der Schriftsteller dann auch noch aus dem Aachener Raum stammt, hat er es besonders schwer."

Ich schwieg zu der unterschwelligen Unterstellung, ein Literaturbanause zu sein. Normalerweise hätte ich von der Frau, die sich, wie ich aus meiner Erinnerung herauskramte, als Journalistin ausgab, etwas mehr Respekt erwarten können. Immerhin hatte ich ihre Freundin Maria Guillot aus den Klauen skrupelloser Verbrecher gerettet und dadurch der bildenden Kunst eine vermeintliche Jahrhundertkünstlerin erhalten, dachte ich in der mir eigenen

Bescheidenheit. Aber Undank ist bekanntlich der Welten Lohn.

„Renatus Fleischmann ist ein schriftstellerisches Genie", fuhr sie schwärmerisch fort, „er hat in seinen Romanen einen vollkommen neuen Schreibstil entwickelt. Seine Kriminalgeschichten sind so realistisch geschrieben, dass viele Leser nicht mehr wissen, was wirklich geschehen ist oder was von ihm erfunden wurde."

„Und was bringt es ihm?", fragte ich energisch dazwischen, um erst gar keinen Monolog aufkommen zu lassen.

„Es wird ihm langfristig Erfolg bringen", behauptete Frau Doktor Leder überzeugt. Sie ließ sich von meiner Unterbrechung keineswegs beirren.

„Schön für ihn. Aber was habe ich damit zu tun?" Das Gespräch begann, mich zu langweilen. „Hat er Ihnen etwa ein defektes Auto verkauft?"

Endlich ließ sie die Katze aus dem Sack und kam zu ihrem unerfreulichen Ansinnen. „Sie sollen Renatus Fleischmann suchen. Er ist verschwunden."

Ich schüttelte ablehnend den Kopf und schaute aus dem Fenster hinaus. „Dafür ist die Polizei zuständig", meinte ich gelangweilt. „Ich bin in einer Aachener Anwaltskanzlei beschäftigt und kann allenfalls für Sie eine Vermisstenanzeige aufsetzen. Oder Sie beauftragen einen Privatdetektiv, nach Ihrem Freund Renatus Fleischmann zu suchen", schlug ich übertrieben freundlich vor. Bei mir sei sie jedenfalls an der falschen Adresse, versuchte ich ihr zu erklären. Ich gab mir keine Mühe, mein Gähnen zu unterdrücken.

10

„Ich will aber, dass Sie nach ihm suchen", beharrte sie trotzig wie ein Kleinkind. „Sie haben Maria gefunden. Wenn jemand Renatus Fleischmann finden kann, dann sind Sie es und sonst niemand, Herr Grundler."

Aber auch diese schmeichelnde Streicheleinheit konnte meinen Widerstand keineswegs aufweichen. „Schalten Sie die Polizei ein oder einen Detektiv", wiederholte ich mich immer noch freundlich, um dann urplötzlich streng zu fragen: „Warum wollen Sie diesen Renatus Fleischmann überhaupt suchen?"

„Weil er . . .", die Frau zögerte für einen Augenblick, als sei ihr die Antwort peinlich. „Weil ich seine Lektorin bin", sagte sie dann endlich gefasst.

‚Fleischmann wird wohl mit einer anderen Lektorin durchgebrannt sein', folgerte ich für mich, ‚und sie sieht eine lukrative Erwerbsquelle verschwinden.' Damit gab die Frau zumindest ein finanzielles Interesse an dem vermeintlichen und zukünftigen Bestsellerautor zu, dachte ich mir. Dennoch war mir dieser wirtschaftliche Anlass immer noch zu dürftig, um in irgendeiner Form für irgendjemanden tätig zu werden. Vorsorglich blieb ich stumm.

„Sie wollen mir wohl nicht helfen?", fragte Frau Doktor Leder vorsichtig. Vielleicht schwang sogar ein bisschen Angst in ihrer Stimme mit.

In der Tat, ich wollte ihr nicht helfen. „Ich kann Ihnen nicht helfen", sagte ich seufzend. „Wenden Sie sich bitte mit einer Vermisstenanzeige an die Polizei."

Grußlos legte die Lektorin daraufhin auf, was mich allerdings nicht beeindrucken konnte. Ich hatte in dieser Kanzlei schon genug mitgemacht, um über eine derartige, harmlose Unhöflichkeit länger nachzudenken.

„Na? Was wollte Frau Doktor Leder von dir?", fragte mich Sabine, die freudestrahlend in mein Zimmer getreten war, während ich mir eine Gesprächsnotiz machte. Sehr wahrscheinlich blieb dieser Notizzettel eine unbeachtete Ablage in meinem Zettelkasten; aber ich konnte nie wissen, was noch alles passierte auf der großen, weiten Welt. Schon mehr als einmal hatte ich mit Hilfe meiner Zettelwirtschaft in vertrackten Kriminalfällen die richtige Lösung herausgefunden. Meine Liebste setzte sich auf meinen Schoß und gab mir einen flüchtigen Kuss.

Ich sah sie lächelnd an und legte meine Arme um sie. „Ausgerechnet ich soll einen gewissen Renatus Fleischmann für sie suchen. Aber ich habe abgelehnt."

Sabine gab sich mit der Antwort zufrieden. Sie drückte sich enger an mich. „Dafür hättest du auch gar keine Zeit, wir sollen heute Abend zu Dieter und Do kommen."

Es gab nur wenige Dinge, die ich lieber tat. Dieter, mein bester Freund und als Chef der Anwaltskanzlei immer noch auch mein Chef, und Do, seine Gattin, meine Freundin und Sabines Zwillingsschwester, waren mit Sabine und mir eine große Familie, zu der auch noch sein Sohn Tobias junior gehörte; und was kann es Schöneres geben als ein harmonisches Familienfest?

Der Radiowecker holte mich am nächsten Morgen aus dem Schlaf. Die ersten Lokalnachrichten aus dem Aachener WDR-Studio um sechs Uhr dreißig waren für mich an einem normalen Wochentag keinesfalls Grund genug, konzentriert zu lauschen und den Schlaf zu verdrängen. Sie dienten mir allenfalls dazu, mich schonend darauf aufmerksam zu machen, dass die Nacht leider vorbei war. Doch diesmal war ich schon im Verlauf der ersten Meldung hellwach.

„Der aus Geilenkirchen stammende Krimiautor Renatus Fleischmann wurde gestern am späten Abend tot im Lahey-Park bei Erkelenz-Kückhoven aufgefunden. Die Staatsanwaltschaft Mönchengladbach geht von einem Gewaltverbrechen aus", meldete eine Nachrichtensprecherin kurz und knapp mit monotoner Stimme. Ihr war unzweifelhaft anzuhören, dass sie die Nachricht nicht sonderlich interessierte, weil sich das Verbrechen in Kückhoven ereignet hatte und nicht in Aachen.
Ich schüttelte mich ungläubig.

„Was ist?", schnurrte Sabine schlaftrunken. Sie legte ihren nackten Arm um mich und schmiegte sich enger an. Behutsam schob ich ihre lange, blonde Haarpracht aus meinem Gesicht und starrte auf die weiße Zimmerdecke.
„Ach, nichts Besonderes", murmelte ich nachdenklich, „ich glaube, ich habe mal wieder das Verbrechen angezogen."
„Wenn's weiter nichts ist." Sabine ließ sich von meiner Antwort überhaupt nicht bekümmern. „Dafür bist du ja

Spezialist." Sie drehte sich träge auf die Seite und schlummerte weiter. Es gab wahrscheinlich nichts mehr, das meine Liebste erschüttern konnte.

Neugierig griff ich im Büro nach den beiden Aachener Tageszeitungen. Neben der Lokalberichterstattung gehörten die Hochzeitsnachrichten und die Todesanzeigen fast schon zur routinemäßigen, alltäglichen Pflichtlektüre. Immerhin waren frisch angetraute Eheleute als mögliche Scheidungsfälle ebenso unsere Klientel wie die Hinterbliebenen der aus dem Lebensspiel ausgeschiedenen Mitmenschen.

Als Spezialist für Familienangelegenheiten aller Art war mein Freund Doktor Dieter Schulz die Anlaufstelle für zwischenmenschliche Problemfälle schlechthin, wenn es galt, Scheidungen abzuwickeln oder Erbstreitigkeiten zu schlichten. Den nicht unbeachtlichen und ertragreichen Rest der Kanzleiarbeit besorgte ein Heer von angestellten Anwälten mitsamt Sekretärinnen und Schreibkräften und letztendlich meine Wenigkeit, die versuchte, das hektische Treiben in unserem Büro in organisatorische Bahnen zu lenken. Weshalb ich meine Ausbildung zum Volljuristen gemacht und die Zulassung als Rechtsanwalt beantragt hatte, war mir manchmal schleierhaft, denn höchst selten kam ich in den Genuss, selbst einen juristischen Streitfall zu übernehmen.

Dieter begründete meine Arbeit im Hintergrund vornehmlich mit meinem angeblich unmöglichen Auftreten. „Wer wie du nur mit Jeans und Sweatshirt herumläuft und die Leute dabei auch noch unverschämt angrinst, den kann ich einfach nicht auf die Menschheit loslassen", behauptete er stets. Dabei wusste mein Freund genauso gut wie ich, dass nur ich seinen Laden, der eigentlich unser Laden war, im Griff halten konnte, er ohne mich aufgeschmissen war und ich durch meine Büroarbeit im Endeffekt die Hände frei hatte, um andere, nahezu unmögliche Fälle zu übernehmen, die nicht immer in den üblichen Arbeitsbereich einer Anwaltskanzlei fielen.

Ein solcher Fall schien sich anzubahnen, wie ich voller Unbehagen vermutete. Ich rechnete, spätestens nach der Rundfunknachricht, fest damit, dass mich der tote Renatus Fleischmann in der nächsten Zeit mehr beschäftigen würde als mir lieb sein konnte. Und auf mein untrügerisches Gespür konnte ich mich leider viel zu oft verlassen. Vergeblich suchte ich in den Zeitungen nach einer Meldung über Renatus Fleischmann. Wahrscheinlich, so vermutete ich, war die Meldung über den Leichenfund erst nach Andruck der Ausgaben bekannt geworden.

Ich wollte mich gerade einem der von mir so geliebten Artikel über das Dauertheater bei den momentan über Gebühr bejubelten und demnächst garantiert wieder verschmähten Fußballern der Alemannia widmen, als das Telefon klingelte.

Es gab nur wenige Anlässe, die ernstlich genug waren, mich bei meiner morgendlichen Lesestunde zu stören. Wenn Sabine jetzt ein Gespräch für mich in der Leitung hielt, war ein solcher Anlass garantiert gegeben. „Dein Freund Böhnke will dich sprechen", verkündete meine Liebste mir feierlich.

Ich schmunzelte kurz in mich hinein, während ich das Gespräch übernahm.

Böhnke, Kommissar bei der Kriminalpolizei in Aachen, war mir in den letzten Jahren zum väterlichen Freund geworden, nachdem wir gemeinsam einige verzwickte Kriminalfälle gelöst hatten. Wir konnten uns vorbehaltlos aufeinander verlassen und vertrauensvoll miteinander reden, wenn wir gegenseitig Rat und Tat brauchten, ohne sogleich befürchten zu müssen, dass die ausgetauschten Informationen missbräuchlich verwandt wurden.

Böhnke hielt sich nicht lange an einer überflüssigen Vorrede auf. „Sie verteidigen Frau Doktor Leder?", fragte er zu meiner großen Verblüffung.

„Wie bitte?" Mir kreisten urplötzlich unendlich viele Gedanken durch den Kopf, während sich meine kurzen Nackenhaare sträubten als untrügliches Zeichen dafür, dass ich von jetzt auf gleich unter Hochspannung stand. „Wie bitte?", fragte ich vorsorglich noch einmal. „Wer behauptet das?"

„Frau Doktor Leder hat es uns gegenüber jedenfalls erklärt", antwortete der Kommissar ruhig.

„Wenn Frau Doktor Leder es sagt, wird es wohl stimmen", entgegnete ich mit scheinbarer Gelassenheit, die erkennen ließ, dass ich mit dieser kühnen Behauptung keineswegs einverstanden war. „Was liegt denn so Schreckliches an?"

„Was schon?" Böhnke lachte auf. „Die Frau kam heute Morgen ins Präsidium und gestand frank und frei, sie hätte Renatus Fleischmann umgebracht."

16

„Aha", bemerkte ich langsam und hämisch, „jeder, der zu Ihnen ins Büro kommt und einen Mord gesteht, ist erstens der Täter und zweitens automatisch mein Mandant." Ich wehrte mich innerlich gegen die Aufgabe, die sich unweigerlich näherte. Mir stand nicht der Sinn nach Mord und Totschlag oder nach geständigen Mandantinnen.

„Die tickt doch nicht ganz sauber, Ihre Mörderin, Herr Superermittler."

„Es hat keinen Sinn, mit Ihnen am Telefon zu reden, mein Freund", fiel mir Böhnke rasch ins Wort, er kannte mich und meine bisweilen impulsiven Ausfälle zu Genüge. „Wie wär's, wenn ich Sie abhole und wir eine Spritztour machen?", schlug er versöhnlich vor. „Dabei kommen wir bestimmt besser miteinander klar."

„Okay", brummte ich widerwillig. Ich wollte Böhnke nicht widersprechen, obwohl ich nicht wusste, ob überhaupt und wie diese Tour mit dem angeblichen Geständnis zu vereinbaren war. Aber er meinte es bestimmt gut mit mir.

„In einer Stunde?"

„Nein", antwortete mein älterer Freund, „frühestens in zwei. Ich will zunächst Ihre Mandantin vernehmen und ihr bei dieser Gelegenheit mitteilen, dass Sie für den Moment unabkömmlich sind."

„Aber halten Sie sich gefälligst an die Prozessordnung", knurrte ich, „sonst nehme ich Sie vor Gericht nach allen Regeln der Kunst auseinander."

Böhnke lachte vergnügt auf. „Sehen Sie, Herr Grundler, eine treffende Bemerkung von mir und schon sind Sie fast wieder der Alte."

Da hatte ich mir etwas Schönes eingebrockt. Nachdem ich mich geweigert hatte, den Krimiautor zu suchen, ging seine Lektorin hin, suchte ihn selbst und brachte ihn um. „Mist!", fluchte ich laut vor mich hin. Vielleicht würde der Kerl noch leben, wenn ich gestern seine Lektorin nicht abgewiesen hätte.

Hatte ich deshalb eine moralische Mitschuld an seinem Tod?

„Mit Sicherheit nicht. Das konntest du doch nicht ahnen", meinte Dieter beschwichtigend, als ich ihn über den Sachverhalt informierte. Er saß in seinem Sessel, ich vor seinem Schreibtisch im Besucherstuhl und beide hatten wir unsere Denkhaltung eingenommen, die Arme im Nacken verschränkt und die Beine auf der Tischplatte übereinander geschlagen. Es gab beinahe nichts, das wir nicht miteinander besprachen. Dieters Ratschläge waren mir lieb und teuer wie auch meine für ihn stets wichtig waren.

Viele Menschen, die uns sahen, hielten uns beim ersten Anblick für Zwillinge, die sich nur durch ihre Kleidung unterschieden. Blauäugig und blond, groß und schlank und Ende 30 kannten wir uns schon seit fast einem Dutzend Jahren. Dieter hatte mich damals nicht ganz freiwillig in einem Strafverfahren verteidigt, seitdem hielt unsere Freundschaft; ohne ihn wäre mein Leben wahrscheinlich anders verlaufen.

„Ich hätte nicht anders reagiert, wenn die Frau mich angerufen hätte", fuhr mein Freund fort. „Wo kämen wir hin, wenn wir bei jedem von uns abgewiesenen Mandanten vermuten müssten, er könnte anschließend ein Verbrechen begehen?"

18

Dieter hatte Recht, dachte ich mir. Ich sah nachdenklich aus dem Bürofenster und in die trotz des Frühherbstes schwach belaubte Krone einer der wenigen noch vorhandenen Linden auf der Theaterstraße. „Was soll ich tun?"

„Was schon?" Dieter stand auf und reckte sich. „Du übernimmst die Verteidigung und versuchst, das Beste für unsere Mandantin herauszuholen."

Entspannt sank ich in meinen Schreibtischsessel zurück, griff zum Telefon und wählte mechanisch eine Nummer bei der Aachener Zeitung. Dort arbeitete ein Journalist namens Hermann-Josef Sümmerling, dem ich schon mehrfach Tipps gegeben hatte und der im Gegenzug Informationen für mich bereithielt oder mir besorgte. Dabei versuchte er, jeglichen offiziellen Kontakt mit mir zu meiden, um nicht in den Ruf der Kungelei zu geraten. Seine Vorsicht ging sogar so weit, dass ich auf sein Bitten hin seinen Namen fast nie erwähnte, um nicht Dritten Hinweise auf unseren Informationsaustausch zu liefern.

Wie ist es möglich, dass ich im Radio vom Mord an einem bekannten Aachener Schriftsteller erführe und nichts darüber in der Zeitung stünde, fragte ich Sümmerling provokant.

Sofort brauste der Schreiberling, wie von mir nicht anders erwartet, auf. „Weil die Kartoffelsheriffs da oben in Erkelenz erst gar keine Pressemeldung abgesetzt haben, sondern die Staatsanwaltschaft Mönchengladbach."

Ich stutzte kurz, dann erinnerte ich mich wieder an die irreführende Zuständigkeitsregelung. Polizeitechnisch gehörte der Bereich Erkelenz zur Kripo Aachen, als Staatsanwaltschaft war hingegen die aus Mönchengladbach zuständig.

„Die Grünen da oben haben erst gar keine Meldung nach Aachen gemacht, sondern die Staatsanwaltschaft die Pressearbeit erledigen lassen. Da ging die Meldung gestern Abend an uns und unsere Kollegen in Erkelenz vorbei, anders als beim Rundfunk", erklärte der Schreiberling bedauernd.

„Stimmt denn die Meldung?", fragte ich neugierig. „Oder haben Sie inzwischen andere Neuigkeiten?"

Der Journalist schwieg für einen Augenblick. „Im Kern stimmt die Meldung. Warum wollen Sie das wissen, Herr Grundler?"

„Sage ich Ihnen, wenn Sie mir alles gesagt haben", antwortete ich schnell.

Der Zeitungsmann schien mit diesem Vorschlag einverstanden. „Wie meine Kollegen und ich inzwischen recherchiert haben, ist Renatus Fleischmann bei Erkelenz-Kückhoven von einem Spaziergänger entdeckt worden. Nicht direkt im Lahey-Park, wie es heute im Rundfunk hieß, sondern in einem Graben an einem Feldweg in der Nähe des Parks. Ein Schäferhund, der dort von einem Rentner ausgeführt wurde, hat die Leiche aufgespürt, beziehungsweise das, was von dem ehemaligen Menschen Fleischmann übrig geblieben ist." Anscheinend, so schilderte mir der Reporter, sei der Tote zerlegt und durch einen großen Häcksler gejagt worden. „Die groben Fleischbrocken passten gut in einen der üblichen blauen Abfallsäcke."

„Woher weiß die Polizei, dass es sich bei dem Toten gerade um Renatus Fleischmann handelt?", fragte ich neugierig dazwischen.

„Weil man zufällig oder glücklicherweise, wie man will, einen Daumen in der Fleischmasse gefunden hat und der Daumenabdruck identisch ist mit den Unterlagen der Kripo", antwortete der Journalist bereitwillig. „Warum allerdings die Kripo die Fingerabdrücke von Renatus Fleischmann in ihrer Kartei hat, weiß ich nicht", fuhr er schnell fort und kam damit meiner Frage zuvor.

Die Folgerung, dass der Krimiautor wahrscheinlich nicht am Fundort getötet, sondern bereits in zerlegter Form ins platte Erkelenzer Land gebracht worden war, lag auf der Hand.

„So ist es", bestätigte mir der AZ-Reporter. „Derzeit untersuchen die Pathologen, wann, wo und wie der Mann getötet wurde. Es könnte sein, dass er zunächst tief gefroren wurde. Ebenso gut ist es möglich, dass er erst gestern zermetzelt wurde."

Mir schauderte bei dem Gedanken, in einem Häcksler verarbeitet zu werden. „Wie kann ein Mörder nur auf eine derartige Idee kommen?", bemerkte ich. „Solche spektakulären Todesfälle gibt es üblicherweise nur in Kriminalromanen, aber nicht in der Realität."

Für einen Krimischreiber wäre das doch ein angemessener Abgang, scherzte Sümmerling trocken. „Ein normales Einschlafen im heimischen Bett passt einfach nicht ins geläufige Klischee."

21

Es gab noch viele Fragen, die ich dem Schreiberling hätte stellen können. Aber ich behielt sie für mich und für mein Gespräch mit Böhnke.

Allenfalls bei der Beschreibung von Fleischmann konnte Sümmerling mir behilflich sein. „Haben Sie etwas über ihn im Archiv, ein Porträt oder Ähnliches?"

„Haben wir", bestätigte mir der Journalist selbstzufrieden. „Sie können morgen im Blättchen alles lesen, was es über Fleischmann gibt."

„Warum erst morgen?", hakte ich beharrlich nach. „Erzählen Sie mir jetzt etwas über den Mann, es muss ja nicht unbedingt seine Schuhgröße oder die von ihm bevorzugte Hemdenmarke sein."

Der Schreiberling musste schmunzeln. „Also gut. Renatus Fleischmann ist Anfang 30, wurde in Geilenkirchen geboren, machte dort auch am Gymnasium Sankt Ursula das Abitur, absolvierte seinen Ersatzdienst im Altersheim der Arbeiterwohlfahrt in Heinsberg und studierte danach Germanistik in Aachen und später in Düsseldorf. Mit dem Magisterabschluss in der Tasche versucht er jetzt in Aachen sein Glück als freier Schriftsteller." Fleischmann sei weder verlobt noch verheiratet, aber nach allen Recherchen auch nicht dem eigenen Geschlecht zugetan. „Er ist ein Einzelgänger, ein Sonderling, ein Mensch, der in aller Bescheidenheit zurückgezogen lebt. Er hat nur gelegentlichen Kontakt zu seinen Eltern und auch keinen großen Bekanntenkreis. Anscheinend hat er sich nur mit zwei Menschen regelmäßig unterhalten, mit seiner Lektorin und seinem Verleger." Er habe Fleischmann einmal bei einer Lesung erlebt, berichtete der Reporter. „Ich habe mich gewundert über dessen unscheinbares Äußeres. Wenn Sie ihn kennen gelernt hätten, würden Sie eher vermuten, dass es sich um einen braven Finanzbeamten als einen Romanautor mit blühender, krimineller Fantasie handelt."

Die Charakterisierung reichte mir für den Augenblick. Höflich bedankte ich mich und wollte das Gespräch rasch beenden.

Doch der Journalist hatte aufgepasst. Nach einer kurzen Pause nahm er sein Fragerecht wahr. „Warum interessiert Sie der Fall, Herr Grundler?"

„Ich bin gestern zufällig auf den Namen gestoßen", gab ich ausweichend zur Antwort, „und höre heute Morgen von dem Mord." Wenn einer etwas wissen könnte, dann wäre er es, schmeichelte ich Sümmerling. „Deshalb habe ich Sie angerufen."

Offenbar genügte meine Erwiderung. „Und jetzt wollen Sie den Mord aufklären?" Der Journalist lachte laut in den Hörer hinein.

„Warum eigentlich nicht?", entgegnete ich lässig. „Machen Sie mit?"

„Warum eigentlich nicht?", echote der Schreiberling ironisch. „Sie mit Ihren Verbindungen und ich mit meinen, da ist es für uns doch ein Klacks, diesen läppischen Fall mir nichts dir nichts aufzuklären."

Schnell verabschiedete ich mich, als ich bemerkte, dass die Tür zu meinem Büro geöffnet wurde.

Böhnke brauchte nicht mitzubekommen, dass ich mit dem AZ-Reporter gesprochen hatte.

# Lahey-Park

„Wohin geht's denn?", fragte ich den Kommissar beiläufig, während ich an der Garderobe nach meiner Lederjacke langte.

Böhnke grinste mich an. Der drahtige Mann war zwar schon Mitte fünfzig, doch ging er gut und gerne als pfiffiger Mittvierziger durch, wenn er sein verschmitztes Grinsen aufsetzte. „Zum Lahey-Park", antwortete der erfahrene und allseits respektierte Polizist knapp, als wir durchs Treppenhaus abwärts stiegen.

Ich ließ es kommentarlos bei dieser Antwort bewenden und betrachtete Böhnke stumm, als er den auf dem Gehweg vor unserer Kanzlei geparkten unauffälligen, weißen Dienst-Opel aufschloss. Viele Ganoven irrten sich in dem nach außen hin gutmütig und gelassen wirkenden Kommissar mit dem kurzen, grauen Haar. Böhnke war der Spezialist im Polizeipräsidium schlechthin, wenn es galt, schwierige und scheinbar aussichtslose Fälle zu lösen.

Erst auf der Autobahn in Richtung Düsseldorf klärte mich der Polizist auf. „Ich will mir in Erkelenz den Leichenfundort ansehen." Böhnke berichtete mir mit großer Sachlichkeit von dem Fund und ich tat erstaunt, als hörte ich die Informationen zum ersten Mal.

„Wie ist denn der Zeuge auf die Leiche gestoßen?", fragte ich schließlich mit gespielter Wissbegier, als Böhnke geendet hatte.

„Durch seinen Schäferhund. Das Tier ist beim Abendspaziergang in den Graben gesprungen und hat sich an dem Plastiksack zu schaffen gemacht. Ratten hatten das Plastik

24

aufgerissen und sich schon ihren Teil an den Fleischstücken herausgeholt. Wahrscheinlich wollte sich der Hund auch noch seine Zwischenmahlzeit schnappen", sagte Böhnke mit übertriebenem Zynismus, was für ihn ein Zeichen größter Anspannung war. Aufgrund des Personalausweises, den die Gerichtsmediziner in der Fleischmasse gefunden hätten, wäre Fleischmann zu identifizieren gewesen.

„Mahlzeit", bemerkte ich nur, obwohl ich verwundert war, und schluckte schwer an dem Brocken, den mir der Kommissar vorgeworfen hatte. Ich starrte aus dem Seitenfenster, als Böhnke am Jackerather Kreuz die Autobahn verließ und auf die Schnellstraße in Richtung Erkelenz abbog. Wir fuhren fast durch Rheinbraun-Land, dachte ich mir und erinnerte mich an die Abenteuer meines Freundes Hieronymus Müllejans, dem der geplante Braunkohlentagebau Garzweiler II die Erbschaft verdorben und die Liebe gebracht hatte.

„Wird der Lahey-Park auch dem Tagebau weichen müssen?", fragte ich Böhnke scheinheilig. Dank Müllejans und seiner besseren Hälfte Gerlinde kannte ich inzwischen die Problematik, die die Tagebauplanung mit sich brachte, zur Genüge und vertrat eine ablehnende Einstellung gegenüber dem Projekt.

„Der Park liegt zwar im Plangebiet", bestätigte mir der Kommissar, „aber er wird garantiert nicht abgebaggert werden."

„Warum nicht?"

„Weil es den Tagebau niemals geben wird. Er ist überflüssig und wäre viel zu teuer", meinte Böhnke überzeugt.

„Garzweiler II wäre eines der größten Verbrechen an der Natur, das wir in Deutschland begehen könnten."

Wieder blieb ich für einige Momente still und betrachtete das am Straßenrand liegende Sondermüllzwischenlager des Entsorgungskonzerns Schönmackers. Meine Frage, um was für eine Art von Park es sich beim Lahey-Park handele, beantwortete der Kommissar mit der Bemerkung, dahinter verberge sich eine ehemalige Mülldeponie. „Als sie aufgegeben wurde, hat sich der Gärtnermeister Hans Lahey um das Gelände gekümmert und dort alles Mögliche angepflanzt. So entstand im Laufe der letzten drei Jahrzehnte mitten in der flachen Erkelenzer Börde ein großer Naturpark." Böhnke bog nach rechts auf einen kleinen Weg und stellte den Wagen auf einem Randstreifen ab. „Wir stehen übrigens genau davor."

„In solch einem Naturpark gibt es bestimmt einen starken Häcksler", meinte ich beiläufig, als ich ausstieg. Wir schienen allein auf weiter Flur zu sein.

„So ist es, mein Freund." Deshalb hätten selbstverständlich die Kollegen der Kripo Erkelenz auf dem Gelände nach dem Gerät gesucht.

„Und?"

„Sie haben auch einen Häcksler gefunden. Aber es finden sich absolut keine Anzeichen dafür, dass Renatus Fleischmanns Körper darin zerkleinert worden ist."

„Eigentlich schade", gab ich zum Besten, „der Mörder ist doch sonst immer der Gärtner."

„Aber nicht in diesem Falle", entgegnete Böhnke mit für mich überraschend deutlicher Entschiedenheit. Schnell stapfte er über einen aufgeweichten, schlammigen Weg

26

zwischen dem nachlässig eingezäunten Parkgelände und einem abgeernteten Feld davon, als wollte er verhindern, dass ich nachfragte.

Vor einer mit rot-weißem Flatterband umgrenzten Fläche blieb der Kommissar nachdenklich stehen. „Hier wurde der Sack abgelegt", murmelte er. Er sah sich mit zusammengekniffenen Augen um und runzelte dabei die Stirn.

Viel zu sehen gab es nicht in der menschenleeren, herbstlich abgewirtschafteten Natur. Der eingezäunte Park mit dem undurchsichtigen Grün auf der einen Seite, das freie, weite Feld auf der anderen und im Hintergrund eine Ortschaft boten nicht gerade ein lebhaftes Gesamtbild.

„Warum schleppt jemand eine Leiche hierhin?", fragte Böhnke, ohne von mir eine Antwort zu erwarten.

„Wie schwer?"

„Über 80 Kilogramm", antwortete der Kommissar entgegenkommend, „doppelt verpackt, weil ein einzelner Sack wahrscheinlich vom Gewicht aufgeplatzt wäre."

„Wie groß?"

„Einen Meter 80."

„Was ist mit der Kleidung?"

„Nichts. Es gibt keine Kleidung. Nur nacktes Fleisch."

„Und auf welche Weise ist er umgebracht worden?"

„Vermutlich ist er zunächst betäubt und anschließend getötet worden. Bei der gerichtsmedizinischen Untersuchung sind Spuren eines Betäubungsmittels gefunden worden."

Bereitwillig ging Böhnke auf meine Fragen ein. Er griff in seine Jackentasche und reichte mir eine Fotografie. „So sah Renatus Fleischmann übrigens zu Lebzeiten aus."

Interessiert griff ich nach dem Bild. Ein Durchschnittsgesicht sah mich an. Dunkle, gescheitelte Haare umrahmten ein rundes Gesicht ohne auffallende Merkmale. Das war das Gesicht von Otto Normalbürger.

„Woher haben Sie das Foto?"

„Aus dem Archiv der AZ. Ich hab's mir heute Morgen besorgt.C Der Kommissar sah erneut mit skeptischem Blick in die Umgebung.

Ich tat's ihm nach und schaute mich ebenfalls um. „Keine Schleifspuren, keine Radspuren?"

„Nichts Berauschendes, außer einigen Fußabdrücken", antwortete Böhnke knapp, „und Reifenabdrücken von mehreren Wagen. Sie werden zwar noch ausgewertet, aber wahrscheinlich bringen sie uns nicht weiter."

„Fundort ist also nicht gleich Tatort", folgerte ich. Wahrscheinlich, so fuhr ich fort, müssten mindestens zwei, wenn nicht sogar drei Personen die Leiche zum Lahey-Park geschleppt haben.

Böhnke nickte bestätigend. „So wird es wohl gewesen sein." Er zuckte mit den Schultern. „Aber damit komme ich auch nicht viel weiter." Er sah mich mit trüben Augen an. „Haben Sie Fragen, Herr Grundler?"

„Einen ganzen Sack voll", antwortete ich und biss mir auf die Lippe. Der Ausdruck Sack war wohl nicht angebracht. „Warum zerfetzen der oder die Mörder zunächst eine Leiche bis zur Unkenntlichkeit, um sie anschließend an einem Feldweg abzulegen? Und warum legt man dann den Personalausweis bei, wenn schon die Kleider fehlen?" Es hätte bestimmt etliche andere Möglichkeiten gegeben,

28

Renatus Fleischmann zu entsorgen, ohne Spuren zu hinterlassen. Daraus könnte geschlossen werden, Fleischmann sollte an dieser Stelle gefunden werden. „Irgendwie sollte der Lahey-Park in die Mordgeschichte eingebunden werden. Der Gärtner ist halt doch der Mörder."

Langsam schlenderten Böhnke und ich zum Wagen zurück.

„Warum zerkleinert ein Mörder Renatus Fleischmann zu Gulasch und macht ihn damit quasi unkenntlich und legt anschließend dessen Personalausweis als Visitenkarte bei?", fuhr ich fort. Daraus würde ich den Schluss ziehen, es handele sich bei dem Leichenfund gar nicht um Fleischmann, behauptete ich dreist. Ein Unbekannter werde uns als Fleischmann untergejubelt. „Oder gibt es andere Anhaltspunkte, die Fleischmann eindeutig identifizieren?"

Ich war gespannt, wie Böhnke reagieren würde.

„Es ist Fleischmann, davon können Sie ausgehen, Herr Grundler", antwortete der Kommissar entschieden. „Fragen Sie mich nicht, woher ich es weiß, nehmen Sie es als Tatsache, so wie der Ausweis eine Tatsache ist."

Ich gab mich widerstrebend mit dieser Antwort zufrieden. Warum in aller Welt berichtete mir Böhnke nichts von dem entdeckten Daumen und dem eindeutigen Abdruck? Die Frage würde ich im Hinterkopf behalten. Beschwichtigend hob ich die Arme. „Okay, okay, Herr Kommissar. Die Mörder wollten also, dass wir hier am Lahey-Park die Überreste von Renatus Fleischmann finden, nachdem sie ihn wenig kunstgerecht auseinander genommen hatten. Es steckt demnach eine bestimmte Absicht dahinter, dass die Unbekannten uns diese Informationen zukommen lassen. Oder?"

„So ist es", stimmte mir Böhnke unzufrieden zu. Wir stiegen in den Opel, lehnten uns in die Sitze zurück und schauten ins Freie. „Das gibt zumindest einen Sinn und ist doch unsinnig. Ich werde jedenfalls nicht schlau aus der Sache", bekannte der Kommissar offen.

Mir ging es nicht anders. Und ich hatte noch ein Problem mehr als Böhnke. Warum verschwieg er mir den Daumenabdruck? Aber ich würde mich hüten, ihn jetzt zu dieser Information zu befragen. Vielleicht hatte auch nur der Journalist ein wenig zu viel Fantasie besessen und ich war ihm zu schnell und zu leichtgläubig gefolgt, überlegte ich zu Böhnkes Gunsten.

Schwungvoll startete der Polizist den Wagen. „Und jetzt werden wir uns Frau Doktor Renate Leder vorknöpfen. Wir haben wenigstens jemanden, der den Mord gestanden hat. Das ist doch etwas."

Ich sah den Kommissar verwundert an. Glaubte er etwa allen Ernstes, was er da von sich gab?

# Doktor Renate Leder

Die zierliche Frau mit den schulterlangen, glatten, braunen Haaren lächelte mich erleichtert an und atmete sichtlich auf, als mich Böhnke vorstellte.

Ich war überrascht von der kleinen Person. Nach unseren Telefonaten hatte ich mir Doktor Renate Leder als eine elanvolle, sportliche, junge Frau vorgestellt. Jetzt musste ich mich mit einem schmalen, verschüchtert wirkenden

Winzling in meinem Alter mit großen braunen Augen hinter einer runden Nickelbrille begnügen. Bekleidet war die Frau sportlich leger mit einer einfachen blauen Jeans und einem dunklen Pullover, über dem Arm trug sie eine dünne gelbe Wetterjacke. Die Stupsnase mit den Sommersprossen gab der Lektorin einen niedlichen Anblick. Das war so eine Frau, die unweigerlich in jedem Mann einen Beschützerinstinkt wachrief und daher unverzüglich bei mir alle Warnlichter aufblinken ließ.

Die Frau war niemals eine Mörderin, dachte ich mir unvermittelt und stellte mir vor, wie die Kleine den stämmigen Renatus Fleischmann auseinander genommen und die achtzig Kilogramm Fleischmasse zum Lahey-Park transportiert hatte. Das passte einfach nicht.
Es sei denn, sie hatte einen oder, was wahrscheinlich wäre, mehrere Mittäter, die unter ihrer Anleitung oder in ihrem Auftrag die Drecksarbeit erledigt hatten. Aber sie sah nicht aus wie jemand, der einen Menschen töten und zerhäckseln oder einen Auftrag zu einem derartigen Mord erteilen konnte.
Ich beobachtete die Lektorin, die von einer Polizeibeamtin in Böhnkes Büro gebracht worden war und nun verängstigt neben mir in der Besucherecke saß.
In diesem Büro hatten Böhnke und ich schon so manche Diskussion über vertrackte Kriminalfälle geführt. Im Besucherbereich mit den beiden braunen Ledersofas und dem flachen Tisch hatte ich schon meinen Stammplatz, von dem ich den direkten Blick auf Böhnkes Schreibtisch an

31

der gegenüberliegenden Seite des sehr nüchtern gestalteten Raums ohne Bilder und Grünzeug hatte. Meistens saß der Kommissar an seinem Arbeitsplatz und sortierte die Papiere, derweil ich auf einem Sofa lungerte. Auch jetzt hatte sich Böhnke hinter seinem Schreibtisch verschanzt und betrachtete ebenfalls die verschüchterte Frau.

Mit einem überraschenden Frontalangriff eröffnete ich das Gespräch. „Wer hat Ihnen bei der Ermordung des Autors geholfen?", fragte ich die Frau in einem Tonfall, der sie prompt zusammenzucken ließ. „Sie haben den Mord gestanden, sind aber aufgrund Ihrer körperlichen Voraussetzungen niemals in der Lage, alleine das Verbrechen begangen zu haben. Also müssen Sie Mittäter haben. Wer sind Ihre Komplizen, Frau Doktor Leder?"

Böhnke sah mich ungläubig an.

Die Lektorin starrte nach meinem heftigen Vorstoß fassungslos auf mich.

Ich musterte sie verächtlich und gab mit keiner Miene zu verstehen, dass ich die Frage nicht ernsthaft gemeint haben könnte. „Wer sind Ihre Mittäter? Reden Sie endlich!", herrschte ich sie barsch an. „Ich habe keine Lust, meine Zeit hier zu verschwenden."

Die Frau blieb lange sprachlos, schüttelte nur ungläubig ihren Kopf und spielte unruhig mit der Nickelbrille. „Ich habe Renatus doch nicht umgebracht", stotterte sie schließlich mit leiser Stimme.

„Sie haben es aber zugegeben", unterbrach ich sie lautstark. „Wer will Ihnen denn jetzt noch glauben, wenn Sie zuvor ein Geständnis abgelegt haben?" Eigentlich war ich nur wütend darüber, dass die Frau mich in die bescheuerte Geschichte hineingezogen hatte. Ihretwegen trieb ich mich ergebnislos in der Region herum, was ich ihr aber nicht sagen würde. „Was ist?" Grimmig schaute ich die Lektorin an, die die Hände vors Gesicht schlug.

Sie schluchzte. „Ich will doch nur, dass Sie mir helfen, Herr Grundler."

Ich stöhnte. Warum ausgerechnet immer ich?

Gab es niemanden sonst, der sich ihrer erbarmen konnte? „Ich kann Ihnen nicht helfen", erwiderte ich schroff. „Da Sie keine Mörderin sind, brauchen Sie keinen Strafverteidiger." Ich deutete mit meiner rechten Hand heftig auf Böhnke. „Für die Ermittlung im Mordfall Fleischmann steht ein äußerst fähiger Kommissar der Kripo Aachen zur Verfügung, der Ihre Vernehmung durchführen und der gerne den Fall zu den Akten legen möchte." Ich jedenfalls sei aus dem Rennen, bevor es überhaupt gestartet würde. „Suchen Sie Ihren Mörder, aber nicht mit mir, Frau Doktor Leder!" Ich verabschiedete mich mit einem kurzen Wink und strebte energisch zur Tür.

„Nicht so eilig, Herr Grundler", rief mir Böhnke schnell hinterher, „nehmen Sie gefälligst Ihre Mandantin mit und bringen Sie sie nach Hause."

Langsam drehte ich mich auf dem Absatz um. Ich musste mich verhört haben. „Ich habe keine Mandantin", korrigierte ich ihn höflich, aber zugleich bestimmt, „das sollten auch Sie wissen."

„Haben Sie sehr wohl", widersprach mir der Kommissar mit einem süffisanten Lächeln. Er war noch nicht einmal von seinem Schreibtischsessel aufgestanden und spielte lässig mit einem Kugelschreiber. „Frau Doktor Leder muss sich wegen Irreführung der Polizei verantworten und beansprucht daher rechtsanwaltliche Hilfe."

Ich winkte verächtlich ab und tastete nach der Türklinke hinter mir. Mit einem derartigen Kleinkram wollte ich mich nicht abgeben.

„Ich bezahle Ihr Honorar auf Heller und Pfennig, Herr Grundler", verblüffte mich Böhnke. „Helfen Sie Frau Doktor Leder und Sie helfen mir."

Unschlüssig fuhr ich mir mit beiden Händen über den Kopf und rieb mir die Augen. Ich musste mich in einem Tollhaus befinden, in dem ich der einzig Normale war.

Selbst Böhnke schien zu spinnen. Aber konnte ich einen wahnsinnig gewordenen Freund tatsächlich im Stich lassen? Hierzu hatte er mir noch einige Erklärungen zu geben. „Sie haben gewonnen«, sagte ich mit einem gequälten Lächeln, als der Kommissar zum Telefon griff, um einen Polizeiwagen für uns anzufordern. Wenn er mich um Hilfe bat, musste ich ihm auch helfen. Ich wandte mich wenig begeistert der Lektorin zu. „Packen Sie endlich Ihren Kram zusammen und hören Sie auf zu jammern", sagte ich. „Sie haben ja gehört, ich muss Sie auf der Stelle nach Hause bringen."

Während der Fahrt in die Stadt blieb ich abweisend und stumm. Ich gab mir den Anschein, als würde mich die Frau überhaupt nicht interessieren, die zusammengekauert in der anderen Ecke neben mir auf dem Rücksitz saß. Obwohl mir etliche Fragen auf der Zunge lagen, schaute ich schweigend aus dem Seitenfenster.

Frau Doktor Leder wohnte nicht gerade in schlechtester Innenstadtlage in einem verkehrsberuhigten Winkel an der Paugasse, stellte ich erstaunt fest. Hier gab es mitten in der Stadt einen fast dörflich anmutenden Flecken mit Kopfsteinpflaster, Bäumen, einem Spielplatz, vielen Garagen und kleinen Häusern. Nur wenige Meter weiter wuselte der Verkehr hektisch umher, auf der Wohnstraße dagegen war es ungewohnt still, als die Lektorin und ich vor einem blau gestrichenen Haus ausstiegen. Ohne zu fragen, folgte ich ihr in den winzigen, schmalen Flur, nachdem sie die Eingangstür aufgeschlossen hatte.

Schüchtern deutete die Frau auf eine Zimmertür. „Da ist mein Wohn- und Arbeitszimmer." Ich solle schon hineingehen, forderte sie mich mit einem verlegenen Lächeln auf, sie käme nach.

Ich schüttelte ablehnend den Kopf. „Ich gehe erst, wenn Sie mitkommen." Ich misstraute ihr. Wer weiß, was sie anstellte, wenn ich sie nicht unter Beobachtung behielt?

Schweigend hing die Frau ihre Jacke an einen Haken an der Garderobe weg, suchte in der Puppenküche nach einer Flasche Mineralwasser und zwei Gläsern und lief vor mir in die dunkle Stube, die nur durch ein kleines Fenster Tageslicht erhielt.

Offenbar bestand dieses Zimmer nur aus Büchern, wie ich staunend erkannte. Wohin ich auch blickte, überall sah ich Massen von Büchern und Aktenordnern, eng aneinander gepresst auf den durchgebogenen Regalen, stapelweise auf dem Teppichboden und dem kleinen Couchtisch aufgetürmt oder ungeordnet auf einem Schreibtisch liegend. „Blicken Sie da noch durch?«, fragte ich spontan.

Im Gegensatz zu diesem heillosen Durcheinander war meine Wohnung geradezu aufgeräumt, wenngleich Sabine immer von einem perfekten Chaos in meinen Räumen sprach.

„Warum nicht?", entgegnete die Lektorin. „Ich lebe mit den Büchern. Sie sind meine Gesellschaft." Mit der Hand schob sie einige Bücher von einem alten, zerschlissenen Sessel, den sie mir als Sitzgelegenheit anbot. Sie reichte mir ein zur Hälfte gefülltes Wasserglas, setzte sich auf einen einfachen Holzstuhl vor dem Schreibtisch und sah mich mit ihren großen Rehaugen verunsichert an.

Die kleine Frau machte mich mit ihrer Hilflosigkeit ausdrückenden Art ärgerlich. Das schien mir fast schon eine Masche zu sein. Hilf mir bitte, sonst kommt der böse Wolf und frisst mich, schien ihr Blick zu sagen.

‚Soll er doch', brummte ich in mich hinein, ‚dann habe ich wenigstens den Ärger mit dir vom Hals.'

„Also, was kann ich für Sie tun?", hörte ich mich stattdessen zu meiner eigenen Verblüffung mit versöhnlicher Stimme fragen.

Die Veränderung bei Renate Leder war erstaunlich. Binnen Sekundenbruchteilen veränderte sich ihre pessimistische Miene, ihre trüben Augen wurden klar, die Frau richtete sich auf ihrem Stuhl auf und sah mich mutig an. „Sie sollen Renatus Fleischmann finden, Herr Grundler." Sie räusperte sich entschuldigend. „Sie sollten Renatus Fleischmann finden. Jetzt sollen Sie dafür sorgen, dass seine Ermordung aufgeklärt wird."

„Warum ausgerechnete ich?" Erneut wies ich die zierliche Frau auf die Möglichkeiten von Polizei und Privatdetektiv hin.

„Weil ich glaube, dass nur Sie das Verbrechen aufdecken können." Die Polizei sei ohnehin überlastet und würde keine Zeit haben, ein Detektiv würde nur viel Geld verlangen, das sie nicht besitze, und auch nicht intensiv nachforschen. „Ich glaube, dass der Tod von Renatus Fleischmann einen schier undurchschaubaren Hintergrund hat. Wenn jemand das Verbrechen aufklären kann, dann sind Sie es, Herr Grundler", versuchte mir die Leder mit einem Hinweis auf meine bisherigen Erfolge bei der Verbrecherjagd zu schmeicheln.

„Wie kommen Sie darauf?", fragte ich verwundert, ohne auf das vergängliche Lob einzugehen. „Was veranlasst Sie, an ein Verbrechen mit einem dubiosen Hintergrund zu glauben?"

Die Lektorin stand auf und fischte zielsicher aus einem Stapel ein Taschenbuch heraus. „Das ist der neueste Roman von Renatus Fleischmann. Er soll in zwei Wochen auf der Frankfurter Buchmesse vorgestellt werden." Sie reichte mir das Buch, das ich unbeachtet in den Händen hielt. „Ich glaube, er hat sich mit diesem Projekt etwas zu weit aus dem Fenster gelehnt."

„Wieso?"

Nach dem Lesen der Geschichte würde ich wissen, was sie meine, antwortete die Lektorin. Sie setzte sich auf die Kante ihres Schreibtisches. „Sie müssen wissen, dass Renatus Fleischmann immer haarscharf an der Wirklichkeit vorbeischrieb. Er hat mir gesagt, die meisten seiner Geschichten seien wahr, er habe sie lediglich verfremdet, in eine andere Region verfrachtet, mit anderen Personen versehen." Mit dem letzten Roman habe er aber den Bogen überspannt. „Vermutlich hat er es selbst eingesehen, denn er ist vor einem Monat, unmittelbar nach der Abschlusskorrektur des Textes, untergetaucht."

Die Sache fing langsam an, mich zu interessieren, ohne dass ich den Roman gelesen hatte, gestand ich mir ein.

„Warum haben Sie den Roman denn nicht abgelehnt, wenn Sie von der Realitätsnähe und der für Fleischmann möglichen Gefahr wussten?"

Renate Leder zuckte verlegen mit den Schultern. „Erstens sind die Romane gut und erfolgreich, damit auch wirtschaftlich für Verlag und Autor lukrativ, zweitens bestand Renatus auf einer Veröffentlichung und wäre bei meiner Ablehnung zur Konkurrenz gegangen, und drittens ist es bisher immer gut gegangen." Sie lächelte flüchtig. „Schließlich verdiene ich als Lektorin auch daran, wenn ein Buch veröffentlicht wird." Sie sei freiberuflich als Journalistin und Lektorin tätig, meinte sie zur Erklärung. „Mein Honorar richtet sich größtenteils nach dem Verkaufserlös eines Buches.«"

„Was heißt, es ist bisher immer gut gegangen?", fragte ich.

Der aktuelle, noch nicht veröffentlichte Krimi war bereits der sechste Roman von Fleischmann. Auch in den vorherigen habe er immer sehr intensiv Missstände in Politik und Wirtschaft angeprangert, erklärte mir die Lektorin. Sie stand wieder auf und zog weitere Taschenbücher aus einem Regal. „Sie können die Bücher mitnehmen. Beim Lesen werden Sie selbst in Zweifel geraten, was schon in den Bereich der Fantasie gehört und was noch Realität ist."

Ich achtete nicht auf die Romane von Fleischmann, die die Frau neben mir auf ein Beistelltischchen legte. „Sie wissen nicht, wo Fleischmann in den letzten Wochen war?", fragte ich die Lektorin, während sie zu ihrem Platz zurückging.

Sie schüttelte den Kopf. „Nein. Er hat nur einmal vor zwei Wochen angerufen und mir gesagt, er würde mir in einer Woche ein neues Manuskript zuschicken. Er habe sich in die Einsamkeit zurückgezogen. Spätestens in Frankfurt würden wir uns treffen."

Das sei doch eine plausible Erklärung, meinte ich.

Aber Renate Leder widersprach. „Das scheint nur auf den ersten Blick Sinn zu machen. Renatus Fleischmann war gründlich und achtete penibel genau auf Zeitvorgaben. Ich habe das versprochene Manuskript nicht bekommen." Das spräche nach ihrer Auffassung eindeutig dafür, dass etwas nicht in Ordnung gewesen sei. „Er hätte mich informiert, wenn er nicht fertig geworden wäre."

Ich hörte der zierlichen Frau nicht länger zu. Meine Auffassungsgabe war für heute erschöpft. Ich wollte mich nicht mit neuen Fakten beschäftigen, so lange ich nicht die vorhandenen Problemchen geklärt hatte, auch wenn sie noch so klein schienen.

„Ist Fleischmann ein Schriftsteller aus Aachen oder aus Geilenkirchen?", wollte ich abschließend wissen.

„Er hatte seinen Zweitwohnsitz hier in Aachen. Nicht weit von mir entfernt an der Stephanstraße lebte Fleischmann in einer winzigen Dachgeschosswohnung. Seinen Hauptwohnsitz hatte er bei den Eltern in Geilenkirchen, genauer in Würm-Beeck." Aber er sei nie dort gewesen. Der Hauptwohnsitz habe wohl steuerliche und versicherungstechnische Gründe, etwa wegen des Autos, vermutete die Lektorin. „Außerdem hört sich Aachen wesentlich besser an als Geilenkirchen oder Würm-Beeck."

Über diese kühne Behauptung wollte ich nicht streiten; so viel attraktiver als das Beamtendorf an der Wurm war die Kaiserstadt am Eifelrand auch nicht. „Welcher Teufel hat Sie geritten, sich bei der Polizei als Mörderin zu melden?", fragte ich vielmehr.

Renate Leder sah mich keck an. „Das war doch der beste Weg, um Sie zu bekommen. Oder?" Nachdem ich ihr am Vorabend eine Absage erteilt hatte, war sie auf diese Idee verfallen, als sie im Radio die schreckliche Nachricht gehört hatte. „Die Polizei hat mich jedenfalls sofort festgehalten, ohne lange zu fragen."

Ich winkte abfällig ab. Wenn ich mich in diese Geschichte hineinknien würde, dann bestimmt nicht wegen Frau Doktor Leder, sagte ich mir. Wenn ich einen Teil meiner Freizeit dafür opferte, dann tat ich es ausschließlich wegen Böhnke, der mich aus welchen Gründen auch immer an seinem Spiel beteiligen wollte. Aber das brauchte ich der Lektorin nicht auf die Nase zu binden.

Nach einem Blick auf eine preiswerte Wanduhr von Ikea, die bereits späten Nachmittag anzeigte, erhob ich mich schnell und griff nach den Büchern. Ich hätte noch in der Kanzlei zu tun, erklärte ich meinen abrupten Aufbruch.

Die Lektorin ließ mich bereitwillig gehen. Sie habe sich ohnehin noch zum Tennisspielen mit Freundinnen verabredet, sagte sie. Dann stockte sie und ging zurück in das Zimmer. Vor dem Schreibtisch blieb sie suchend stehen. Sie schien zu überlegen, während sie über die Regale blickte. „Was ist?", fragte ich.

Renate Leder drehte sich zu mir und schüttelte entschuldigend den Kopf. „Ach, nichts." Sie ging wieder in den Flur. „Schön, dass Sie für mich tätig werden, Herr Grundler", ergänzte sie und schob mir ein Kärtchen in die Tasche meiner Lederjacke. „Ich freue mich auf Ihren Anruf."

Ich war froh, als ich auf der Straße stand. Frau Doktor Leder strengte mich an, sie zog an verschiedenen Strippen und ließ mich für sie laufen. Was steckte bloß dahinter? Ich dachte an unser Telefonat vom gestrigen Tag. Etwas war mir dabei aufgefallen. Aber es fiel mir nicht ein, was es gewesen war.

Ich schüttelte den Gedanken ab, während ich mich zu Fuß auf den Weg zur Theaterstraße machte. Ich musste noch zwei Telefonate erledigen, bevor ich Feierabend machen konnte, und war froh, in der Kanzlei niemanden mehr anzutreffen.

Sabine hatte mir auf meinem Schreibtisch die Notiz hinterlassen, dass sie in meiner Wohnung sehnsüchtig mit dem Essen auf mich wartete.

Schnell tippte ich die Nummer des Kommissars ins Telefon, musste mir aber im Polizeipräsidium sagen lassen, Böhnke habe bereits Feierabend gemacht. Automatisch wählte ich seine Privatnummer und brauchte nicht lange zu warten, bis abgehoben wurde.

„Ich habe mir gedacht, dass Sie mich anrufen werden", sagte Böhnke statt einer Begrüßung, „und ich sage Ihnen auch den Grund, weshalb ich Sie um Mithilfe gebeten habe, bevor Sie mich danach fragen." Der Kommissar ließ mich nicht zu Wort kommen. „Frau Doktor Leder ist eine entfernte Verwandte meiner Lebensgefährtin", bekannte er, „da weiß ich nicht, ob ich unvoreingenommen zu Werke gehen kann. Zum anderen möchte ich den Fall nicht an einen Kollegen abgeben, sondern selbst behandeln und Sie dabei als meine Kontrollinstanz zur Seite haben." Böhnke legte eine Atempause ein, fuhr aber in seinem Monolog fort, ehe ich etwas einwenden konnte. „Und zum Dritten will ich herausfinden, was bei den Geschichten von Fleischmann Wirklichkeit ist und was Fantasie."

Bevor ich mein Erstaunen über diese heute schon einmal gehörte Bemerkung äußern konnte, fragte mich der Kommissar: „Haben Sie schon einmal einen Krimi von Fleischmann gelesen?"

„Nein." Ich war erleichtert, am Gespräch beteiligt zu werden. Doch blieb mein Anteil auf dieses eine Wort beschränkt.

„Dann sollten Sie es schleunigst tun. Vielleicht findet sich der Schlüssel zum Ableben von Fleischmann in dessen Büchern. Es würde mich nicht wundern." Böhnke stockte kurz, dann redete er hastig weiter. „Ich muss Schluss machen. Meine Freundin steht vor der Tür. Wir wollen für ein paar Tage nach Huppenbroich zum Ausspannen. Tschö, wa." Schon hatte er aufgelegt.

Noch ein letztes Telefonat für heute, schwor ich mir und wählte den AZ-Reporter an.

„Neues von Fleischmann?", fragte ich Sümmerling.

„Nichts Neues. Nur die Erkenntnis, dass zwischen der zuständigen Staatsanwaltschaft Mönchengladbach und der ermittelnden Mordkommission der Kripo Aachen offenbar erhebliche Kommunikationsprobleme bestehen. Ich habe jedenfalls keine neuen Informationen mehr bekommen. Ihr Freund Böhnke soll die Ermittlungen leiten und soll heute Morgen in Erkelenz gewesen sei, so ist mir jedenfalls zugetragen worden. Aber Böhnke hat nichts anderes zu tun, als sich ausgerechnet jetzt für die nächsten Tage Freizeitausgleich zu gönnen." Der erboste Sümmerling schimpfte los. „Da läuft die Untersuchung in einem spektakulären Mordfall gerade an und unser Superkommissar vergnügt sich lieber auf dem Lande, als auf Mörderjagd zu gehen. So etwas gibt es nur in der deutschen Bürokratie." Er werde einen bösen Kommentar schreiben, kündigte der Journalist vollmundig an.

Ich könne und würde ihn nicht daran hindern, entgegnete ich, wobei ich seine Sicht der Dinge durchaus verstand. Es war schon widersprüchlich, wenn Böhnke unter allen Umständen ermitteln wollte und sich zunächst einmal vom Acker machte. Ich kam zu meinem eigentlichen Anliegen. „Was macht eigentlich der Daumenabdruck von Fleischmann?"

„Fehlanzeige", antwortete Sümmerling zerknirscht. „Das macht mich ja so wütend. Da flüstert mir ein Hampelmann aus dem Polizeipräsidium am Morgen die heiße Information zu, man habe Fleischmann aufgrund des Daumenabdrucks identifiziert, und muss mir am Nachmittag kleinlaut eingestehen, dass er Unfug verzapft hat." Der Schreiberling schnaubte. „Und der zuständige Kommissar ist den ganzen Tag über nicht zu sprechen."

Ich konnte ein Lachen nicht verhindern. „Das ist halt Journalistenlos, mein Freund. Aber ich kann Ihnen wahrscheinlich helfen", sagte ich versöhnlich, „wir wollten doch zusammenarbeiten. Oder?"

„Was gibt's?", fragte der AZ-Reporter wissbegierig. „Was haben Sie für mich?"

„Ich kann Ihnen sagen, dass Renatus Fleischmann identifiziert wurde, weil man bei ihm den Personalausweis gefunden hat."

„Wer sagt das?"

„Böhnke."

„Von wem wissen Sie das, Herr Grundler?" Die Verblüffung in Sümmerlings Stimme war unüberhörbar.

„Von Böhnke. Ich bin mit ihm am Lahey-Park in Erkelenz gewesen."

Für einen Moment blieb es still in der Leitung. Der Schreiberling schien angesäuert und brauchte einige Zeit, um meine Mitteilung zu verdauen. „Na, gut", sagte er schließlich mit aufgesetzter Munterkeit, „warum geben Sie mir diese Information?"

Ich lachte erneut auf. „Wir wollten doch den Fall zusammen lösen. Außerdem haben auch Sie mir Informationen gegeben, die ich brauchen kann."

Schleunigst verließ ich die Kanzlei und eilte, mit Fleischmanns Büchern in einer einfachen Plastiktüte, zu Fuß durch die Stadt zum Templergraben. Ich hatte zunächst überlegt, mich von Sabine mit dem Wagen abholen zu lassen, mich dann aber für den Fußmarsch entschieden. Dabei hatte ich Zeit, die Ereignisse des Tages zu sortieren. Worauf die Geschichte des zerhäckselten Renatus Fleischmann hinauslief, war mir noch nicht klar. Aber ich war bereit, zunächst einmal mitzuspielen. Ich konnte jederzeit aussteigen, sagte ich mir zu meiner Beruhigung, ich hatte nichts zu verlieren.

Entspannt und zufrieden öffnete ich die Tür zu meiner Wohnung und weckte mit einem Kuss Sabine, die im Wohnzimmer auf der Couch eingeschlafen war.

Sie habe schon gegessen, entschuldigte sich meine Liebste, als sie vor mir in die Küche lief und den Kühlschrank öffnete. „Ich habe dir dein Lieblingsessen zubereitet", sagte sie frohlockend und präsentierte mir einen Teller.

Angesichts der beiden Metzgerfrikadellen, die darauf lagen, verging mir allerdings trotz meines knurrenden Magens auf der Stelle der Appetit.

# Unfallflucht

Hungrig und müde schleppte ich mich ins Bett und versuchte krampfhaft, Schlaf zu finden. Alle möglichen Gedanken und Bilder schwirrten mir durch den Kopf, bei denen ich nicht wusste, ob ich sie träumte oder im schlaflosen Zustand erdachte. Ein Daumen flog über ein freies Feld durch die Luft, von der Lektorin mit einem Fangnetz verfolgt. Böhnke saß auf einem Hochsitz und betrachtete gespannt das skurrile Treiben.

Sabine schubste mich an und knurrte, ich solle endlich ruhig liegen bleiben.

Auch der Daumen winkte mir mahnend zu. Renate Leder hielt ihn in ihrer Hand und sah ihn entzückt an, derweil Böhnke zufrieden zu seinem Dienstwagen ging und am lärmenden Funkgerät hantierte.

Wieder stieß mich meine ungehaltene Bettnachbarin an. „Telefon!", raunzte Sabine im Halbschlaf, „bestimmt für dich."

Jetzt vernahm auch ich das Klingeln. Ich tapste im Dunkeln ins Wohnzimmer zum Schreibtisch und knipste die Beleuchtung an. Während ich laut gähnend zum Hörer griff, ließ ich mich in den Sessel fallen.

Welcher Schwachkopf wollte mich schon um vier Uhr morgens sprechen?

Mit einem Schlag war meine Müdigkeit verschwunden, als sich das Luisenhospital meldete und mich eine Krankenschwester mit freudloser Stimme mit einem Arzt verband. Die Frage, ob ich Tobias Grundler sei, hätte sich der Mediziner ersparen können.

„Was wollen Sie von mir?", fragte ich ihn angespannt.

Ob ich Frau Doktor Renate Leder kenne, fragte er mit besänftigender Stimme zurück.

Blöde Frage, dachte ich mir, ich kannte die Frau nicht näher, ich wusste allenfalls, wer sie war. „Was ist mit ihr?"

Sie hätte wenige Minuten nach Mitternacht einen Verkehrsunfall gehabt und sei dabei sehr schwer verletzt worden, berichtete der Arzt. „Es besteht akute Lebensgefahr." Man habe in der Jackentasche bei den Papieren der Frau einen Zettel mit meinem Namen und meiner Telefonnummer gefunden. „Sie sind unser einziger Anhaltspunkt", meinte der Arzt beinahe schon entschuldigend. Bestimmt würde sich deshalb auch noch die Polizei bei mir melden.

„Weshalb sollte sie?"

„Vielleicht können Sie ihr und uns erklären, was die Frau am Abend gemacht hat oder wo sie war."

Was eine Verabredung zum Tennisspielen mit einem Verkehrsunfall um Mitternacht zu tun haben könnte, sei mir schleierhaft, entgegnete ich.

Es erkläre aber, warum die Frau mit dem Wagen unterwegs war, hielt der Arzt ruhig dagegen.

Diese Art der Gesprächsführung behagte mir nicht. „Was ist passiert?", fragte ich ungehalten.

Der Arzt räusperte sich. „Was passiert ist, kann ich Ihnen nicht sagen. Den Unfallhergang wird die Polizei rekonstruieren. Wir haben uns nur mit den körperlichen Folgen des Unfalls für das Unfallopfer beschäftigt."

„Und welche Folgen sind das?" Ich stöhnte über die Langatmigkeit des Mediziners.

Die Liste der Verletzungen, die er nannte, schien nicht enden zu wollen. Die Lektorin hatte, so wie ich es verstand, einen Schädelbasisbruch und diverse Knochenbrüche davongetragen, innere Blutungen und Organquetschungen erlitten und noch einige andere Kleinigkeiten. Sie war bereits operiert worden, lag aber nun im Koma.

„Wann und ob sie daraus aufwacht und in welchem Zustand sie sich dann befindet, kann Ihnen momentan niemand sagen", behauptete der Arzt ohne großes Zutrauen in die medizinische Kunst. „Es sieht jedenfalls nicht gut für sie aus."

Damit war das Telefonat auch schon beendet. Ich bedankte mich sogar noch höflich für die nächtliche Störung, bevor ich, plötzlich wieder sehr müde, ins Bett zurückwankte. ‚Pech gehabt', kommentierte ich das Schicksal der Lektorin. Ich schwankte zwischen Anteilnahme und Interesselosigkeit. ‚Erst kommt ihr der Fleischmann abhanden, wenig später macht sie sich selbst auf den Weg in die ewigen Jagdgründe.' Dort würde sie bestimmt keine Schwierigkeiten haben, den Autor zu finden; auch ohne meine Mithilfe.


Der Anruf der Verkehrspolizei am frühen Morgen in der Kanzlei ließ nicht lange auf sich warten. Ich wiederholte mein Wissen, dass Renate Leder am Abend zum Tennisspielen verabredet war, und fragte neugierig, wie es zu ihrem Unfall gekommen war.

Das anfängliche Sträuben des Polizisten mit dem Hinweis auf den Personendatenschutz entkräftete ich mit der Anmerkung, ich sei der Anwalt der Lektorin und würde versuchen, in ihrem Namen rechtliche Schritte gegen den möglichen Unfallverursacher einzuleiten. „Oder hat sie etwa selbst den Unfall verschuldet?"

„Danach sieht es bestimmt nicht aus", erhielt ich als erwartete Antwort. Nach der Schilderung einer Zeugin, die am Straßenrand gestanden hatte, war die Lektorin mit ihrem Kleinwagen auf dem vorfahrtsberechtigten Prager Ring unterwegs, als von rechts auf der Gut-Dämme-Straße ein großer Geländewagen mit hohem Tempo in die Kreuzung hineinfuhr. „Nach Mitternacht wird die Ampelanlage ausgeschaltet", fügte der Polizist zur Erläuterung an. Der Geländewagen erwischte den Wagen am Heck und schleuderte ihn quer über die Fahrbahn. Mit den Reifen auf der Beifahrerseite prallte Leders Fahrzeug auf die Bordsteinkante und wurde in die Luft katapultiert. „Dann flog es in einem hohen Bogen über einen Zaun auf das Gelände eines Stahlgroßhandels, setzte auf, schoss auf einen Baucontainer zu und wurde nach dem Frontalaufprall von dort mit der Fahrerseite in einen Stapel von Eisenträgern geschoben. Die Träger haben sich in den Wagen hineingebohrt", berichtete der Polizist. „Es ist schon ein Wunder, dass die Frau den Unfall überhaupt überlebt hat."

Die Schilderung des Unfallhergangs schien mir wenig realistisch. „So etwas kann es doch gar nicht geben, so etwas sehen wir doch nur im Fernsehen", bemerkte ich zweifelnd.

Der Polizist lachte verbittert. „Sie würden sich wundern, wenn Sie mitbekämen, was alles in der Realität passiert. Die Wirklichkeit ist oft unglaubwürdiger als die Fantasie.

Es gibt Dinge zwischen Himmel und Erde, die können Sie sich einfach nicht vorstellen, Herr Grundler."

Bevor wir uns in eine philosophische Abhandlung über das Sein verzettelten, kam ich zum wahren Leben zurück.

„Was ist mit dem Unfallverursacher?"

„Unfallflucht. Der ist verschwunden", antwortete der Polizist lakonisch. „Die Zeugin hat nur mitbekommen, dass es sich um einen dunklen Geländewagen handelt. Sie hat weder Kennzeichen noch Insassen des Fahrzeuges erkannt." Er seufzte kurz. „Da können wir wahrscheinlich suchen bis zum Weltuntergang und werden ihn dennoch nicht finden."

„Hm", ich rieb mir nachdenklich das Kinn. „Eine Strafanzeige gegen Unbekannt wegen Unfallflucht und den ganzen rechtlichen Rattenschwanz haben Sie bestimmt schon geschrieben?", fragte ich und der Polizist bestätigte mich.

„Was allerdings wenig Aussicht auf Erfolg haben wird", fuhr ich ohne Zuversicht fort. „Was glauben Sie, war es tatsächlich ein Unfall oder stand Absicht hinter dem Zusammenstoß?"

Der Polizist wollte mich nicht auf Anhieb verstehen.

„War es Zufall, dass der Fahrer des Geländewagens Frau Doktor Leder erwischte oder hat er ihr aufgelauert, um sie abzuschießen?" Dann wäre diese Tat nämlich nach meiner Auffassung als Mordversuch einzustufen.

„Da muss ich passen", antwortete der Polizist. „Es sieht für uns zumindest aus, als handele es sich um einen Unfall, um ein zufälliges, nicht voraussehbares, plötzliches

Geschehen. Auch die Aussage der Zeugin lässt nicht darauf schließen, dass jemand die Frau bewusst abgepasst hatte."

Mit dieser Antwort musste ich mich notgedrungen zufrieden geben. Auch ich wollte zunächst einmal von einem Unfall ausgehen. Ein Mordversuch war vielleicht auch etwas zu weit hergeholt.

Andererseits: Die Lektorin hatte Fleischmann gesucht, er musste sterben und wenig später ging es ihr an den Kragen. War das nur Zufall?

„Wird wohl so sein", vermutete Dieter, mit dem ich die Situation wenig später bei einer Tasse Kaffee besprach. Er reichte mir die AZ über den Schreibtisch. „Du stehst übrigens heute ganz groß im Blättchen", sagte er und zeigte auf einen Artikel im Lokalteil.

Sümmerling hatte in seinem großen Bericht über die Ermordung von Renatus Fleischmann tatsächlich mich als Quelle angegeben, aus der er sein Wissen schöpfte, dass der Autor aufgrund des Personalausweises identifiziert worden war.

Diese Passage des Artikels interessierte mich weniger als das, was er weggelassen hatte. Mit keinem Wort ging der Zeitungsmann auf den angeblichen Fingerabdruck ein. Es schien sich dabei tatsächlich um eine Ente gehandelt zu haben.

Dennoch nahm ich den Artikel zum Anlass, den Journalisten in der Redaktion anzurufen. Er sei ja der letzte Hinterwäldler, lästerte ich. „Da passiert in der Nacht am Prager

Ring der spektakulärste Unfall aller Zeiten mit einer gekonnten Kunstflugakrobatik und ich lese heute keine einzige Zeile darüber." Bevor er protestieren konnte, setzte ich nach. „Habt ihr wenigstens Bilder vom Unfall?"

„Haben wir nicht", bedauerte Sümmerling verlegen, „das Einzige, das wir haben, ist ein Fax der Polizei von heute Morgen, in dem uns der Unfall geschildert wurde."

Meiner Bitte, mir dieses Fax zuzufaxen, kam der Journalist gerne nach. Verständlicherweise, und damit hatte ich gerechnet, fragte Sümmerling: „Warum wollen Sie es haben?"

„Weil es sich bei dem Unfallopfer um eine Mandantin handelt. Sie kennen sie auch." Ich machte eine kleine Pause. „Es handelt sich um Frau Doktor Renate Leder, eine Journalistin."

„Kenne ich nicht", entgegnete der Schreiberling spontan. Für einige Sekunden blieb er still. „Oder doch?" Es fiel ihm wieder ein. „Wir haben einmal über diese Frau im Zusammenhang mit dem Verschwinden von Maria Guillot gesprochen. Stimmt's?"

„So ist es", bestätigte ich ihm. „Aber Frau Doktor Renate Leder ist nicht nur Journalistin und Freundin von Maria Guillot, sie ist außerdem noch Lektorin."

„Momang, Momang!" Sümmerling unterbrach mich aufgeregt. „Wenn Sie so anfangen, weiß ich schon, was folgt. Ich wette mein Weihnachtsgeld darauf, dass diese Frau auch die Lektorin von Renatus Fleischmann ist."

Er habe mitten ins Schwarze getroffen, lobte ich den AZ-Reporter. Gelegentlich hatte Sümmerling wirklich Lichtblicke, die ihn meine Gedanken erraten ließen.

Ich lockte ihn weiter in meine Richtung. „Glauben Sie mit diesem Hintergrund des Opfers immer noch an einen Verkehrsunfall oder war der Zusammenstoß vielleicht eine geplante Attacke?" Es sprach zwar nichts dafür, meinte ich insgeheim für mich, aber ich konnte versuchen, den Schreiberling zweifeln zu lassen.

„Das ist bei der Konstellation nicht auszuschließen", antwortete er aufgeregt. „Das ist zumindest eine Frage, die man einmal in der Zeitung andeuten könnte."

Ich war zufrieden, so hatte ich mir es vorgestellt. Wenn nichts dran war an meiner Vermutung, würde sich die Geschichte in Wohlgefallen auflösen, wenn ich Recht haben sollte, würden vielleicht einige Mitmenschen unruhig werden.

„Ich warte auf Ihr Fax", sagte ich zum Abschied, „ich bin gespannt, was die Grünen über den tatsächlichen oder vermeintlichen Verkehrsunfall geschrieben haben."

# Der arme Poet

Lange brauchte ich nicht auf den versprochenen Unfallbericht zu warten. Er war eine Wiederholung dessen, was mir der Polizist zuvor am Telefon mitgeteilt hatte. Aus der Meldung war auch nicht andeutungsweise herauszulesen, dass es sich nicht um einen Unfall, sondern um einen Anschlag gehandelt haben könnte. Der Unfallverursacher wurde allen Ernstes im umständlichen Beamtendeutsch aufgefordert, sich unverzüglich bei der Polizei zu melden.

Eine Zeugin hätte den Unfallwagen erkannt, wurde behauptet. Allerdings konnte ich mir nicht vorstellen, dass jemand auf diesen Bluff hereinfallen würde.

Ich legte das Fax zur Seite und streckte mich zufrieden in meinem Sessel. Damit war das Thema Fleischmann/Leder zunächst einmal beendet, befand ich für mich. Jetzt konnte ich mich wieder den lukrativen Dingen zuwenden und den Reichtum von Doktor Dieter Schulz mehren. Aber ich kam nicht dazu, mir die von Sabine bereitgelegte Akte über die diskrete Scheidung einer Fabrikantenehe vorzuknöpfen. Das Telefon hielt mich von meiner Arbeit ab.

Böhnke wünschte mich dringend zu sprechen. Er hielt sich nicht lange an einer Begrüßung oder Erklärung auf. Auch ging der Kommissar erst gar nicht auf den Zeitungsartikel ein. Ihn kümmerte es keineswegs, dass ich als Informant genannt worden war. Ich hatte nichts Geheimnisvolles verraten, insofern sah er keine Veranlassung, überhaupt über den Bericht zu sprechen. Vielmehr bat er mich ausgesprochen höflich, ihn am Nachmittag zu begleiten.

„Ich möchte nicht gerne alleine in der menschenleeren Wohnung von Fleischmann herumstöbern", sagte der Kommissar zu meinem Erstaunen, „vier Augen sehen mehr als zwei. Zwei Männer können sich außerdem gegenseitig besser decken als ein Einzelgänger."

Er sei mir eine einzige Erklärung schuldig, meinte ich als bescheidene Anmerkung vorbringen zu dürfen: „Ich denke, Sie machen Freizeit?"

„Mache ich auch", brummte Böhnke unbehaglich. „Es soll jedenfalls nach außen so aussehen. Ich arbeite gewissermaßen verdeckt."

54

„Warum?"

Der Kommissar gab sich geheimnisvoll und ausweichend und lenkte auffällig ab: „Haben Sie inzwischen einmal in die Bücher von Fleischmann hineingesehen?"

„Nein." Ich hätte keine Zeit gehabt, antwortete ich. Ich sah allerdings jetzt auch keine Veranlassung mehr dazu, nachdem meine Mandantin vorläufig aus dem Spiel ausgeschieden war.

„Dann lesen Sie die Romane und Sie werden mich vielleicht verstehen." Das musste mir zur Erklärung genügen, behauptete der Kommissar, und um meine Neugier zu wecken. Böhnke ließ sich von mir noch einmal ausdrücklich mein Erscheinen an der Stephanstraße vor der Wohnung von Fleischmann bestätigen. „Wehe Ihnen, wenn Sie nicht antanzen!", drohte er mir scherzhaft.

„Mich interessiert schon, wie ein armer Poet sein karges Leben fristet", bemerkte ich lapidar als Zusage. Das sei der alleinige Grund, weshalb ich Böhnke begleiten würde, behauptete ich wenig überzeugend.

Mein grauhaariger Freund ließ mich nur wenige Minuten allein vor dem unauffälligen Mietshaus in der geschlossenen Häuserzeile warten. Es war erstaunlich ruhig auf der Straße, Alltag eben. Lediglich ein in die Jahre gekommener roter Golf mit Dürener Kennzeichen, der auf der Suche nach einem Parkplatz mehrmals langsam an mir vorbeifuhr, sorgte für Bewegung im Straßenbild. Aber die Reihen der parkenden Autos waren und blieben geschlossen.

„Woher haben Sie die Schlüssel?", fragte ich Böhnke, während er den klapprigen Briefkasten an der ehemals weiß getünchten Wand im Hausflur öffnete. Aber der triste Blechbehälter war leer.

„Von Fleischmanns Eltern", antwortete er beiläufig, als wir langsam und ständig umherschauend durch das leere Treppenhaus ins Dachgeschoss stiegen. Bei Vater und Mutter hatte Fleischmann einen Ersatzschlüssel deponiert, erklärte der Kommissar, der schmunzelte. „Jeder liefert einen Ersatzschlüssel bei irgendjemandem ab. Sie etwas nicht, Herr Grundler?"

Ich blieb verblüfft auf dem Treppenabsatz stehen. Tatsächlich hatte auch ich einen Ersatzschlüssel gehabt und abgegeben. Aber bei wem? Der Kommissar hatte mich unbeabsichtigt auf ein kleines Problem hingewiesen.

„Fleischmanns Eltern haben mir die Erlaubnis gegeben, die Wohnung zu durchsuchen", fuhr Böhnke fort. Er hatte sie am Morgen in Geilenkirchen aufgesucht, sie hatten ihm bereitwillig die Schlüssel gegeben. „Sie können sich nicht erklären, was passiert ist. Fleischmann hat Ihnen nie etwas über seine Schreiberei erzählt", sagte der Kommissar, während er die Wohnungstür aufschloss. „Der Sohn hat seine Eltern nur selten besucht. Geschwister hat er keine", ergänzte er, als sei diese Mitteilung von größter Wichtigkeit. „Die Eltern sind gewissermaßen die Alleinerben von Renatus Fleischmann."

Für einige Augenblicke verharrte ich verunsichert im Eingang, dann trat ich vorsichtig ein. So hatte ich mir die Wohnung eines Schriftstellers nicht vorgestellt. Ich hatte, ähnlich wie bei Renate Leder, übervolle Bücherregale erwartet, Stapel von Papieren, einen unaufgeräumten

Schreibtisch mit überquellendem Aschenbecher und anklebender Kaffeetasse, in der sich noch der abgestandene Rest der braunen Brühe befand. Aber mitnichten, die Wohnung von Fleischmann war kühl und nüchtern. Spärlich möbliert dominierten weiß gestrichene, kahle Wände. Ein schmaler Flur, zwei kleine Zimmer, eine Küche, ein winziges Bad mit unverhangenen Fenstern in den Dachschrägen machten das spartanische Reich von Fleischmann aus. Der Autor lebte zwar durchaus bescheiden, aber beileibe nicht so, wie nach meiner Vorstellung ein armer Poet zu leben hatte.

Es sah ordentlich und aufgeräumt aus in der Wohnung. Auf dem Schreibtisch lagen die Stifte der Länge nach sortiert in einer Dose. Das Papier unterschiedlicher Größe stapelte sich in verschiedenfarbigen Plastikablagen. Säuberlich beschriftet standen Aktenordner in einem wandhohen Bücherregal, das die gesamte Zimmerseite direkt neben dem Schreibtisch einnahm. Eine Tageszeitung hatte Fleischmann wahrscheinlich nicht abonniert, wir hätten sonst gewiss sein Exemplar im Hausflur oder im Briefkasten gefunden. Auch fehlte ein Telefon, ebenso ein Fernseher. Lediglich ein altes Kofferradio mit ausgezogener Antenne, das auf dem überladenen Regal neben dem Schreibtisch stand, lieferte dem alleinlebenden Autor Informationen. Ein Computer hatte längst die Funktion der Schreibmaschine übernommen, seine Tastatur war ebenso ordentlich mit einer Schutzhülle verdeckt wie ein Drucker.

Ich erinnerte mich an die Beurteilung, die seine Lektorin von Fleischmann gegeben hatte. Er sei gründlich und penibel genau, hatte sie gemeint, und war damit offenbar das genaue Gegenteil von Renate Leder, jedenfalls so weit es die Wohnungen betraf.

In dieser Wohnung konnte nichts versteckt werden. Es gab nur offene Regale. Ob in Küche oder Bad, im Schlafzimmer oder im Arbeitsraum, überall waren fein säuberlich Kleidung, Nahrung oder Material geordnet. Das Schlafzimmer war zu klein, um sich darin mit zwei Personen bewegen zu können. Ich stellte mir Damenbesuche darin vor. Sie wären zwangsläufig sehr innig gewesen, aber wahrscheinlich fanden sie erst gar nicht statt. Ein Einzelbett und ein Schrank aus Holz machten die einfache und nüchterne Einrichtung aus. Auf eine wohnliche Ecke hatte Fleischmann auch im zweiten, etwas größeren Raum verzichtet. Sessel oder Sofa fanden ebenso keinen Platz wie ein Couchtisch. Fleischmann schien ausschließlich an seinem Schreibtisch zu leben, was für ihn offenbar bedeutete, ständig in seiner Einsamkeit zu schreiben. Bilder oder Fotos hatten in der nüchternen Wohnung ebenso wenig einen Platz wie Grünzeug oder Blumen. Ich hatte den Eindruck, als habe der Bewohner dieser einfachen Unterkunft gründlich Hausputz gemacht, bevor er verreist war.

„Fleischmann hat seine Umgebung auf das Überschaubare reduziert", kommentierte Böhnke kopfschüttelnd, der ebenso wie ich lange Zeit als stummer Beobachter durch die Räume gegangen war. Er griff nach dem Dutzend Aktenordnern und legte sie auf einem kleinen Tisch ab. „Dann wollen wir einmal", schlug er mir vor, „mal sehen, ob wir was finden." Er setzte sich auf einen Holzstuhl, den er aus der Küche mitgebracht hatte, und klappte einen Ordner auf.

Bald schon mussten wir uns eingestehen, dass nichts Aufregendes in den Ordnern zu finden war. Sie enthielten die Korrespondenz mit dem Buchverlag, Abrechnungen über den Verkauf der Werke und einige Verträge über Lesungen bei Volkshochschulen oder in Buchhandlungen. Erstaunt war ich über die durchweg positiven Kritiken, die in Presseberichten über Fleischmann und dessen Romane geäußert worden waren.

Gewissenhaft hatte der Autor die Artikel als Kopien mit Datum und Medium versehen und abgeheftet.

Reich werden konnte der Schriftsteller mit seiner Schreiberei allem Anschein nach nicht. Die Honorare reichten gerade einmal aus, um die geringe Miete für die Wohnung zu bezahlen und ein bescheidenes Leben zu führen, so bewertete ich jedenfalls die Situation.

Zu wenig zum Leben, aber zu viel zum Sterben, fiel mir spontan ein. „Ob alle Autoren so leben müssen?", fragte ich Böhnke, der mich staunend ansah.

„Alle wahrscheinlich nicht, aber bestimmt die meisten, denke ich." Er habe von einem Bekannten, einem Buchhändler, gehört, gerade einmal ein gutes Dutzend Autoren würde in Deutschland mit ihren Büchern ihren Lebensunterhalt verdienen. Die große Masse der Bücherschreiber könne nicht ausschließlich von den Einnahmen leben, mutmaßte der Kommissar. Das wären gerade einmal fünf Prozent. Die meisten Schreiber hätten noch einen anständigen Beruf oder eine Lehrerin als Ehefrau, meinte er humorvoll.

„Und was war mit Fleischmann?"

Böhnke lächelte. „Der fällt wahrscheinlich in die letztere Kategorie." Das könne sich allenfalls ändern, wenn die Romane verfilmt würden. „Mein Buchhändler will gehört haben, dass es entsprechende Überlegungen gibt."

Ich hielt die Behauptung für ein Gerücht, zumal sich in den Unterlagen von Fleischmann keine Hinweise darauf fanden.

Aber jetzt war es ohnehin zu spät. Jetzt war Fleischmann tot; gestorben nicht wegen der brotlosen Schreiberei, sondern vermutlich wegen des Realitätsbezugs seiner Werke. Es war wohl langsam wirklich an der Zeit, dass ich mir seine so gelobten Bücher auch einmal zu Gemüte führte, nahm ich mir vor. Damit würde ich im Nachhinein auch noch eine Bitte der Lektorin erfüllen.

Unsere Suche in den Ordnern und den Regalen ähnelte einem ungeordneten Stochern im Nebel. Es kam nichts dabei heraus, das uns auch nur andeutungsweise Hinweise auf Fleischmanns gewaltsamen Tod geben konnte.

Der Kommissar und ich sahen uns fragend an. Was war zu tun?

„Da bleibt uns nur der Blick in das Innenleben des Computers", meinte ich entschlossen, setzte mich vor das Gerät an den Schreibtisch, nahm die Schutzhüllen ab und drückte energisch den Startknopf.

Wie nicht anders zu erwarten, hatte Fleischmann auf der Festplatte seines elektronischen Freundes ebenfalls

60

gründlich aufgeräumt. Die Dateien waren ordentlich registriert. Der Autor hatte offensichtlich über alle seine Aktivitäten Protokoll geführt. So hatte er unter anderem für die letzten Jahre aufgelistet, wann er wohin gefahren war und hatte die Kosten bereits in der Gewinnberechnung für das Finanzamt notiert. Alle Erscheinungsdaten seiner Bücher, die verkauften Auflagen pro Jahr; seine daraus erzielten Honorare waren gespeichert.

Mich wunderte der bescheidene Anteil, der pro verkauften Buch an den Autor floss. Es waren gerade einmal eine Mark und 20, bei einem Verkaufspreis, den ich noch nicht kannte.

Fleischmann hatte über sein komplettes Leben bilanziert; bis vor 16 Tagen, da hörten die Eintragungen auf.

„Das ist bestimmt der Zeitpunkt, an dem er verschwunden ist", sagte ich, während ich mich zu Böhnke umdrehte. Er nickte zustimmend mit dem Kopf.

„Zumindest hat Fleischmann seit diesem Zeitpunkt keine Eintragungen mehr vorgenommen, was dafür spricht, dass er seitdem nicht mehr in seiner Wohnung war." Der Kommissar rieb sich übers Kinn. Er stand hinter mir und hatte mir über die Schulter gesehen, als ich am Computer hantierte. „Was mich erstaunt, ist der Umstand, dass Sie noch kein einziges Manuskript von Fleischmann gefunden haben, Herr Grundler."

In der Tat, im Speicher des Computers fand sich auf den ersten Blick kein Hinweis auf irgendein Manuskript. „Fleischmann hat die Texte wahrscheinlich auf Disketten gespeichert", versuchte ich, das Fehlen zu erklären, und forderte zwangsläufig die nächste Frage heraus.

„Und wo sind die Disketten?", fragte Böhnke prompt.

Ich musste eingestehen, dass es keine Einzige in den Regalen gab.

„Wissen Sie, was ich vermute?", fuhr der Kommissar fragend fort.

Ich nickte wissend. Die Vermutung lag geradezu auf der Hand. „Hier hat jemand aufgeräumt. Im Computer ist alles verschwunden, was irgendwie mit den Manuskripten von Fleischmann zu tun haben könnte." Offenbar waren die entsprechenden Dateien gelöscht worden. „Wer hat das getan?"

„Vielleicht Fleischmann selbst", antwortete der Kommissar bedächtig, „vielleicht ein anderer. Ich kann es Ihnen nicht verraten."

„Mist!", fluchte ich für mich. Die Lektorin hätte mir bestimmt etwas über die für mich ungewöhnlichen Arbeitsmethoden von Fleischmann sagen können. Aber Renatchen war für lange, wenn nicht sogar für alle Zeit aus dem Verkehr gezogen worden.

„Hier kommen wir nicht weiter", sagte ich unzufrieden zu Böhnke. „Oder haben Sie Hinweise gefunden, die ich übersehen habe?"

Der Kommissar verneinte. „Ich glaube, hier gibt's nichts, das uns im Moment weiterhelfen könnte." Er wandte sich zum Wohnungsausgang. „Lassen Sie uns ins Leben zurückkehren."

Im „Jakobshof", fast ums Eck an der Stromgasse, bilanzierten wir noch einmal unsere Wohnungsdurchsuchung bei Fleischmann. Wir waren am frühen Nachmittag allein

in der rustikal gemütlichen Gaststätte und konnten unbe-
obachtet reden.

„Es muss doch irgendwo Disketten oder Ausdrucke geben", meinte ich nachdenklich, während ich das spru-
delnde Mineralwasser in meinem Glas betrachtete. Ich
erinnerte mich und Böhnke an meine eigene, kurze
schriftstellerische Vergangenheit. „Ich habe keine einzige
Kurzgeschichte weggeworfen." Ich besaß immer noch
sämtliche Manuskripte einschließlich der ersten hand-
schriftlichen Entwürfe und Skizzen und selbstverständlich
auch noch den Geschichtenband, der vor knapp zehn Jahren einmal mit beachtlichem Erfolg aufgelegt worden
war. Nach der Veröffentlichung hatte ich jedoch die Lust
verloren, weiter für eine unbekannte Leserschaft zu
schreiben. Wenn ich jetzt noch ab und zu eine Geschichte
zu Papier brachte, dann war sie für den Hausgebrauch o-
der als Geschenk für Freunde bestimmt. Aber ich hatte
alle Unterlagen aufbewahrt. „Ich kann mir einfach nicht
vorstellen, dass Fleischmann so wenig Beziehung zu seinem eigenen Werk hatte."

Böhnke nahm einen kräftigen Schluck aus seinem Bierglas. „Es ist schwer vorstellbar", stimmte er mir zu, „aber
vielleicht reichte es ihm, wenn er das gedruckte Werk vor
sich hatte. Dann konnte er alles andere wegwerfen. Der
Text war ja verewigt."

Das habe zumindest den Vorteil, dass es immer genügend
Platz auf den Bücherregalen und in den Aktenordnern
gab, entgegnete ich ironisch. Böhnkes Antwort konnte
mich nicht zufrieden stellen. Doch auch mir fiel keine andere, plausible Erklärung ein. Ich wechselte das Thema.

„Lassen Sie den Computer noch einmal von einem Spezialisten durchleuchten?" Dabei könnten auf der Festplatte vielleicht Spuren von gelöschten Dateien gefunden werden, gab ich zu bedenken.

Böhnke nahm die Anregung gerne auf. „Ich werde mich darum kümmern", sagte er und lächelte, „nach meinem Freizeitausgleich."

Ich sah den Kommissar verwundert an. „Was soll überhaupt der Blödsinn mit dem Freizeitausgleich? Sie ermitteln hier und behaupten gleichzeitig, Sie seien nicht im Dienst." Ich ließe mich nicht von ihm zum Narren halten, die angeblichen verdeckten Ermittlungen überzeugten mich nicht.

„Es ist aber so", versicherte der Kommissar ernst. „Ich möchte den Rücken freihaben bei meiner Arbeit und nicht dummen Fragen ausgesetzt sein. Das könnte meine Tätigkeit erheblich beeinträchtigen."

Auf diese Antwort konnte ich mir keinen Reim machen. „Wer sollte Ihnen dumme Frage stellen? Wer sollte Sie behindern?"

Böhnke schaute mich entschuldigend an. „Lesen Sie Fleischmanns Bücher und Sie werden mich verstehen." Er blickte auf seine Armbanduhr und erhob sich. „Ich muss zurück nach Huppenbroich, meine Freundin möchte, dass ich pünktlich zum Essen komme." Er drückte mir fest die Hand. „Lesen Sie und passen Sie auf sich auf, mein Freund."

Bevor ich etwas erwidern konnte, hatte der Kommissar das Lokal schon verlassen. Es blieb mir überlassen, unseren geringen Getränkeverzehr bei dem herangeeilten Kellner zu begleichen.

Auf der Jakobstraße stolperte ich fast über den Gast aus Düren, der anscheinend immer noch oder schon wieder in langsamer Fahrt durch die Gegend kurvte. Bevor ich einen genaueren Blick auf den Fahrer werfen konnte, beschleunigte der Golf und fuhr davon. Offenbar hatten die beiden Insassen die Suche nach einer Abstellmöglichkeit für ihr Gefährt endgültig aufgegeben, wenn sie danach Ausschau gehalten hatten.

# De Haan

Unzufrieden lief ich zur Theaterstraße zurück. In welchem Stück spielte ich mit? Welche Rolle hatte ich? Was war mit Renatus Fleischmann, was war mit Renate Leder, aber vor allem, was war mit Böhnke? Ich kam mir wirklich vor wie in einem Kriminalroman, in dem ich selbst nach einem knappen Viertel immer noch nicht wusste, wohin die Reise gehen würde.

„Du bist zu sehr durch die Arbeit angespannt", versuchte mich Sabine zu beruhigen. Ich saß, unruhig mit einer Büroklammer spielend, in meinem Sessel, sie stand hinter mir und massierte mir den Nacken. „Du stehst unter Stress und hast dir diese Geschichte auch noch aufhalsen lassen. Du hast deshalb schon Halluzinationen." Das Beste sei es in diesem Falle, für ein paar Tage abzuschalten. Sabine schlang ihre Arme um meinen Hals. „Wie wär's mit De Haan?"

Die Idee gefiel mir ausgezeichnet. „Gerne", sagte ich zustimmend und drückte meine Liebste fest an mich. „Aber was sagt unser allmächtiger Brötchengeber dazu?"

Sabine wandte sich aus meiner Umarmung und zog aus ihrer Jeanstasche einen Autoschlüssel, den sie mir triumphierend zuwarf. „Dieter ist einverstanden. Er meint, du brauchst unbedingt eine entspannende Auszeit, du seist nur noch nervös und ekelhaft. Wir sollen sofort losfahren."

Meine Liebste ließ mir keine Zeit, den unverschämten Vorwurf zu verarbeiten. Ehe ich mich versah, saß ich schon im Porsche unseres Chefs und fuhr mit Sabine an der Seite in Richtung Brügge. An der Nordsee in De Haan besaßen wir eine Immobiliengesellschaft, die Dieter und ich aus steuerlichen Zwecken gegründet hatten, direkt an der Strandpromenade in den nicht gerade schmuckvollen Hochhäusern aus Beton ein gemütliches Apartment mit einem tollen Ausblick auf das Meer, in das wir uns gelegentlich ganz privat und von niemandem erkannt zurückzogen. Sabine hatte bei dem vermeintlich überstürzten Aufbruch gen Westen an alles gedacht. Ich hatte Jeans, Sweatshirts und Unterwäsche in der von ihr gepackten Sporttasche dabei, sie in einem Koffer ihre Garderobe, und auch das Wichtigste hatte sie nicht vergessen.

„Ich habe sämtliche Romane von Fleischmann eingepackt", sagte mein Organisationstalent vergnügt. Sie zwickte mich fest und schmerzhaft in den Oberschenkel.

„Falls du dich tatsächlich mit mir einmal langweilen solltest."

Mit meiner Liebsten war es mir auch bei schlechtestem Regenwetter an der Nordsee nie langweilig. Wir hatten genug mit uns zu tun und immerhin hatten wir uns mit ausreichendem Lesestoff eingedeckt für den Fall, dass wir uns einmal wegen der notgedrungenen Dauernähe nicht mehr ausstehen konnten. Die fünf handlichen Taschenbücher mit den Kriminalgeschichten von Fleischmann wanderten ständig zwischen Sabine und mir umher. Jeder von uns wollte die Romane in chronologischer Reihenfolge lesen, was dazu führte, dass wir uns bei jeder Gelegenheit gegenseitig das Erstlingswerk abluchsten. Schließlich wurde es mir zu bunt und ich befahl meiner Sekretärin kraft meiner Stellung als Vorgesetzter, mich zuerst lesen zu lassen, was die mir Untergebene erstaunlicherweise nur mit einem kurzzeitigen schmollenden Schweigen quittierte, während ich zu lesen begann.

Fleischmann hatte seine Geschichten geschickt aufgezogen. Ein ungelenker, leicht gehbehinderter und deswegen bisweilen unterschätzter Einzelgänger, der von einer Erbschaft leben konnte, stolperte gewissermaßen immer in ein kriminelles Geschehen hinein; ähnlich meiner Wenigkeit, die ebenfalls ohne eigenes Dazutun das Verbrechen unweigerlich anzog. Ich war froh, dass sich solche Begebenheiten nicht nur in der Realität, sondern offenkundig auch in Kriminalromanen abspielten. Jedenfalls wirkten die Geschichten dadurch für mich tatsächlich durchaus glaubhaft und sogar gegeben. Die Romane spielten in einer nicht genannten Kleinstadt in der Region, die nach der ausführlichen Beschreibung Fleischmanns durchaus Stolberg sein konnte. Ein Stelzenhochhaus als Verwaltungstempel kannte ich aus keiner anderen Stadt in der Umgebung. Auch fehlte in der Romanstadt nicht die für Stolberg markante Altstadt mit der Burg und einem Flüsschen im Tallauf.

Fleischmanns durchgängiges Thema war die kriminellen Machenschaften machtbesessener Kommunalpolitiker sowie feister Verwaltungsbeamten, was ich mit großem Vergnügen zur Kenntnis nahm. So gelangte zum Beispiel im ersten Roman der Verwaltungschef durch die intrigante Zusammenarbeit mit dem anmaßenden Bürgermeister und massive Bestechung zu seinem Spitzenamt, hatte aber aufgrund seines Wissens über menschliche und vornehmliche männliche Verfehlungen seine kommunalpolitischen Freunde fest in der Hand. Der für mich stimmige, für Sabine hingegen unerfreuliche Ausgang der Geschichte bestand darin, dass die korrupten und skrupellosen Hintermänner mitsamt dem Spitzenbeamten ungestraft davonkamen, während ihre Helfershelfer selbstverständlich als Opferlämmer geschlachtet wurden.

Auch in der zweiten Geschichte über Vorteilsannahme und Vorteilsgewährung bei der Vergabe von städtischen Veranstaltungen an private Veranstalter kamen die beiden Drahtzieher, der Bürgermeister und der Stadtdirektor, ungeschoren davon.

„Genau wie im richtigen Leben", kommentierte ich begeistert.

Sabine hingegen schaute nach der Lektüre grimmig drein. „Findest du es etwa gut, dass das Böse das bessere Ende für sich behält?"

„Gut finde ich das nicht", entgegnete ich, „aber so ist es nun einmal." Ich erinnerte meine Liebste an einen gewissen Herrn Suhrbach aus Erkelenz, der sich erkennbar auf Kosten anderer Menschen bereichert hatte und nun ungestraft in Saus und Braus leben konnte. „Unser Freund Hieronymus kann ein leidlich Liedchen davon singen. Aber einmal gehen auch diese Ganoven zu weit und werden geschnappt", sagte ich überzeugt, „das gilt für Fleischmanns Figuren ebenso wie für Suhrbach."

Schnell griff ich nach dem dritten Roman, um meiner Liebsten zuvorzukommen. Bald fand ich mich in einer Geschichte um Lug und Betrug in einer Bauverwaltung wieder. Da wurden Schmiergelder bezahlt und öffentliche Ausschreibungen manipuliert. Und wieder blieb zum Schluss die Frage offen, inwieweit Bürgermeister und Stadtdirektor davon gewusst oder sogar davon profitiert hatten, nachdem die Beamten des Bauamtes in den Knast gewandert waren.

„So ist es auch in der Wirklichkeit", sagte ich pauschal, „die Großen lässt man laufen, die Kleinen werden gehängt." Die Geschichten von Fleischmann kamen mir irgendwie bekannt vor. Mir schien, als hätte ich sie schon irgendwo erlebt, und ich glaubte, die Methode von Fleischmann durchschaut zu haben.

„Fleischmann sucht sich kriminelle Ereignisse im Umfeld der Kommunalpolitik und verarbeitet sie in seinen Romanen", erklärte ich Sabine, die mir uneingeschränkt zustimmte. Das sei schon geschickt, meinte ich anerkennend. „Die Übergänge zwischen Realität und Fantasie sind oft nur schwer erkennbar."

Auch in seinem vierten Roman blieb Fleischmann seiner Linie treu. In diesem Buch hatte er betrügerische Manipulationen im Sozialamt zum Schwerpunktthema gemacht. Wieder wurde nicht klar, ob zu Unrecht an Sozialhilfeempfänger und Asylbewerber geflossene und an Mitarbeiter der Verwaltung zum Großteil zurückgegebene Gelder aus dem städtischen Säckel nicht doch wieder teilweise in der obersten Etage des Rathauses landeten. Gespannt war ich auf die fünfte Geschichte von Fleischmann und ich wurde, fast schon erwartungsgemäß, nicht enttäuscht. Darin schrieb der Krimiautor über angeblich gestohlene Blankoführerscheinformulare, die unter der Hand verkauft wurden. Dieser Roman war inzwischen von der Realität überholt worden. Durch die neuen, scheinbar fälschungssicheren Europaführerscheine im Scheckkartenformat waren derartige Machenschaften in deutschen Rathäusern nicht mehr möglich. Aber zum Zeitpunkt des Erscheinens prangerte der Roman eine durchaus mögliche Situation an, bei der Bürgermeister und Stadtdirektor selbstverständlich auch dieses Mal ihre weiße Weste behielten.

Mir gefiel die raffinierte Art und Weise, wie Fleischmann mit den Verbrechen spielte, seine Geschichten in einem Rathaus konstruierte und seinen Einzelgänger am Ende mit großem Wissen, aber ohne Beweise stehen ließ. Die Geschichten stammten aus einer Zeit Ende des letzten

Jahrtausends, als es noch die Trennung zwischen dem Amt des Bürgermeisters und dem des Stadtdirektors gab, waren also, je nach Kommune, ein bis drei Jahre alt. Oder hatte der Autor etwa absichtlich auf die Zusammenlegung der beiden Ämter verzichtet? Ich traute ihm diesen Winkelzug durchaus zu, damit zeigte er, dass die geschilderten Geschehnisse fiktiv waren; jedenfalls konnte niemand in den Rathäusern behaupten, er sei in den Romanen beschrieben worden. Ich fand es allerdings mehr als unwahrscheinlich, dass sich alle diese Verbrechen in einer einzigen Stadt, in einem einzigen Rathaus und dann vielleicht auch noch in der Region ereignet haben sollten.

„So viel kriminelle Energie gibt es in keinem Rathaus. Oder glaubst du etwa, in Aachen wäre so etwas möglich?", fragte ich Sabine, die mich, vom intensiven Lesen erschöpft, ansah. „Nachdem ich die Romane gelesen habe, glaube ich alles und nichts mehr", stöhnte sie.

Sabines Antwort zeigte mir, dass Fleischmann bei seinen Lesern Wirkung hinterließ. Er verunsicherte sie, ließ sie zweifeln an dem, was um sie herum in Politik und Verwaltung geschah. Warum aber waren diese Romane, in denen selbstverständlich nicht der Hinweis fehlte, dass Personen und Handlungen erfunden und Ähnlichkeiten mit lebenden und verstorbenen Personen rein zufällig seien, für Kommissar Böhnke Anlass gewesen, unterzutauchen? Steckte etwa mehr hinter den Romanen, als ich und Sabine glaubten? Hatte Fleischmann vielleicht doch die Realität geschildert? Ich erinnerte mich an die Worte der Lektorin. Fleischmann hätte sich bei seinem letzten Roman, dessen Veröffentlichung unmittelbar bevorstand, wohl zu weit aus dem Fenster gebeugt, hatte sie gesagt. Hieß das etwa, dass sich jemand gerächt hatte, der in den bisherigen Romanen eine Rolle spielte und der nun entlarvt wurde? Gab es tatsächlich diesen Bürgermeister und den in den Geschichteten beschriebenen Stadtdirektor, oder eine ähnliche Konstellation zwischen Politik und Verwaltung, deren verbrecherischen Machenschaften Fleischmann auf die Spur gekommen war? Musste Fleischmann deshalb sterben? Andererseits, so fragte ich mich: Woher wusste der vermeintlich Entlarvte vom Inhalt des neuen Romans?

Antworten würden wir in De Haan nicht finden.


„Ich meine, es ist besser, wenn wir nach Hause fahren", schlug ich nach vier Erholungstagen an der stürmischen Nordseeküste vor.

„Sofort", sagte Sabine eilig, „vielleicht beschäftigst du dich in deiner Wohnung mehr mit mir als hier, du lahmer Langweiler."

Wir hatten kaum die Wohnungstür geöffnet und das Gepäck in meine kleinen Räume hineingeschoben, als auch schon das Telefon auf sich aufmerksam machte.

„Endlich zurück?", fragte mich Böhnke erleichtert zur Begrüßung, ohne eine Antwort zu erwarten. Der Kommissar hatte das dringende Bedürfnis, sich mit mir zu treffen.

„Morgen bei Christian Maria Wagner."

„Bei wem?" Der Name sagte mir überhaupt nichts.

„Bei Christian Maria Wagner, dem Inhaber des Christian-Maria-Wagner-Verlags in Baesweiler", antwortete er.

72

„Bei ihm hat Fleischmann seine Romane verlegen lassen", fügte er überflüssigerweise hinzu.

Gerne erklärte ich mich bereit, Böhnke zu begleiten. Wenn er mich darum bat, hatte er sicherlich seinen Grund. Außerdem hatte ich noch ernsthaft mit ihm zu reden.

Ob ich schon in den Briefkasten geschaut hätte, fuhr der Kommissar fragend fort. Als ich verneinte, empfahl er mir, so rasch wie möglich einen Blick hineinzuwerfen. „Sie finden darin das neueste Werk von Fleischmann, das in Frankfurt vorgestellt werden sollte."

Ich stutzte. „Wieso können Sie mir das Buch zustecken? Es ist doch noch gar nicht erschienen?"

Böhnke lachte. „Das ist wirklich kein Problem. Sie brauchen nur einen Buchhändler gut zu kennen und schon erhalten Sie ein unverkäufliches Leseexemplar. Ich habe mir eines besorgt."

Der Roman handelte bestimmt wieder von der fiktiven Stadt in der Region und den beiden vermeintlichen oder wahrscheinlichen Bösewichten, dem Stadtdirektor und dem Bürgermeister, vermutete ich und Böhnke bestätigte mich.

„Fleischmann hatte Erfolg mit seiner Serie. Warum sollte er seine Figuren wechseln?", meinte der Kommissar.

„Wieder reine Fiktion oder wieder umgestaltete Realität?", fragte ich.

Böhnke schien nach den richtigen Worten zu suchen. „Das kann ich nicht beurteilen", sagte er endlich langsam, „manchmal scheint es, ..." Er räusperte sich und wurde kurz angebunden. „Ich weiß es beim besten Willen nicht, Herr Grundler."

Bei mir klingelten sofort wieder aus unerklärlichen Gründen die Alarmglocken. Ich glaubte Böhnke nicht. Er wusste mehr, als er mir am Telefon sagen wollte, aber ich traute mich nicht, ihm das zu sagen. Eventuell bestand morgen die Gelegenheit zu einem vertiefenden Gespräch, nachdem ich das sechste Werk gelesen hatte, beruhigte ich mich. Wir verabredeten uns für 14 Uhr.

Ich legte auf, eilte zum Postkasten und entnahm das kleine Paket, das Böhnke offensichtlich selbst eingeworfen hatte. Der Kommissar hatte das Buch in einen Lokalteil der AZ eingewickelt. Absichtlich, wie ich annahm. Es handelte sich um den Teil, in welchem Sümmerling über den Unfall der Lektorin schrieb und in dem er in seinem Artikel die vage Vermutung äußerte, es könne sich um einen Anschlag gehandelt haben.

Schnell packte ich das Taschenbuch aus, setzte mich in einen bequemen Sessel und begann zu lesen. Ich bekam nur am Rande mit, dass Sabine um mich herumwuselte, lange ungehalten neben mir saß und dann verärgert zu Bett ging. Erst spät in der Nacht beendete ich die Lektüre und pustete kräftig durch. Das war schon starker Tobak, den Fleischmann da seinen Lesern aufgetischt hatte.

Die Geschichte rankte sich um eine gescheiterte Firmenansiedlung in einem entstehenden Gewerbegebiet. Die mit großem Getöse von Fleischmanns Lieblingsfiguren, dem Bürgermeister und dem Stadtdirektor sowie einem

Parlamentarischen Staatssekretär des Landes, angekündigte Ansiedlung eines modernen Chemiekonzerns war geplatzt, nachdem etliche Millionen Mark, die das Land als Subventionen gewährt hatte, verschwunden waren. Zum Großteil waren damit Schulden anderer maroder Unternehmen getilgt worden, die von den beiden Investoren in den finanziellen Ruin getrieben worden waren, andere Millionen waren in dunklen Kanälen versickert. In seiner Konstruktion brachte Fleischmann die beiden Subventionsbetrüger in einen freundschaftlichen Zusammenhang mit dem Bürgermeister, dem Stadtdirektor und dem Staatssekretär. Auch ließ der Autor nicht die Vermutung aus, es bestehe sogar eine innige Männerfreundschaft zwischen den kriminellen Investoren und dem Ministerpräsidenten. Nach alledem, was in den letzten Jahren über die Wirtschaftsförderung in unserem Bundesland zu lesen gewesen war, wollte ich nicht absolut ausschließen, dass an Fleischmanns Geschichte etwas Wahres dran war. Letztendlich fehlte nur der letzte Funken, der das Pulverfass explodieren lassen könnte, fehlte das letzte Mosaiksteinchen, das die Geschichte zur wahren Begebenheit gemacht hätte. Vielleicht war Fleischmann auf der Suche nach diesem Steinchen gewesen, vielleicht hatte er eine wahre Geschichte geschrieben, für die ihm nur der letzte Beweis fehlte. Vielleicht war das der Grund, weshalb er letzten Endes sterben musste.

Vielleicht hatten tatsächlich einige Funktionsträger Dreck am Stecken, war die Realität in Fleischmanns Romanen manch einem näher als sie ihm lieb sein konnte.

Vielleicht ... Ich schüttelte mich.

‚Deine eigene Fantasie geht mit dir durch, Tobias!',
brachte ich mich zur Besinnung. ‚Auch du fällst auf
Fleischmann rein.' Aufrichtig bewunderte ich den Krimischreiber, er hatte es geschafft, sogar mich mit seiner
Erzählart zu verunsichern. Der Übergang in die Scheinwelt
war derart fließend, dass ich höllisch aufpassen musste,
nicht den Sinn für die reale Welt zu verlieren.
Ich war gespannt, was Böhnke von dem Buch hielt, sagte
ich mir mit einem Blick auf die Uhr, der mich erschrecken
ließ. Es war fast schon wieder Morgen. Schnell sprang ich
ins Bett, um wenigstens noch einige Stunden Schlaf zu finden.

## Christian Maria Wagner

Der einzige und einzigartige Geheimagent aus Huppenbroich, wie ich Böhnke bei meiner Begrüßung scherzhaft
bezeichnete, machte ebenso wie ich nicht gerade einen
ausgeschlafenen Eindruck, als er mit mir nach Baesweiler
fuhr. „Lässt Sie Ihre Freundin nachts nicht in Ruhe oder
was ist los?", hänselte ich den Kommissar auf der lang-
wierigen Fahrt über die Bundesstraße in Richtung Norden.
Doch er ging auf meine launigen Worte nicht ein. Böhnke
winkte ungehalten ab und fluchte über den wie immer
stockenden Verkehr. Grimmig und wortkarg steuerte er
unser Ziel an. Es schien angebracht, ihn nicht von der
Seite anzusprechen, irgendeine Laus war ihm wohl über
die Leber gelaufen. Er müsste selbst anfangen, dachte ich

mir, lehnte mich in den Beifahrersitz zurück und betrachtete die geschlossene Häuserzeile entlang der Straße in Würselen.

Der Kommissar tat mir erst den Gefallen, als wir in Alsdorf an der Umgehungsstraße vor einer Ampel warten mussten. „Was meinen Sie? Warum fahren wir wohl zu Christian Maria Wagner?", wollte er in ruhigem Tonfall von mir wissen.

„Ist doch klar. Weil Wagner der Mörder ist", antwortete ich wie aus der Pistole geschossen und bemerkte die Verwunderung in Böhnkes Gesicht. Ich musste lachen. „Das ist in fast allen Kriminalromanen der Fall, in denen ein Schriftsteller der Gemeuchelte ist. Sein eigener Verleger ist dabei immer der Bösewicht. Warum soll sich das reale Leben anders abspielen als die Romanwelt?"

Der Kommissar hatte sich von meinem Lachen anstecken lassen. „Eben weil wir in der realen Welt sind und nicht in einem Roman, Herr Grundler", entgegnete er schmunzelnd. „Jetzt haben wir schon zwei Tatverdächtige, einen unbekannten Gärtner und einen bekannten Verleger."

Vielleicht kämen noch ein paar zwielichtige Gestalten hinzu, meinte ich vergnügt, aber anscheinend war meine Äußerung zugleich unbedacht.

Denn schlagartig veränderten sich wieder Böhnkes Gesichtsausdruck sowie sein Verhalten. Er wurde erneut grimmig und verschlossen. „Wenn Sie meinen, wird es wohl so sein", brummte er gedehnt und gab mir damit deutlich zu verstehen, dass er im Augenblick nicht an einer weiteren Unterhaltung mit mir interessiert war.

Das Verhalten des Kommissars blieb mir schleierhaft. Ich wollte nur die richtige Gelegenheit abpassen, dann musste ich einmal gewaltig auf den Putz hauen. So konnte Böhnke auf Dauer nicht mit mir umgehen, auch wenn er das Honorar für meine Tätigkeit bezahlen wollte.

Verwundert schaute ich aus dem Seitenfenster. Über den Kurt-Koblitz-Ring fuhren wir, wie ich auf dem Straßenschild lesen konnte. Dass von dieser Straße ein Abzweig zur „Gustav-Heinemann Gesamtschule" führte, interessierte mich nicht sonderlich. Ich wunderte mich allenfalls über die Gedankenlosigkeit, mit der das Hinweisschild falsch beschriftet war.

Meine müßigen Gedankenspielereien endeten, als Böhnke den Dienstopel im Zentrum von Baesweiler auf einem Parkstreifen vor einer Bank abstellte. „In der Schaf" las ich auf dem Straßenschild und ich kam mir auf der Stelle wie ein Schaf vor, das von seinem Schäfer dumm gehalten wurde. Stumm lief ich neben dem Kommissar her, der eilig in die Kirchstraße einbog. Verkehrsberuhigt sollte dieser Bereich nach der Bezeichnung auf dem Straßenschild sein. Zwar fuhren die Autos wegen des Kopfsteinpflasters und der Klinkersteine vielleicht langsamer, aber dafür auch wesentlich lauter als über ein Asphaltband. Ich wollte Böhnke mit meiner paradoxen Erkenntnis vertraut machen, ließ es aber sein, immerhin war ich das dumme Schaf und nicht er. „Im Sack" las ich auf einem weiteren Schild. ‚Hoffentlich haben wir die Geschichte bald im Sack', fiel mir dazu ein. Es bereitete mir kein Vergnügen, unwissend durch die Gegend zu stolpern.

Erleichtert war ich, als der Kommissar endlich stehen blieb und auf einen Hauseingang deutete. Wagners Verlag befand sich über einer Buchhandlung in einem modernen Geschäftshaus mitten im Zentrum von Baesweiler.

„Bevor Sie wild spekulieren, Herr Grundler, will ich es Ihnen sagen, die Buchhandlung hat nichts mit dem Wagner-Verlag zu tun", klärte mich Böhnke bissig und unaufgefordert auf.

Ich wusste nicht, was mein Chauffeur mit dieser überflüssigen Bemerkung bezweckte, aber ich war wenigstens froh, dass er überhaupt wieder mit mir sprach. „Dann gehen wir also auf Mörderfang", erwiderte ich zusammenhanglos und folgte Böhnke in die erste Etage des Hauses.

Ich war erstaunt über die Räumlichkeiten, in denen Wagner seinen Verlag betrieb. Irgendwie, ohne es zu wissen, hatte ich mir einen Buchverlag anders vorgestellt. Der Verlag war in einer normalen Wohnung untergebracht, in einigen offen stehenden Zimmern, in denen Frauen konzentriert an Computern arbeiteten. Lediglich die Plakate mit Buchtiteln an den Wänden und die Regale mit Büchern aus dem Wagner-Verlag, die die Wände des Besprechungszimmers zierten, deuteten auf einen Buchverlag hin. Eine freundliche Mitarbeiterin hatte uns in den hellen Raum geführt, in dem wir auf Wagner warten sollten.

Interessiert blickte ich auf die Buchrücken und las Autorennamen, die mir nichts sagten. Fleischmann war in dieser, wahrscheinlich kompletten Sammlung der Verlagsveröffentlichungen nur einer von vielen Autoren. Sein

Name fiel nicht weiter auf, was mich nachdenklich machte. Wie sollte ein normaler Mensch wissen, welche Qualität sich in den einzelnen Büchern befand? Alle sahen sie gleich gut und gleich schlecht aus, ihren Inhalt konnte man nur erahnen. Oder ich musste mich ganz auf die Werbung und die Besprechungen verlassen. Aber auch dabei konnte manche Perle der Literatur an mir spurlos vorübergehen. Ich konnte mich nicht daran erinnern, jemals einen Hinweis oder gar eine Besprechung eines Fleischmann-Romans in meiner Tageszeitung gelesen zu haben.

„Der Prophet gilt halt nichts in der eigenen Region", bemerkte Böhnke gelassen, als ich ihn mit meinen Gedanken vertraut machte. „Fleischmann ist gut und hätte bestimmt seinen Weg gemacht." Er reichte mir eine Broschüre, die er vom Tisch aufgenommen hatte. „Wird Sie bestimmt interessieren."

Die farbige Broschüre aus Hochglanzpapier beinhaltete ein Firmenporträt. Mit vielen Bildern und knappen Texten wurden der Werdegang des Wagner-Verlags und sein Programm dargestellt. Seit knapp zehn Jahren, so las ich, betrieb Wagner das Buchgeschäft. Er hatte sich zunächst auf Bildbände konzentriert, dann aber auch Romane verlegt; Belletristik, wie es so schön heißt. Ob dazu auch Kriminalromane gehörten, war eine Frage, die die Broschüre unbeantwortet ließ. Als ich allerdings die Buchbeschreibung näher betrachtete, fiel mir auf, dass ausschließlich einige Krimis in eine zweite Auflage gegangen waren. Mithin schien der wirtschaftliche Erfolg der Krimis größer zu sein als bei den anderen Titeln, die unter dem Begriff Belletristik firmierten.

Ein kräftiges Klopfen an der Tür verbunden mit einem kräftigen Drücken der Türklinke unterband unser schweigsames Warten. Ein schlanker, großer Mann trat schwungvoll ein, ein sportlicher Typ Anfang 50 mit längerem, gewelltem, hellgrauem Haar, das über den Kragen des dunkelgrauen Rollkragenpullovers fast bis auf die Schultern fiel. Mit einem knappen „Wagner", einem gewinnenden Blick und einem kräftigen Händedruck begrüßte uns der Verleger. Er schien mit sich und der Welt im Einklang, zufrieden in seinem Bücherreich, wie er uns durch sein Auftreten zu verstehen gab, als er uns in sein Arbeitszimmer geleitete. Kaffee und Kuchen hielt er auf einem Rolltisch bereit, die er uns herzlich anbot.

Wagner machte es sich hinter seinem modernen Schreibtisch aus Glas bequem. Eine Schreibunterlage, ein Telefon und einige Bücher, mehr lag nicht auf dem Arbeitsplatz des Herren der Bücher. Wir saßen vor ihm und wurden ausgiebig gemustert. Schließlich lehnte Wagner sich mit den Ellbogen auf und stützte sein Kinn mit den Daumen ab. Mit klaren, braunen Augen sah er uns selbstbewusst an.

„Was kann ich für Sie tun, meine Herren?"

„Sie können uns helfen, den Mörder von Renatus Fleischmann zu finden", platzte ich heraus, bevor Böhnke antworten konnte. Wenn der Kommissar mich schon nicht in seine Überlegungen einbezog und mir gegenüber Geheimnisse hatte, wollte ich wenigstens hier einmal nach meinen Spielregeln das Geschehen lenken. Ich missachtete den funkelnden Blick meines Chauffeurs und betrachtete Wagner frech. „Normalerweise ist doch immer der Verleger der Mörder."

Wagner hielt gelassen und mit einem süffisanten Lächeln meinem skeptischen Blick stand. „Wenn's so einfach wäre, hätte die Polizei ruck zuck jeden Mörder. Schublade auf, Täter raus und der Fall ist erledigt." Er hob mit gespieltem Bedauern die Arme. „Tut mir leid, mein Herr, aber zum Mörder tauge ich nicht. Dafür bin ich wahrscheinlich zu feige." Wagner schien wegen meiner flapsigen Bemerkung nicht nachtragend zu sein. „Ich bin Ihnen gerne bei der Suche nach dem oder den Mördern Fleischmanns behilflich und ich werde alles in meiner Kraft Stehende tun, um auch denjenigen zu finden, der Frau Doktor Leder auf dem Gewissen hat."

Glaubte Wagner etwa auch an einen Anschlag? Ich jedenfalls fand seine Bemerkung interessant, wurde aber schnell auf den Boden der Tatsachen zurückgeholt, als er sie relativierte. „Falls die unterschwellige Vermutung stimmen sollte, die in der Zeitung angedeutet wurde."

„Erzählen Sie etwas über Fleischmann", bat ich den Verleger, der bereitwillig mit dem Kopf nickte.

„Fleischmann war zweifelsohne ein Autor mit Perspektive, engagiert, trotz seiner äußerlichen Unscheinbarkeit doch mit Ausstrahlung, mit interessanten Themen, die er in einer ausdrucksstarken Sprache verpackte. Er hätte eine Zukunft gehabt und wäre für mich sicherlich ein Zugpferd gewesen." Wagner schlug die Hände zusammen und verzog das Gesicht zu einer entschuldigenden Grimasse. „Aber leider ist's vorbei, bevor es richtig begonnen hat."

„Hatte er Feinde?« Ich legte nach, bevor Böhnke aktiv wurde oder Wagner in ein melancholisches Grübeln verfallen konnte.

Der Verleger verzog die Lippen zu einem gequälten Lächeln. „Feinde haben wir alle und Fleischmann auch." Es habe hin und wieder anonyme Drohbriefe gegen den Autor gegeben. Sie seien der Polizei zur Kenntnisnahme übergeben worden, doch sei ihnen keine wesentliche Bedeutung beigemessen worden. Fleischmann würde schmerzhafte Konsequenzen ertragen müssen, wenn er nicht mit seiner unlogischen Schreiberei aufhöre, so hatte es in den Pamphleten geheißen. Aber es sei erwartungsgemäß bei den verbalen Attacken geblieben.

„Das kann Sie aber jetzt auch nicht mehr stören", unterbrach ich unhöflich den Verleger und mutete ihm eine bewusste Provokation zu: „Aus Ihrer Sicht als Kaufmann ist wohl das Beste passiert, was passieren konnte."

Mit einem fragenden und zugleich erstaunten Blick sahen mich Wagner und Böhnke an. Ich zuckte verlegen mit den Schultern. „Wahrscheinlich verkauft sich kein Autor besser als ein gerade unter mysteriösen Umständen verstorbener", erklärte ich gelassen. Das müsse zwangsläufig die Verkaufszahlen von Fleischmanns Romanen in eine ungeahnte Höhe schnellen lassen.

Der Verleger wurde zunächst bleich, dann schwoll sein Gesicht vor Zornesröte an. Abrupt drehte er sich in seinem Schreibtischsessel zum Fenster hin und starrte hinaus. Für Minuten schauten der Kommissar und ich stumm auf seinen grau behaarten Hinterkopf. Endlich drehte sich Wagner wieder zu uns. Er hatte sich gefasst. „Sie werden es vielleicht nicht verstehen, Herr Grundler, aber ich habe Fleischmanns Bücher sofort aus dem Verkauf gezogen. Ich möchte kein Geschäft mit dem Tod eines meiner Autoren machen." Der Verleger wirkte überzeugend. „Ich werde sogar die für die Frankfurter Buchmesse vorgesehene Vorstellung des neuen Romans absagen. Das Buch wird definitiv nicht erscheinen. Ich werde die bereits gedruckten Exemplare nicht ausliefern lassen. Sie werden in einigen Tagen eingestampft."

Ich sah Böhnke an. „Haben Sie noch Fragen?", fragte ich überzogen lässig.

Der Kommissar betrachtete mich nachdenklich, ehe er sich Wagner zuwandte. „Hätten Sie etwas dagegen, dass ich mich in Ihren Unterlagen über Fleischmann umschaue?"

Wagner hob erneut die Arme, er war keineswegs nachtragend. „Kein Problem", sagte er hilfsbereit. „Ich stelle Ihnen gerne alle unsere Akten zur Verfügung, wenn es der Mördersuche dienlich sein kann." Rasch griff er zum Telefon und bat eine Sekretärin, die Ordner im Besprechungszimmer abzulegen. „Sie werden allerdings nicht viel finden", meinte er, „die Verträge zwischen Fleischmann und dem Verlag, die Rezensionen und die Berichte über ihn und seine Werke." Es würde ihn sehr wundern, wenn wir in den Ordnern Anhaltspunkte für das Verbrechen an Fleischmann finden könnten. „Sie können versichert sein, dass es auch mein unbedingtes Bestreben ist, den Mord an einem meiner Autoren aufzuklären", betonte Wagner noch einmal. Erst wenn der Täter überführt wäre, würde er nach Rücksprache mit Fleischmanns Eltern vielleicht noch einmal dessen Romane auf den Markt bringen.

Mit der Zusicherung, jederzeit für Antworten auf unsere Fragen bereitzustehen, ließ uns Wagner mit den beiden Aktenordnern allein in dem Raum.

Ehe ich zulangen konnte, hatte sich Böhnke den vermeintlich interessanteren Ordner gegriffen. Mir blieben nur die Kopien der Zeitungsberichte über Fleischmann und dessen Romane sowie die Abschriften von Rundfunkmeldungen oder Fernsehberichten. Bundesweit war der Autor in den Medien erwähnt worden. Die Artikel bestätigten die Behauptung, dass Fleischmann auf alle Fälle in der Lage war, in die Spitzenklasse der Krimiautoren aufzusteigen. Die Literaturkritiker und andere Fachleute bescheinigten ihm übereinstimmend ein großes Talent. Nach langer Wartezeit wechselte Böhnke endlich die Ordner mit mir, wobei er unruhig zu verstehen gab, ich möge mich gefälligst mit dem Durchblättern beeilen. Seinen deutlichen Wink zur Eile überhörte ich geflissentlich. Ich hatte viele Fakten und Gedanken zu verarbeiten und nicht zuletzt der Kommissar selbst trug durch sein unerklärliches Verhalten dazu bei. Die Verträge zwischen Wagner und Fleischmann kannte ich bereits aus dem Blick in Fleischmanns Unterlagen. Interessanter und einen zweiten Blick wert waren die jährlichen Abrechnungen bezüglich der getätigten Buchverkäufe, die ich zwar auch schon in Fleischmanns Wohnung gefunden hatte, die ich jetzt allerdings genauer in Augenschein nahm. Fleischmanns Bücher waren in einer Startauflage von 10.000 Exemplaren aufgelegt, neben einer kleinen Pauschale war der Autor prozentual am Einzelverkauf beteiligt. Wie aus den Abrechnungen zu erkennen war, hatte Fleischmann bislang bei keinem Roman eine zweite Auflage erreicht.

10.000 Stück seien schon eine beachtliche Menge, gab Wagner zu bedenken, als ich ihn bei unserer Verabschiedung auf den nach meinem laienhaften Verständnis bescheidenen Publikumserfolg ansprach. „Die wenigsten Bücher in Deutschland erreichen diese Verkaufszahl." Es brauche oftmals Jahre, bis die Menge verkauft werde. Die meisten Verlage würden nur noch auf die schnelle Mark setzen. „Knappe Werbung, geringe Auflage, am besten noch mit einer Eigenbeteiligung des Autors an den Druckkosten, und schnelles Abverkaufen." Viele seiner angeblichen Kollegen bevorzugten den ständigen Wechsel bei den Produkten, behauptete Wagner. „Ich gehe hingegen lieber den langen Weg und warte darauf, dass sich ein qualitativ gutes Buch vielleicht erst nach Jahren durchsetzt."

Auch für eine zweite Besonderheit hatte Wagner eine durchaus ehrenwerte und nachvollziehbare Erklärung. Ich hatte mich gewundert, in Fleischmanns Wohnung keine Steuererklärungen finden zu können. Jetzt erkannte ich den Grund. Die Unterlagen waren in den Ordnern im Verlag abgeheftet.

„Fleischmann hatte absolut keinen Draht zum Finanzamt. Wir haben ihm die steuerlichen Dinge abgenommen. Immerhin haben wir die Fachleute an der Hand", sagte Wagner lächelnd. „Fleischmann war das durchaus recht. Was sollte er auch Geheimnisse vor uns haben? Als sein Verleger war ich sein Geldgeber." Außerdem habe der Autor dadurch Geld sparen können. „Wir haben ihm die Steuererklärung kostenlos gemacht, bei einem Steuerberater hätte er sie bezahlen müssen."

Mich kümmerte Fleischmanns Finanzgebaren nicht sonderlich. Immerhin war der Schreiberling ein Mann des Wortes gewesen und nicht der Zahlen. Wenn er mit dieser Vorgehensweise einverstanden gewesen war, sollte das seine Sache gewesen sein. Wagner schien Fleischmann jedenfalls seriös behandelt zu haben. Wie ich dem Briefwechsel mit dem Finanzamt entnehmen konnte, hatten sich Wagner und damit auch Fleischmann stets redlich verhalten.

Böhnke räusperte sich laut und vernehmlich. Er deutete auf seine Armbanduhr. „Ich glaube, Herr Wagner und seine Mitarbeiter wollen Feierabend machen, Herr Grundler."

Der Verleger lächelte ihn dankbar an. „So ist es." Er wolle uns nicht hinauskomplimentieren und würde selbstverständlich auch bleiben, wenn wir es wünschten, aber lieber würde er nach Hause fahren.

„Von mir aus können wir gehen", sagte ich lässig und reichte Wagner die Hand. „Falls ich noch Fragen haben sollte, rufe ich Sie an, wenn ich darf."

Ich dürfe, meinte Wagner entgegenkommend und überreichte mir mit einem höflichen Lächeln eine Visitenkarte. „Für Sie bin ich selbstverständlich zu jeder Tages- und Nachtzeit zu sprechen, meine Herren."

# Maulwurf

Schweigend trottete ich hinter dem Kommissar her und blieb verblüfft stehen, als er auf der Kirchstraße nicht sofort auf seinen Wagen zustrebte, sondern in die entgegengesetzte Richtung ging.

„Was ist mit Ihnen?", fragte ich.

Böhnke drehte sich langsam um und sah mich mit müden Augen an. „Ich glaube, wir haben einiges zu bereden, mein Freund. Das können wir besser bei einem Glas Bier in einer gemütlichen Kneipe als in einem nervigen Stau auf der Bundesstraße."

Mir sollte es recht sein. Der Kommissar hatte mir etliches zu erklären, dachte ich mir, nicht ich ihm. Ich war gespannt, was er mir zu sagen hatte. Gelassen wartete ich ab, bis Böhnke in der bürgerlichen Gaststätte sein Bier und mein Mineralwasser bestellt hatte, und beobachtete ihn ruhig, als er nervös auf seinem Platz hin und her rutschte. Er sollte beginnen, hatte ich für mich entschlossen, und schwieg beharrlich. Er hatte ein Problem, nicht ich.

Der Kommissar atmete tief durch, dann blickte er mich gefasst an. „Es gibt gleich mehrere Dinge, die ich mit Ihnen besprechen muss, und die alle zusammenhängen. Ich bin mir nur nicht schlüssig, wo ich anfangen soll."

„Am besten vorne", empfahl ich ihm aufmunternd.

„Ich weiß noch nicht einmal, wo überhaupt vorne ist. Ich stecke mittendrin."

„Wo drin?"

„Im Schlamassel." Böhnke schwieg für einen Moment, als eine Kellnerin uns die Getränke servierte. „Fange ich einfach irgendwo an", schlug er sich selbst vor, als wir wieder alleine waren, und prostete mir zu, „am besten mit dem Einfachsten. Was halten Sie von Christian Maria Wagner?"

Er mache auf mich einen seriösen Eindruck, urteilte ich.

„Wagner scheint sich für Fleischmann zu engagieren. Ich bin geneigt, ihm zu glauben, wenn er sagt, er wolle mit einem toten Autor kein Geld verdienen."

Böhnke stimmte mir uneingeschränkt zu. „Diese Einschätzung trifft zu." Sein Bekannter, der Buchhändler, der ihm das Leseexemplar gegeben hatte, hätte Wagner als redlich und fair kennen gelernt. „Das ist ein Verleger vom alten Schlag und keiner der modernen, die nur Geld verdienen wollen", so zitierte Böhnke seinen Buchhändler. Wagner habe von Hause aus dank seiner Heirat und seines finanziellen Geschicks bei der Vermögensverwaltung ausreichend Geld, sodass er nicht um jeden Preis bei seiner verlegerischen Tätigkeit auf kurzfristigen und schnellen Profit aus sein müsse. „Der hätte Fleischmann langfristig zu Ruhm und Ehren geführt, davon ist mein Bekannter überzeugt."

Demnach habe Wagner keinen Vorteil und kein Interesse am Tod Fleischmanns, schloss ich. „Dann ist es wohl nichts mit der Tatsache, dass immer der Verleger der Mörder seines Autors ist."

Böhnke schluckte an seinem Bier und schmunzelte für einen Moment. „Jedenfalls nicht im wahren Leben, mein Freund, vielleicht in Krimis." Er stellte sein leeres Glas ab und gab der Kellnerin hinter dem Zapfhahn ein Zeichen, uns eine zweite Runde zu bringen.

„Was halten Sie von Fleischmanns neuem Roman?", fragte er beinahe beiläufig, während er durch den nur spärlich gefüllten Schankraum schaute.

Er sei gut, der Beste, den Fleischmann bisher geschrieben habe, sagte ich anerkennend und fand wieder Böhnkes Zustimmung: „Sagt mein Buchhändler auch." Aber auch das sei nicht das Thema, fuhr der Kommissar fort, sondern nur ein Randaspekt. Er richtete sich auf und reckte sich.

„Halten Sie diese Geschichte von Fleischmann für echt oder für erfunden?"

„Selbstverständlich für erstunken und erlogen." Es stehe doch immer der entsprechende Hinweis im Titelblatt, meinte ich ironisch. „Aber ehrlich gesagt, ich weiß es nicht." Ich könne mir durchaus vorstellen, dass die Geschichte einen wahren Kern hätte, aber welchen Umfang der tatsächliche Teil in Fleischmanns Werk habe, das könne ich nicht sagen. Bedauernd sah ich Böhnke an. „Bestimmt hat es dieses Verbrechen ebenso wie die in den anderen Romanen beschriebenen in irgendeiner Form in irgendwelchen Kommunen gegeben." Über derartige kriminelle Geschehnisse in Politik und Verwaltung könne man immer wieder etwas lesen oder hören.

Der Kommissar nickte lange und bedächtig, ehe er mir endlich entschlossen ins Gesicht sah. „Und was würden Sie sagen, wenn ich Ihnen sage, dass alle diese Geschichten wahr sind beziehungsweise auf wahren Begebenheiten beruhen?"

Ich verschluckte mich an meinem Mineralwasser und hustete heftig. „Das ist doch nicht Ihr Ernst?" Ich sah ihn ungläubig an.

„Es ist aber so." Böhnke rieb sich mit beiden Händen durchs Gesicht. „Fleischmann hat Fakten und Verbrechen beschrieben, die es in dieser Form tatsächlich gab oder gibt."

„Wo?"

Die überraschende Antwort von Böhnke ließ mir für einige Augenblicke den Atem stocken. „Hier, nicht weit von uns, mitten in der Region, im Bereich zwischen Aachen und Köln."

Ich glaubte, nicht zu verstehen. „Sie wollen mir also sagen, dass Fleischmann Zustände anprangerte und Verbrechen beschrieb, die sich quasi vor unserer Haustür ereignet haben?", fragte ich vorsichtshalber nach. Ich konnte es mir nicht vorstellen.

„So ist es, mein Freund."

Ich sortierte meine rasenden Gedanken. Fleischmann hatte Machenschaften eines real existierenden Bürgermeisters und eines gleichsam real existierenden Stadtdirektors beschrieben und war jetzt tot. Eine Frage drängte sich zwangsläufig auf: „Warum werden denn die beiden Edelganoven nicht festgenommen?" Wahrscheinlich hatte es die kriminellen Ereignisse vor einigen Jahren gegeben, aber sie waren garantiert nicht verjährt. Was war also der Grund?

Böhnke verzog sein Gesicht zu einem grimassenhaften Grinsen. „Weil es im wahren Leben ebenso ist wie in Fleischmanns Romane. Es fehlt der letzte Beweis."

„Wofür? Für die Verbrechen der beiden oder für deren Mitwirken an Fleischmanns Ermordung?"

Wir schwiegen uns für einige Augenblicke an, als die frischen Getränke vor uns aufgetischt wurden.

Der Kommissar ging auf meine Frage nicht ein. „Jetzt beginnt das Dilemma, Herr Grundler. Die Staatsanwaltschaft ermittelt schon seit mehreren Jahren gegen die beiden Halunken und wartet auf den letzten Beweis, der sie überführt."

„Moment!" Ich hob die Arme und bremste Böhnke. „Woher wusste Fleischmann von den Verbrechen?"

„Das ist der Pferdefuß." Böhnke seufzte. „Fleischmann muss einen Informanten in der Staatsanwaltschaft sitzen haben, der ihn brühwarm informierte."

Mit brandheißen Informationen, die ihm letztendlich das Leben gekostet hatten, setzte ich grimmig hinzu.

„So ist es. Und ich bin auf der Suche." Der Kommissar nahm einen kräftigen Schluck aus dem Bierglas.

„Nach Fleischmanns Mörder?"

„Nein."

Böhnkes Antwort machte mich sprachlos. Ich staunte den Kommissar mit offenem Mund an und stellte das Mineralwasser vorsichtig wieder ab.

„Nein", wiederholte er langsam. „Ich suche nicht den Mörder."

„Wie, bitte?" Das verstand ich nicht.

„Ich suche den Informanten in der Staatsanwaltschaft, der Fleischmann über die Ermittlungen gegen das vermeintlich kriminelle Rathausduo ins Bild gesetzt hat." Böhnke schüttelte kraftlos seinen Kopf. „Ich bin vom Polizeipräsidenten mit Zustimmung des Leiters der Staatsanwaltschaft Aachen vom normalen Dienst freigestellt worden, um verdeckt nach dem Maulwurf in unseren Reihen zu suchen. Wir müssen befürchten, dass der Kerl den beiden Rathaustätern durch sein Verhalten mittelbar oder unmittelbar dabei hilft, ungeschoren davonzukommen. Wahrscheinlich hat er noch einen Helfershelfer, aber das wissen wir nicht. Die brauchen doch nur die Romane von Fleischmann zu lesen und wissen dann genau, wie weit wir sind."

Deshalb also der angebliche Freizeitausgleich mit dem Daueraufenthalt in Huppenbroich! Der Kommissar führte von dort aus seine verdeckten Ermittlungen durch. Jetzt verstand ich wenigstens etwas, wenn auch noch nicht alles.

„Dann ist Ihnen also Fleischmanns Mörder egal?", sagte ich erschrocken.

„Egal nicht", entgegnete Böhnke gereizt. „Aber ich ermittele nicht konkret wegen des Mordes an Fleischmann, ich ermittele konkret gegen Fleischmanns Maulwurf."

„Den richtigen Namen des Bürgermeisters und des Stadtdirektors werden Sie mir aber verraten?", fragte ich vorsichtig.

„Tut mir leid", entgegnete der Kommissar betrübt, „aber ich glaube, es ist für die Ermittlungen besser, wenn Sie die Namen nicht kennen." Er gab mir deutlich zu erkennen, dass er über diese Frage nicht mit mir diskutieren wollte, was mich motivierte, die Antwort irgendwie herauszufinden. In mir drehte sich das Gedankenkarussell noch schneller. Das konnte doch nicht wahr sein! Die Geschichte entwickelte sich wie in einem verwirrenden Kriminalroman, dessen Inhalt sich mit jeder Szene mehr vom tatsächlichen Leben entfernte.

„Wenn mein Maulwurf allerdings auch Fleischmanns Mörder sein sollte", hörte ich leise Böhnkes Stimme, „dann schnappe ich selbstverständlich auch den Mörder. Aber das ist nicht meine vorrangige Aufgabe."

„Besteht denn die Möglichkeit, dass Ihr unbekannter Maulwurf der Mörder ist?" Langsam verlor ich jegliches Verständnis für die Geschichte und Böhnkes Verhalten.

Er könne der Mörder sein, etwa, weil er befürchtet, Fleischmann könne ihn irgendwann einmal kompromittieren, räumte der Kommissar ein. „Aber das ist nur eine Möglichkeit. Genauso gut können der Bürgermeister und der Stadtdirektor mit der Ermordung des Autors in Verbindung stehen." Böhnke rang sich ein verlegenes Lächeln ab. „Immerhin hat Fleischmann die beiden mehr als einmal in seinen Romanen bloßgestellt. Zwangsläufig mussten sie befürchten, dass er bei seinen Recherchen die Beweise in den Händen hielt und sie in verschlüsselter Form veröffentlichte, wodurch ihre Machenschaften endgültig auffliegen würden. Außerdem kommt irgendwann einmal sogar der letzte Walddepp dahinter, wer gemeint ist. Um auf Nummer sicher zu gehen, wäre der Tod von Fleischmann eine aus ihrer Sicht durchaus nachvollziehbare Konsequenz."

„Was ist also zu tun?" Ich hatte genug von Bestandsaufnahmen und theoretischen Überlegungen, sie verwirrten mich nur noch. „Sie suchen einen Maulwurf und ich einen Mörder, beziehungsweise mehrere Täter." Immerhin hatte ich ein Mandat und einen Auftrag von Böhnke. „Wie gehen wir vor?"

Böhnke sah mich nachdenklich an. Er nickte bedächtig. „Gute Frage. Noch stolpere ich orientierungslos durch den Nebel."

„Dann pusten Sie ihn weg!", sagte ich energisch. „Wir haben doch einen Ansatz. Wir haben die Romane von Fleischmann. Und wenn Sie unterstellen, dass Teile der Geschichten wahr sind, müssen wir diese Teile herausfiltern. Außerdem müssen wir nach Hinweisen suchen, die bestimmt in den Romanen versteckt sind. Oder meinen Sie nicht?"

Der Kommissar nickte wieder und bat mich, fortzufahren. „Wir, Sie und ich, werden also die Romane Zeile für Zeile durchgehen und darüber diskutieren. Ich bin davon überzeugt, dass wir damit weiterkommen."

„Und wo machen wir uns an die Arbeit?", fragte er.

„In Huppenbroich, wo denn sonst?", antwortete ich mit einem breiten Grinsen, „dort sind wir ungestört. Sagen Sie Ihrer Freundin, Sie wollten ab sofort das Bett mit mir teilen, sie solle gefälligst den Hühnerstall räumen und nach Aachen zurückkehren."

Wir sollten uns auf den Weg machen, schlug ich mit gespieltem Tatendrang vor und rief die Kellnerin herbei. „Kennen Sie eigentlich das Rathausduo oder besteht bisher nur ein Verdacht?" Ich hätte liebend gerne die Namen der beiden Gauner oder wenigstens den Namen der Stadt erfahren.

Aber Böhnke blieb zurückhaltend. „Ich kann nichts Konkretes sagen", bedauerte er, „wenn wir alle mit unserer Verdächtigung schief liegen und frühzeitig die Namen hinaus posaunen, ohne stichhaltige Beweise vorzuweisen, könnte das gewaltig Ärger geben." Der Kommissar erinnerte mich an den letzten, nicht veröffentlichten Roman von Fleischmann. „Wenn das alles oder auch nur zum größten Teil stimmt, was das geschrieben steht, haben wir einen politischen Skandal, der bis in die Spitze unserer Landesregierung reicht. Sie müssen verstehen, dass wir als Landesbeamte mit äußerster Vorsicht vorgehen müssen. Schließlich ist der Ministerpräsident im Prinzip auch mein Dienstherr und der meines Vorgesetzten."

Langsam schlenderten wir zu Böhnkes Wagen zurück.

Ich musste das Gehörte erst einmal verdauen. Eine Frage hätte ich noch, meinte ich endlich zögerlich. „Ist Fleischmann wirklich nur wegen seines Ausweises identifiziert worden?"

Der Kommissar blieb stehen und sah mir ins Gesicht. „Ja, mein Freund, nur deswegen."

Ich glaubte ihm und ärgerte mich einmal mehr über mich selbst, dass ich beinahe einem sensationshungrigen Journalisten mehr vertraut hätte.

Auf dem Rückweg zum Wagen kamen wir an einer Plastik aus Bronze vorbei. „Wunderknabe" lautete ihr Titel, wie ich einem Hinweisschild entnahm. Das Kunstwerk sollte an eine legendäre Fußballmannschaft aus der Zeit von 1928 bis 1931 erinnern, als die „Wunderknaben" der Sportgemeinschaft Baesweiler-Oidtweiler in einer unvergleichlichen Siegesserie den Aufstieg bis in die Sonderliga, die damals oberste Amateurliga, schafften. Das war lange her. Und jetzt? Gab es überhaupt noch den SV Baesweiler oder Concordia Oidtweiler? Ich wusste es nicht einmal mehr und wollte Böhnke nicht danach fragen.

„Na, wer ist unser ›Wunderknabe‹?", hörte ich den Kommissar fragen. „Ist Fleischmann unser Wunderknabe? Oder Wagner? Oder sind Sie es, werter Freund?"

Ich schwieg dazu und dachte mir meinen Teil. Für mich war nur klar: Böhnke war gewiss kein Wunderknabe, er war allenfalls ein wundersamer Knabe.

Am Templergraben ließ mich der Kommissar aussteigen. „Morgen um zehn Uhr hole ich Sie ab, wenn's recht ist."

Mir sollte es recht sein. Nachdenklich ging ich in meine Wohnung und rief in der Kanzlei an. Sabine war mit Dieter unterwegs, sie würde spät abends nach Hause kommen, teilte mir eine einsame Sekretärin mit. Ob Sabine damit meine Wohnung gemeint hatte oder ihr Apartment am Adalbertsteinweg, wusste die ahnungslose Frau nicht. Erschöpft setzte ich mich in einen Sessel. Ich hatte mir einen Block genommen und machte mir Notizen über die bisherigen Geschehnisse. Die Geschichte blieb für mich ein Buch mit sieben Siegeln. Grübelnd legte ich das Papier beiseite und griff nach der Visitenkarte von Christian Maria Wagner.

Eine Frage fiel mir ein, die ich ihm unbedingt stellen musste. Ich erinnerte mich an sein Angebot, er würde uns jederzeit zur Verfügung stehen, und angelte nach dem Telefon. Lange musste ich warten, bis mein Anruf angenommen wurde.

Wagner schien in keiner Weise verwundert oder ungehalten, dass ich ihn sprechen wollte. „Wenn es der Aufklärung dient, gerne", sagte er überaus freundlich.

„Frau Doktor Leder hat mir gesagt, dass Renatus Fleischmann bereits an einem neuen Roman gearbeitet hat. Er wollte ihr das Manuskript vor knapp einer Woche zugeschickt haben. Wissen Sie etwas davon?"

„Dazu kann ich Ihnen nichts sagen, Herr Grundler." Der Verleger bedauerte, mir nicht helfen zu können. „Davon weiß ich wirklich nichts." Üblicherweise würde die Lektorin zunächst die Manuskripte lesen und sondieren und ihm danach ihre Empfehlungen mit einem Gutachten vorlegen. „Ich kann nicht jedes Machwerk lesen, das von Autoren oder Agenten vollmundig angepriesen wird." Auch die Manuskripte, die im Verlag ankämen, würden ungelesen an die Lektorin weitergereicht. „Fleischmann kannte unsere Vorgehensweise, er hat seine Werke stets direkt an Frau Doktor Leder geschickt." Wagner verabschiedete sich mit einer Wiederholung. „Von einem neuen Werk weiß ich nichts."

Er würde es ohnehin nicht mehr veröffentlichen, dachte ich mir in Erinnerung an unser Gespräch, insofern war meine Frage eigentlich überflüssig gewesen.

Beim Blick aus dem Fenster auf den Templergraben fiel mir wieder ein roter Golf auf, der vor dem Haus geparkt war. Ich überlegte, ob dies etwas zu bedeuten hatte, bremste dann aber meine Fantasie. Rote Golfs gab es zuhauf. Was früher ein Käfer oder eine Ente war, war heutzutage der Golf, eine preiswerte Fahrmöglichkeit für Studenten.

## Glückspilz

Der nächste Tag begann nicht gerade verheißungsvoll. „Aufgeschoben ist nicht aufgehoben", tröstete mich Böhnke, als er mich morgens telefonisch geweckt hatte. Schon früh hatte er mich zu Hause angerufen und sich entschuldigt. „Wir können heute noch nicht nach Huppenbroich fahren, sondern erst morgen." Er müsse einen dringenden Arztbesuch erledigen, an den er gestern nicht gedacht hatte. „Eine Routinesache, aber dringend von meiner Behörde vorgeschrieben", beteuerte er, „der Termin steht seit Monaten fest."

Meine leichten Zweifel an dieser Erklärung unterdrückte ich, wenngleich es ungewöhnlich war, dass ausgerechnet Böhnke einen Termin vergessen haben sollte. Nachdenklich sah ich aus dem Fenster hinaus auf den Templergraben, wo gerade die ersten Studenten zum Hauptgebäude der RWTH liefen, während ich mir Böhnkes Entschuldigung anhörte. Was sollte ich bloß mit dem Tag anfangen? Ich hatte mich sehr auf die arbeitsintensive Zweisamkeit mit dem Kommissar in der Abgeschiedenheit von Huppenbroich gefreut und verspürte keinerlei Lust, mein Tagesprogramm umzustellen und stattdessen in die Kanzlei zu wandern. Endlich kam mir die Idee.

„Würde es Ihnen unangemessene Umstände bereiten, mir den Schlüssel von Fleischmanns Wohnung zu überlassen?", fragte ich ihn mit der gebotenen Bescheidenheit.

„Warum?" Die Zurückhaltung war in der schnellen, barschen Antwort des Kommissars unüberhörbar.

Ich wolle mich dort noch einmal in aller Ruhe umsehen, erklärte ich. „Ich möchte mich in seine Lage versetzen, seine Atmosphäre schnuppern." Möglicherweise fand ich sogar neue Hinweise, die uns bei der Aufklärung des Mordes behilflich sein konnten. „Und ich könnte vielleicht Ihren Maulwurf enttarnen", köderte ich ihn.

Gespannt wartete ich auf Böhnkes Entgegnung. Meine von ihm erbetene Vorgehensweise war gewiss hart am Rande der Legalität. Ich musste damit rechnen, dass der Kommissar meine Bitte ablehnte.

Aber Böhnke stimmte zu meiner Freude zu. „Okay", sagte er nach langer Bedenkzeit, wenn auch nicht gerade mit überschäumender Begeisterung, „ich bringe Ihnen den Schlüssel vorbei, wenn ich ins Städtchen fahre." Irgendetwas müsse ich doch zu tun haben, wenn er mir schon unerwartet einen arbeitsfreien Tag verschafft habe, knurrte er grantig.

Ich hatte kaum den Frühstückstisch abgedeckt und das Schlafzimmer aufgeräumt, als Böhnke schon in der Tür stand. Mit spitzen Fingern und besorgtem Blick überreichte er mir das kleine, abgegriffene Lederetui mit Fleischmanns Schlüssel.

„Passen Sie bloß auf", ermahnte er mich. „Lassen Sie sich von keinem Anwohner erwischen. Es könnte peinlich für uns beide werden, wenn Sie in der Wohnung ertappt werden. Von mir haben Sie jedenfalls die Schlüssel nicht."

Er solle sich keine Sorgen machen, beruhigte ich den Kommissar mit der üblichen Floskel. „Der Zweck heiligt die Mittel." Ich grinste. „Außerdem dient mein Aufenthalt in der Denkfabrik dieses begnadeten Schriftstellers meiner Erleuchtung, um seine Werke besser deuten zu können."

Bei meinem Spaziergang durchs Städtchen entschloss ich mich kurzerhand zu einer Stippvisite im Luisenhospital. Vielleicht war die Lektorin aufgewacht und ansprechbar, vielleicht konnte sie mir etwas über Fleischmann sagen. Sie kannte ihn wahrscheinlich besser als alle anderen. Doch weit kam ich nicht. Ich hatte höflich an der Rezeption nach Renate Leder und dem Weg zur Intensivstation gefragt, aber neben der Wegbeschreibung nur einen skeptischen Blick erhalten. Vor der Station wartete man bereits auf mich. Ein älterer Arzt und eine grimmig blickende Schwester versperrten mir den Durchgang und ließen sich weder durch meine Visitenkarte noch durch meine Erklärung erweichen, mich durchzulassen. „Es bringt nichts, wenn wir Sie an das Krankenbett lassen", sagte der Arzt entschieden, „die Frau ist jenseits von Gut und Böse." Selbstverständlich würde er die Polizei informieren, wenn die Patientin ansprechbar sei.

Schulterzuckend machte ich kehrt.

Nachdem ich mehrmals die Stephanstraße entlangge-
schlendert war, eilte ich in Fleischmanns Wohnung, als ich
mir sicher war, dass niemand von mir Notiz nahm. Neugierig hatte ich zuvor in den Briefkasten geschaut, der
aber immer noch ohne Inhalt war.
Die Wohnung faszinierte mich wieder durch ihre Nüch-
ternheit. Ich setzte mich auf den schlichten Schreibtischstuhl im Arbeitsraum, der wohl zugleich Wohnzimmer
sein sollte, und sah mich um. Der Papierkorb in Griffnähe
auf dem Teppichboden war ebenso leer wie der daneben
stehende Aktenvernichter. Die Bücherregale links und
rechts von mir waren mit Literatur aus aller Welt gefüllt.
Erstaunlicherweise gab es keinen einzigen Kriminalroman, sah ich einmal von Fleischmanns eigenen Werken
ab. In seinen Romanen fand ich kleine, bedruckte Zettel
mit Seitennennung und Zeilenangaben. Meine aufkei-
mende Hoffnung, hierin aufschlussreiche Hinweise zu finden, zerstob indes schnell. Die Angaben deuteten lediglich auf Textpassagen hin, die Fleischmann bei Lesungen
vortrug. Es waren Charakterschilderungen, Ortsbeschrei-
bungen oder die Darstellung vom Fund eines Mordopfers,
die er bei seinen Lesungen bevorzugt vortrug. Fleischmanns Opfer waren dabei auf weniger spektakuläre Art
und Weise ums Leben gekommen als der Autor selbst. Ein
Mord mittels Häcksler überstieg anscheinend sogar die
Fantasie eines begabten Schriftstellers.
Lange Zeit saß ich grübelnd am Schreibtisch. Meine Gedanken waren so spärlich und sortiert wie die Umgebung,

in der in mich befand. Ich stützte mein Kinn auf der Hand ab, als ich den Computer anschaltete und mit der Maus in den Programmen herumspielte.

Es hatte sich nichts verändert seit dem letzten Mal. Woher und warum hätte es auch anders sein sollen? Überschaubar und für jedermann erkennbar hatte Fleischmann seine Dateien angelegt.

Und dennoch störte mich etwas. Das konnte es doch nicht sein. Entweder war Fleischmann so akkurat, wie es den Anschein hatte, oder jemand hatte, wie ich mir einredete, alle verräterischen Hinweise gelöscht, was allerdings auch nicht ausschloss, dass Fleischmann tatsächlich doch so war, wie es den Anschein hatte. Ich drehte mich mit meiner Überlegung im Kreis, ich schien nicht weiter zu kommen.

Und dennoch, …, ich erinnerte mich an eine Aussage der Lektorin. Sie hatte davon gesprochen, Fleischmann hätte sich in die Stille und Einsamkeit zurückgezogen und würde dort an einem neuen Manuskript arbeiten, das er ihr zuschicken wollte. Wie ich aus Fleischmanns akkurat abgehefteten Unterlagen erkannt hatte, befand sich auf seiner Inventarliste alles Mögliche, nur zwei Dinge gab es nicht. Fleischmann besaß offenbar weder ein Mobiltelefon noch einen Laptop. Nach meiner Überlegung konnte dies bedeuten, dass Fleischmann irgendwo sein neuestes Manuskript im wahrsten Sinne des Wortes mit der Hand geschrieben und es anschließend auf den Computer übertragen haben musste. Wenn es denn überhaupt das behauptete Manuskript gab, wie ich einräumen musste. Warum sollte sich Fleischmann in diesem Falle anders verhalten haben als zuvor, als er immer gewissenhaft und pünktlich seine Vorgaben eingehalten hatte? Ich ärgerte mich darüber, dass ich mir Fragen stellte, auf die ich mir keine Antworten geben konnte.

Mit der Maus spielte ich kreuz und quer über die Oberfläche des Bildschirms. Es gab nichts für mich zu tun, sodass ich mich einem Computerspiel widmete. Die Befehlskette war nicht anders als auf meinem eigenen Computer: Programme, Zubehör, Spiele, FreeCell.

Doch ich verlor schon nach kurzer Zeit die Lust an dem Kombinationsspiel mit den Karten und wanderte zurück auf die Oberfläche.

Plötzlich stutzte ich, als ich im Programm auf eine Funktion stieß, die ich in meinem eigenen nicht kannte, wahrscheinlich, weil ich sie in meiner Einfältigkeit noch gar nicht aufgefunden hatte. Neugierig ging ich den neuen Pfad weiter, der sich vor mir auftat, und stand schließlich vor einer elektronischen Sperre. Der Computer verlangte von mir ein Passwort. Nachdenklich rieb ich mir über den Mund. ‚Welches Wort würdest du nehmen, wenn du Fleischmann wärst?‘, fragte ich mich. Akkurat, pünktlich, ordentlich, penibel, genau, so war Fleischmann von den Menschen charakterisiert worden, die mit ihm zu tun hatten. Vermutlich trafen diese Eigenschaften auch auf die Wahl eines Passwortes zu.

Ich gab die verschiedenen Worte ein, die mir in den Sinn kamen. „Renatus“, „Fleischmann“, „Computer“, sogar „Passwort“ versuchte ich als Passwort. Doch wurde mein Zugang zu der verschlossenen Datei nicht akzeptiert. Bei „Wagner“, Renate“, „Leder“, „Bücher“ oder „Krimis“ war es nicht anders. Ich zog mich nach vielen vergeblichen Bemühungen verärgert in eine erneute Denkphase zurück. Wie konnte nur das verflixte Passwort lauten?

Ein neuer Hoffnungsschimmer keimte in mir, nachdem ich noch einmal Fleischmanns Romane zur Hand genommen hatte. ‚Eigentlich', so dachte ich mir, während ich die Buchstaben auf der Tastatur antippte, ‚kann es sich nur um den Namen eines der Ganoven handeln, die immer den Hals aus der Schlinge ziehen.' Der Name des ominösen Stadtdirektors brachte mir keinen Erfolg, beim Namen des geheimnisvollen Bürgermeisters flackerte der Bildschirm kurz auf und brachte mir ein neues Bild.

„Bingo!", sagte ich laut in den kahlen Raum hinein und klopfte mir symbolisch auf die Schulter.

Ich war erfolgreich gewesen und bekam Zugang zu einer bislang unbekannten Datei.

Aber ich bekam nicht nur Zugang zu einer unbekannten Datei, sondern ich betrat eine vollkommen neue Welt. Endlich fand ich alle Manuskripte von Fleischmann.

Die sechs veröffentlichten Romane waren aufgrund der Titel leicht zu identifizieren. Dann allerdings wurde es unübersichtlich in dem alphabetischen Verzeichnis.

Die Datei „Korrespondenz" schien eindeutig. Als ich sie öffnete, fand ich den kompletten Briefwechsel, den Fleischmann mit verschiedenen, mir namentlich nicht bekannten Leuten geführt hatte. Das Stichwort „Leder" brachte mich etwas weiter. Ich atmete tief durch, als ich das Stichwort „Leder" in Verbindung mit einem Datum vor knapp zwei Wochen fand. Nach einem Klick auf die

Maus baute sich vor mir der letzte Brief Fleischmanns an seine Lektorin auf.

„Werte Frau Doktor Leder!", hatte Fleischmann geschrieben, „anbei mein neues Manuskript, das ausnahmsweise einmal nichts mit meinem ‚Lieblingsthema' zu tun hat. Ich würde mich freuen, wenn Ihnen meine ‚Metzger-Geschichte' gefallen würde und wir sie veröffentlichen könnten." Mit einem freundlichen Gruß, auch an die Kollegen, endete das knappe Schreiben.

Ich schaltete den Drucker ein, suchte kurz nach dem passenden Papier und druckte mir den Brief zweimal aus. Fleischmann musste diesen Brief ungefähr zu dem Zeitpunkt geschrieben haben, an dem er mit seiner Lektorin telefoniert hatte.

„Metzger", sagte ich laut in den leeren Raum hinein. Unter diesem Begriff fand ich vielleicht das neueste Fleischmann-Manuskript. Gespannt starrte ich auf den Bildschirm. Und in der Tat öffnete sich auf der Datei nach dem Anklicken des Begriffes ein weiteres Bild. Ich hatte einen Romanentwurf geöffnet, der nach den Angaben auf der Bearbeitungsleiste rund 400 Seiten hatte. Ich pustete durch, dann gab ich dem Computer den Befehl, das Manuskript einmal auszudrucken. Sollte sich Böhnke selbst eine Kopie davon machen, sagte ich mir, es reichte, wenn er von mir den Brief bekam.

Erstaunlich schnell führte der leistungsstarke Computer den Druckbefehl aus. Als die ersten, eng beschriebenen Seiten gedruckt wurden, konnte ich bereits weiter mit den Dateien arbeiten. Aber ich fand nichts Besonderes.

Der zeitlich lang zurückliegenden Korrespondenz mit anderen Verlagen entnahm ich, dass Fleischmann dort ohne Erfolg seine Manuskripte angeboten hatte. Er hatte trotz verschiedener Ablehnungen den Verlagen stets höflich in einem Abschlussbrief für die Mühe gedankt, die sie sich seinetwegen gemacht hatten. Es war schon erstaunlich, dass ein Autor wie Fleischmann, der von Leder, Wagner und auch Böhnke viel gelobt und von den Medien gefeiert wurden, von vielen, auch renommierten Verlagen als nicht geeignet bezeichnet worden war. Manch einer hatte das abwertende Urteil schmeichelnd mit der Behauptung umschrieben, das von Fleischmann angebotene Werk sei zwar bemerkenswert, passe aber bedauerlicherweise nicht in das Verlagskonzept.

Endlich hatte der Drucker seine langwierige Arbeit beendet. Ich kramte den dicken Papierstapel zusammen, suchte vergeblich nach einer Hülle und nahm mir kurz entschlossen einen leeren Aktenordner, in den ich nach dem Lochen das Manuskript einlegte.

Eine Überschrift hatte das umfangreiche Werk nicht. Lediglich ein Stichwort prangte oben auf der ersten der vielen, dicht beschriebenen Seiten. „Glückspilz" hatte Fleischmann geschrieben.

‚Verkehrte Welt', dachte ich mir. Fleischmann war alles andere als ein Glückspilz; anders als ich, der das Glück hatte, zu leben und den Computer geknackt zu haben.

Der Blick auf die Computeruhr ließ mich erschrecken. Es war schon weit nach Mittag. Die Zeit war davongerast. Ich beeilte mich mit dem Aufräumen. Ich wollte schnell nach

Hause, Böhnke anrufen, ihn über meine Entdeckung informieren und anschließend das Manuskript lesen.
Vielleicht fand ich darin eine Erklärung für den Mord an Fleischmann.

Auf der Straße stutzte ich wieder für einen Moment. Es war wegen des roten Golfs in der Parkreihe, der mir auffiel. Er kam mir eigentümlich vor, als hätte ich ihn schon mehr als einmal gesehen. Aber bevor ich nahe genug an das Fahrzeug herangekommen war, hatte der Fahrer den Wagen aus der Parkbucht hinausbugsiert und war davongefahren. Ich konnte nur noch erkennen, dass die Kombination auf dem Nummernschild mit einem „DN" begann.

# „Stille Post"

In der Kanzlei wurde ich von unserem Rezeptionsdrachen Fräulein Schmitz abgefangen. „Sie sollen Kommissar Böhnke und einen Redakteur namens Sümmerling bei der AZ anrufen", gab sie mir aufgeregt mit auf den Weg, als ich durch die Flure eilte.
‚Warum war ich nicht sofort nach Hause gegangen, wie ich zuerst beabsichtigt hatte?', stöhnte ich vor mich hin, jetzt hatte ich statt meiner Ruhe wieder meinen speziellen Zeitungsfreund am Hals.
Mit Erstaunen stellte ich fest, dass meine Sekretärin ebenso wenig am Platz war wie mein Chef.

Herr Doktor und Frau Sabine seien auf Mandantenbesuch, klärte mich die ältliche Empfangsdame auf, sie kämen erst spät wieder. Ich solle nicht auf sie warten, ließen mir die beiden ausrichten.

Um mich nicht länger mit dem hektischen Fräulein Schmitz abgeben zu müssen, gab ich ihr den Auftrag, die 400 Seiten von Fleischmanns Werk für Böhnke zu kopieren. Damit hatte ich wenigstens diesen nervenden Störenfried sinnvoll beschäftigt.

Seufzend ließ ich mich im Sessel nieder und griff nach dem Telefon. Mechanisch tippte ich die Nummer des Journalisten ein und wartete geduldig, bis er endlich nach langem Klingeln abnahm.

„Sie sind nie da, wenn etwas geschieht, Herr Grundler", lästerte Sümmerling, froh darüber, mir endlich einmal eine Retourkutsche verpassen zu können.

Ich ließ sie mir gerne gefallen und ging erst gar nicht auf seine Häme ein, sondern fragte sachlich: „Was gibt's so Wichtiges, dass Sie mich bei meiner anstrengenden Arbeit im Sinne des Rechtsstaats stören müssen?"

„Das Verbrechen, mein Bester, das Verbrechen", sagte der Journalist geheimnisvoll.

Sofort wurde ich hellhörig. „Was meinen Sie damit?"

Der Reporter schien sich zu freuen, dass er endlich einmal einen Informationsvorsprung vor mir hatte. „Ich meine die kleine, nette Paketbombe, die heute Morgen hochgegangen ist."

„Wo?" Langsam fiel es mir schwer, mich zu beherrschen. „Erzählen Sie endlich!«, raunzte ich.

„Heute Morgen ist im Büro des Verlegers Christian Maria Wagner in Baesweiler eine Paketbombe explodiert." Fast schon feierlich verkündete der Schreiberling sein Wissen, während mein Herz begann, heftig zu pochen. „Und?", fragte ich entsetzt. „Gibt es Verletzte?" „Nein. Es ist bei einem, allerdings erheblichen, Sachschaden geblieben. Wagner und seine Mitarbeiterinnen haben verdammt viel Schwein gehabt", antwortete der Journalist zu meiner Erleichterung. „Er hatte gerade für einen Moment sein Zimmer verlassen, als das Ding hochging. Wenn Wagner nur wenige Sekunden später in die Kaffeeküche gegangen wäre, hätte er das Leben hinter sich gehabt." Die Explosion habe das Zimmer restlos demoliert, die Bücher und das Mobiliar zerfetzt. Durch die Wucht sei die Fensterscheibe zerplatzt und die Tür aus den Angeln gesprungen. „Die Explosion hätte mit an Sicherheit grenzender Wahrscheinlichkeit niemand überlebt, der sich in dem Zimmer aufgehalten hätte."

Woher der Reporter seine ausführlichen Kenntnisse hatte, interessierte mich nicht sonderlich. Er hatte seine guten Beziehungen zu zahlreichen Informanten ebenso wie ich zu meinen. Ich wollte von Sümmerling die Fakten haben, die er mir bereitwillig lieferte.

Mit der üblichen Paketpost war die Lieferung, die an Wagner persönlich adressiert war, angeliefert worden. Eine Sekretärin hatte das Paket ungeöffnet neben Wagners Schreibtisch gestellt. Der Verleger war erst Minuten vor der Explosion ins Büro gekommen. „Sein erster Gang zu

Arbeitsbeginn führt immer in die Kaffeeküche", behauptete Sümmerling. „Er hat ihm dieses Mal das Leben gerettet."

Die Polizei habe schon versucht, herauszufinden, woher das Paket stammt. „Wahrscheinlich ist es in Eschweiler oder Alsdorf aufgegeben worden, den angegebenen Absender gibt es nicht." Der Reporter schwieg kurz. „Das wäre ein astreiner Mord gewesen, ohne Spuren zu hinterlassen."

Diese Einschätzung wollte ich nicht teilen. Die Polizei würde bestimmt noch einige Anhaltspunkte finden, dachte ich, behielt aber die Anmerkung für mich. Die Spurensucher würden jeden einzelnen Krümel unter die Lupe finden.

„Wissen Sie eigentlich, wer Wagner ist?" Stolz stellte mir der Schreiberling die Frage, deren Antwort ich mir denken konnte.

Sümmerling enttäuschte mich nicht: „Wagner ist der Verleger von Renatus Fleischmann. Interessant, was?"

„In der Tat", pflichtete ich ihm gelassen bei. „Das ist doch allgemein bekannt. Oder wussten Sie das etwa nicht?"

Geflissentlich überhörte der Schreiberling den Spott in meiner Frage. „Da gibt es bestimmt einen Zusammenhang", spekulierte er begeistert, „der Mord an dem Autor, das Attentat auf den Verleger und der mysteriöse Unfall der Lektorin hängen garantiert zusammen. Da ist jemand auf großer Rachetour."

Ich wollte dem Reporter nicht widersprechen, ihm aber auch nicht zustimmen. Mir stand nicht der Sinn danach, wahrscheinlich voreilige Schlüsse zu ziehen. Ich sammelte lieber noch Tatsachen. Und eine Tatsache war, dass im Büro von Wagner eine Bombe explodiert war.

Mit der Behauptung, ich hätte ein anderes, dringendes Gespräch in der Leitung, beendete ich das Telefonat. Ich wollte meine Ruhe haben, um meine Gedanken zu sortieren und meine Notizensammlung zu ergänzen.

Doch es blieben mir dazu nur wenige Minuten. Fräulein Schmitz stellte mir unbarmherzig ein weiteres Telefonat durch: „Herr Böhnke."

Wenn er mich über ein Bombenattentat auf Wagner aufklären wolle, käme er zu spät, meinte ich zur Begrüßung und fragte: „Woher wissen Sie, dass ich hier bin?"

Der Kommissar lachte. „Wo sollten Sie sonst sein? Entweder in der Kanzlei oder in der Wohnung, andere Möglichkeiten gibt es doch nicht." Er habe nicht die Absicht gehabt, mich über die Explosion in Baesweiler aufzuklären. „Darüber weiß ich wahrscheinlich auch nicht mehr als Sie. Da haben unsere Spürnasen noch ein großes Stück Arbeit vor sich." Böhnke verfügte lediglich über die Informationen aus der offiziellen Pressemitteilung der Polizei, die er mir mitbringen wollte. „Es ist nämlich meine Absicht, Sie zu besuchen, Herr Grundler."

Ich verstand den Grund nicht, zumal wir ohnehin am nächsten Morgen in die Eifel nach Huppenbroich aufbrechen würden.

„Es ist wegen des Schlüssels zu Fleischmanns Wohnung", erklärte Böhnke. Er hatte es sich wohl anders überlegt und wollte ihn gerne im Polizeipräsidium abliefern, damit

Experten während unseres Aufenthaltes in Huppenbroich sich einmal intensiv in den Räumen umschauen konnten. Mir fiel es schwer, dazu keine Bemerkung abzuliefern. Sollten die Polizisten ruhig ihr Glück versuchen. Ich war gespannt, ob es ihnen gelingen würde, den Computer zu überlisten.

Er wolle mit mir nicht weiter über Fleischmann am Telefon reden, meinte Böhnke bei seinem raschen Ende des Telefonats. „Ich bin in einer knappen Stunde bei Ihnen am Templergraben."

Den Fußweg durch die Stadt zu meiner Wohnung nutzte ich zu einigen Überlegungen. Es war gut, dass Böhnke zu mir kam, dachte ich mir, es gab einiges zu bereden.

Der Kommissar kam gewohnt pünktlich und mit einer überraschenden Mitteilung. „Nachdem sie heute Morgen im Luisenhospital waren, hat heute Nachmittag noch jemand versucht, in das Krankenzimmer von Frau Doktor Leder zu gelangen", berichtete er, während er hinter mir her ins Wohnzimmer ging und sich auf meinen Schreibtischstuhl setzte. „Eine Krankenschwester hat den Unbekannten abgefangen, als er unangemeldet die Tür öffnen wollte. Er ist abgehauen." Eine Personenbeschreibung war nicht möglich. „Die Schwester weiß nur, dass es sich um einen Mann, vermutlich um die 30, gehandelt hat." Wenige Minuten später habe sie beim Blick auf dem Parkplatz gesehen, wie der Mann als Beifahrer in einen roten Wagen, vermutlichen einen Golf, eingestiegen und fortgefahren sei.

Welche Bedeutung diese Informationen hatte, ließ sich noch nicht feststellen. Aber sie konnten ein Hinweis darauf sein, dass jemand der Lektorin nach dem Leben trachtete. Dadurch bekam auch der vermeintliche Unfall eine neue Dimension. Vielleicht handelte es sich tatsächlich hierbei um einen Mordversuch.

Ich nahm mir vor, vorsichtiger zu sein. Das ständige Auftauchen eines roten Golfs gab mir doch ein wenig zu denken. Das war kein Zufall mehr, wie ich dem Kommissar sagte, der mir allerdings keine Hoffnung machte, über das teilweise erkannte Nummernschild das Fahrzeug identifizieren zu können.

„Was gibt es Neues über den Bombenanschlag?", fragte ich Böhnke mit einem Themenwechsel, während ich ihm Fleischmanns Schlüsseletui aushändigte.

„Nicht mehr als heute Morgen", antwortete er und zog aus seiner Jackentasche ein Blatt Papier. „Die Pressemitteilung der Kollegen gibt den aktuellen Stand der Ermittlungen wieder."

Wie ich las, ging die Polizei davon aus, dass Wagner durch die Bombe getötet werden sollte. Der Bericht enthielt auch nicht mehr Informationen, als ich von dem Journalisten erfahren hatte.

„Der Wagner hat mehr Schwein als Verstand gehabt", murmelte ich während des Lesens und Böhnke stimmte mir uneingeschränkt zu.

Schweigend hörte der Kommissar der Schilderung meines Besuches bei Fleischmann zu, hob nur erstaunt eine Augenbraue, als ich ihm mitteilte, ich hätte ein verloren geglaubtes oder nicht veröffentlichtes Manuskript gefunden und blätterte dann nachdenklich durch den dicken Papierstapel, den ich ihm überreicht hatte.

„Damit befassen wir uns auch in Huppenbroich", meinte Böhnke. „Ich komme heute nicht mehr dazu, diese Masse konzentriert zu lesen."

Mir ging es ähnlich, zumal sich bei mir neue Gedanken ins Gehirn eingeprägt hatten.

„Wer wusste eigentlich von unserem Gespräch bei Wagner?", fragte ich Böhnke.

Der Kommissar sah mich lange und intensiv an. ‚Worauf will der Kerl bloß hinaus?', schien sein Blick zu fragen.

Aber ich gab ihm keine Antwort und erwiderte lächelnd den Blick. „Wer wusste von unserem Besuch?"

Böhnke stand auf und lief unschlüssig durch mein kleines Wohnzimmer. Er schien zu überlegen. Verlegen hob er die Arme. „Der Polizeipräsident, meine Assistenten, der Staatsanwalt", antwortete er endlich.

„Mehr nicht?"

„Wieso?"

„Ich stelle mir nur die Frage, wer ein Interesse daran haben kann, Wagner mundtot zu machen", antwortete ich. „Das könnte doch jemand sein, der etwas zu befürchten hat und der uns zuvorkommen will, bevor wir bei Wagner etwas herausfinden."

Böhnke betrachtete mich unsicher. „Was wollen Sie damit andeuten, Herr Grundler?"

Ich sah meinen älteren Freund entschuldigend an. „Es kann doch sein, dass der Kerl, der die Paketbombe abschickte, aus Ihrem Arbeitsbereich erfahren hat, dass Sie sich für Fleischmann und dessen Verleger interessieren. Ich nenne ihn den Maulwurf."

Böhnke schüttelte sich. „Das kann nicht sein", sagte er entschieden und räumte zugleich ein, dass es durchaus doch sein könnte. „Aber ich kann nicht glauben, dass der Maulwurf bei mir im Polizeipräsidium sitzt."

„Wenn nicht bei Ihnen, dann bei der Staatsanwaltschaft", fiel ich ihm ins Wort. Es wäre durchaus wahrscheinlich, dass innerhalb der Staatsanwaltschaft mehrere Personen von Böhnkes Arbeit wussten. „Darüber haben Sie im Präsidium keinen Überblick."

Der Kommissar nickte grübelnd. „Dann ist also nach Ihrer Auffassung der Maulwurf der Übeltäter, der Fleischmann getötet hat und Wagner töten wollte."

Ich verneinte. „Der Maulwurf könnte der Mörder von Fleischmann sein. Es kann aber auch sein, dass der Mörder aus einem anderen Personenkreis stammt. Alles ist möglich, es kann sogar sein, dass der Anschlag auf Wagner und der Mord an Fleischmann überhaupt nicht zusammenhängen." Ich deutete auf das Manuskript und die Romane von Renatus Fleischmann. „Vielleicht ist der große Unbekannte auch eine der Hauptfiguren in diesen Texten." Vielleicht arbeiteten auch der Maulwurf und andere Übeltäter zusammen.

Es bliebe uns nichts anderes übrig, als die Romane zu durchleuchten. „Ich bin davon überzeugt, dass uns die Arbeit in Huppenbroich weiterbringt", sagte ich zuversichtlich. Immerhin sei ich ein Glückspilz, fügte ich humorig hinzu.

# Zettelwirtschaft

„Apropos Glückspilz." Böhnke griff suchend in seine Jackentasche, als er schon zum Abschied im Treppenhaus
stand. „Ich habe noch etwas für Sie." Er hielt mir einen
Schlüsselbund unter die Nase. „Sie werden doch in fremden Wohnungen immer fündig. Vielleicht versuchen Sie
einmal Ihr Glück an der Paugasse."

Wenn's weiter nichts war. Gerne nahm ich die Schlüssel
von Renate Leder entgegen. „Ich habe ohnehin nichts
Besseres zu tun", entgegnete ich trocken. Ich wunderte
mich über den Vertrauensbeweis von Böhnke. Einmal ließ
er mich zappeln und gab sich geheimnisvoll, dann wieder
erfüllte er mir Wünsche, ohne dass ich sie ausgesprochen
hatte.

Offenbar konnte der Kommissar meine Gedanken lesen.
„Aus Sicht der Polizei gibt es keinen Anlass, in der Wohnung von Frau Leder zu ermitteln. Gegen sie liegt nichts
vor und wir müssen immer noch davon ausgehen, dass
die Frau Opfer eines Unfalls geworden ist. Insofern bin ich
von Amtswegen nicht an einer Durchsuchung interessiert.
Allerdings kann ich mir vorstellen, dass Sie Hinweise finden, die zur Lösung der Rätsel um Fleischmann führen
könnten."

Ich verstand sehr wohl, warum Böhnke sich so umständlich ausdrückte. Sollte er etwa sagen, dass ich für ihn die
Wohnung untersuchen sollte, weil ihm rechtlich die
Hände gebunden waren? Das wäre fast schon ein Rechts-
missbrauch gewesen. So schob er mir lieber den Schlüssel

und damit auch die Verantwortung zu. Mich störte der juristische Hintergrund nicht sonderlich. Ich freute mich, dass Böhnke mir Gelegenheit gab, in den Geheimnissen zu wühlen. Gerne nahm ich sein Angebot an, mich von ihm zur Wohnung der Lektorin bringen zu lassen.

Wie ein ortsunkundiger Tourist, der über die Dörflichkeit mitten in der Kaiserstadt staunte, spazierte ich durch die kleine Straße, stets darauf achtend, ob mich eine der Mütter beobachtete, die auf dem Kinderspielplatz den Nachwuchs beaufsichtigte. Ich schien niemanden aufzufallen oder zu stören, als ich mich dem Häuschen näherte, in dem die Lektorin lebte. Ich hatte Mühe, die Haustüre zu öffnen, von innen behinderten Zeitungen und Werbeblättchen, die durch den Briefschlitz eingeworfen worden waren, das Öffnen. ‚Als wenn es nicht schon genug Papier in dieser Wohnung gab‘, dachte ich mir kopfschüttelnd, nachdem ich endlich im engen Flur stand. Für jede Altpapiersammlung wären die Räume von Renate Leder eine wahre Fundgrube gewesen.
In ihrer Art fand ich die Puppenstube sogar noch gemütlich. Da ich wusste, dass mich ein heilloses Durcheinander erwartet, ging ich relativ unbefangen an meine Arbeit. Wer Bücher liebte und alleine lebte, für den war diese kleine Stätte gewiss ein heimeliger Ort, der für den Unwissenden nur ein Problem bereithielt: Wo sollte ich was suchen, geschweige denn finden?
Im Flur klaubte ich die Zeitungen und die Briefpost auf, mit denen ich mich in die Küche begab. Auf einem alten Küchenstuhl waren Zeitungen gestapelt, der andere war

wohl für die Wohnungsinhaberin reserviert. Einige aufge-
rissene, leere Briefumschläge lagen auf dem hölzernen,
farblosen Tisch. Vorsichtig setzte ich mich auf die wacke-
lige Unterlage und blätterte ungeniert durch die Post. Sie
bestand nur aus Werbebriefen und der Abrechnung der
Telekom, die nur den sehr geringen Gesamtbetrag enthielt. Gerne hätte ich einen Einzelnachweis über die Telefonate gehabt, um zu lesen, wohin die Lektorin angerufen
hatte. Aber so musste ich mich mit der wenig aussage-
kräftigen Erkenntnis begnügen, dass die gute Frau nur selten zum Telefon griff.

Mit Küche und Badezimmer war ich bei meiner Ermittlung
schnell fertig. Es gab nichts Auffälliges, sah ich einmal von
dem Abfalleimer unter der Spüle ab, aus dem angefaulte
Lebensmittel stanken. In meiner Gutmütigkeit machte ich
mich auf die Suche nach einer Mülltonne, die ich hinter
dem Haus in einem kleinen, pflanzenlosen Innenhof fand,
und entsorgte den Abfall.

Das winzige Schlafzimmer, in dem gerade einmal neben
einem Einzelbett ein eintüriger Kleiderschrank und ein
Beistelltisch Platz hatten, enthielt keine Geheimnisse.

Auf dem Tischchen lagen einige Bücher, die wahrscheinlich als Abendlektüre dienen sollten. Die Lektorin las offenbar alles, was sie in die Hände bekam. Romane, wis-
senschaftliche Fachbücher, Bibliografien, querbeet durch
die Literatur stapelten sich die gebundenen Werke. Ich
blätterte zwar durch die Seiten, fand jedoch keine interessanten Hinweise.

Hemmungen hatte ich, als ich den Kleiderschrank öffnete
und in der ordentlich gefalteten Wäsche von Renate

wühlte. Es war mir unangenehm, so tief in das private Leben der Frau einzudringen. Aber es befand sich nichts in dem Schrank, was nicht hineingehört hätte. Anscheinend trug die junge Frau nur Jeans und Pullis, ein Kleid besaß sie nicht. Selbst die mit einem roten Band zusammengehaltenen Liebesbriefe der Verflossenen, die nach der Klischeevorstellung meistens hinter dem Stapel mit der Unterwäsche oder zwischen den Handtüchern ihren Platz hatten, fehlten.

‚Was willst du eigentlich hier?‘, fragte ich mich, als ich endlich das Arbeitszimmer betrat. Das war das Stochern in einem Heuhaufen, wobei ich noch nicht einmal wusste, ob ich überhaupt in einem Heuhaufen stocherte, geschweige denn, ob ich darin nach einer Stecknadel suchte. Es würde Stunden dauern, wenn ich alle Bücher und Ordner durchblättern wollte.

Ich nahm in dem abgewetzten Sessel Platz, den mir die Lektorin bei meinem ersten Besuch angeboten hatte, und blickte mich um in dem schier unüberschaubaren Durcheinander von Papier. ‚Was wusste ich von der Frau?‘, fragte ich mich. ‚Nicht viel‘, antwortete ich mir und kam zur nächsten Frage: Wie erfährst du etwas über die Frau? ‚Indem du versuchst, Persönliches von ihr zu finden‘, gab ich mir zur Antwort, etwa Briefe, Akten, Urkunden.

Damit blieb bei meiner Suche alles außen vor, dass nicht direkt etwas mit Renate Leder zu tun hat. Ich beachtete die vielen Bücher nicht weiter und klaubte mehrere Aktenordner hervor. Für mich überraschend nach dem äußerlichen Chaos in der Wohnung, hatte die Lektorin ihre persönlichen Unterlagen ordentlich sortiert. Von einer beglaubigten Kopie ihrer Geburtsurkunde angefangen über das Abiturzeugnis und das Diplom, das den ausgezeichneten Abschluss ihres Germanistikstudiums in Aachen dokumentierte, bis hin zu ihrer Honorarvereinbarung mit Wagner waren alle Dokumente abgeheftet.

Es berührte mich, als ich über ihr privates Schicksal lesen musste, das in einem Lebenslauf niedergelegt war. In einer sehr korrekten Handschrift hatte sie geschildert, dass sie als Einzelkind früh die Eltern nach einem Verkehrsunfall verloren hatte, in einem Heim aufwuchs, in einem von Nonnen geleiteten Gymnasium das Abitur machte und sich ihr Studium der Germanistik und Anglistik durch Jobs finanziert hatte. Renate hatte es nicht leicht gehabt im Leben und sich offensichtlich ihre bescheidene Existenz allein erarbeitet. Sie tat mir Leid, dass sie so viel Pech hatte. Zugleich entwickelte ich Sympathie für die Lektorin, als ich las, dass sie auch als freie Mitarbeiterin beim Dürener Lokalanzeiger gearbeitet hatte. Das musste zu der Zeit gewesen sein, als auch ich in Düren gelebt hatte. Aber ich konnte mich jetzt nicht daran erinnern, Renate Leder damals zur Kenntnis genommen zu haben.

Betroffen legte ich die Dokumentenmappe ab und griff nach einem Fotoalbum. Es enthielt ausschließlich Bilder von ihr, von den Babyjahren angefangen bis hin zur aktuellen Zeit. Das letzte Foto zeigte sie mit Fleischmann. Nach dem Motiv und dem Hintergrund zu schließen, war das Bild bei einer Buchvorstellung in einer Buchhandlung gemacht worden. Die Lektorin lachte; es war das erste, und wahrscheinlich auch das letzte Mal, dass ich sie lachen sah. Auf dem Bild sah sie wirklich niedlich aus, so hätte ich sie gerne einmal kennen gelernt. Aber dazu war es vielleicht zu spät.

Mit dieser Erkenntnis legte ich die Bildersammlung beiseite und wandte mich dem Schreibtisch zu, auf dem auf einer Unterlage gerade einmal Platz genug war, um einen Block aufzuklappen. ‚Was hatte Renate gewollt, als sie bei meinem ersten Besuch zum Schreibtisch gegangen war, aber dann ihre Ansicht aufgab?‘, fragte ich mich, während ich mich setzte.

Der Rest der Platte war mit Büchern belegt. ‚Weg damit!‘, entschied ich und schob die Bücherstapel zu Boden. Ich brauchte Platz um mich herum.

Neugierig öffnete ich die einzige Schublade des einfachen Tischs. Darin befanden sich der Reisepass, leere Blätter und unzählige Kugelschreiber sowie ein frischer Kontoauszug der Stadtsparkasse, der der Lektorin ein bescheidenes Soll bescheinigte. Anscheinend kam Renate mehr recht als schlecht über die Runden.

Bei meinem Blick auf die heruntergeworfenen Bücher bemerkte ich zunächst ein dünnes Heft, das in zweierlei Hinsicht nicht hierhin passte. Zwischen all diesen Büchern war ein Heftchen einfach fehl am Platze. Aber auch der Inhalt widerstrebte mir: Es handelte sich um ein Pornoheftchen, reichlich bebildert und mit kurzen Geschichten betextet. So etwas hätte ich meiner Mandantin nie zugetraut. Dann stieß ich auf beschriebene Blätter, die zuvor zwischen zwei dicken Wälzern verborgen gewesen waren. Neugierig bückte ich mich danach und warf das erste Blatt nach einem flüchtigen Überlesen wieder fort. Es war mit mehreren Strichen durchkreuzt worden, enthielt aber, wie ich beim Vergleich mit dem anderem erkannte, offenbar die gleichen Notizen.

Das Blatt stellte wahrscheinlich den ersten Entwurf eines Gedankenkonzeptes dar, das die Lektorin auf dem zweiten Blatt vollendet hatte. Die durch Striche verbundenen und mit Kreisen umrandeten Buchstaben ähnelten einem Soziogramm, mit dem ich allerdings nichts anfangen konnte. Selbst wenn ich „F" als Fleischmann deutete, „W" als Wagner und „L" als Leder, bleiben viel zu viele Buchstaben für mich ohne Bezug. Was sollte beispielsweise das „G", was ein anderes „L"? Eine Verbindung fiel sofort auf, weil sie mit einem dicken, schwarzen Filzstift eingekreist worden war: die Verbindung von D mit S, was immer das auch bedeuten sollte.

„Woher soll ich das denn wissen?", fragte mich Böhnke, als ich ihn am Abend über meine Nachforschungen in der Wohnung der Lektorin unterrichtete. „Vielleicht ist das Gebilde auch nur das Schema für einen Roman oder die Lösung eines Rätsels aus der Beilage der Süddeutschen Zeitung." Und was das Pornoheft angehe, so könne er mir für das Vorhandensein in dieser Wohnung keine vernünftige Erklärung anbieten. Dennoch erklärte er sich bereit, dass Heft zu den Akten zu nehmen.

Ich würde ihm für die konstruktive Zusammenarbeit danken, knurrte ich unzufrieden ins Telefon. Er sei mir wahrlich eine große Hilfe. Ob er nicht eine sinnvolle Erklärung für dieses seltsame Buchstabenrätsel auf Lager hätte, wollte ich wissen.

Aber Böhnke verneinte und lachte nur bedauernd: „Mein Freund, es war einen Versuch wert. Sie hätten ja etwas in der Wohnung finden können, was uns und insbesondere Sie weiterbringt. Aber anscheinend war Ihr Besuch für die Katz."

Mit dem Ausblick auf unsere morgige Fahrt nach Huppenbroich beendete der Kommissar das unbefriedigende Gespräch. Verunsichert betrachte ich das von Renate mit Strichen und Buchstaben bemalte Blatt. Was hatte sie damit ausdrücken willen? Hatte sie überhaupt etwas damit bezweckt? Bezog sich das für mich nicht durchschaubare Gewirr etwa auf ihre berufliche Tätigkeit? Oder gab mir die eingekreiste Buchstabenkombination einen Hinweis auf ihre Spurensuche in den Werken Fleischmanns? ‚Renate, wach endlich auf und verrate mir deine Geheimnisse!', sagte ich zu mir und dachte an Sabine.

# Huppenbroich

Mir gefiel Huppenbroich immer wieder aufs Neue, auch wenn ich mit dem idyllischen Eifeldörfchen zwischen Monschau und Simmerath nicht nur angenehme Erinnerungen verband. Ich genoss bei unserer Ankunft den Ausblick mit den vielen, dicht belaubten Buchenhecken, die die Weiden umrahmten und die Wohnhäuser umzäunten, und den vereinzelten Bäumen in der hügeligen Landschaft. In einem ehemaligen Hühnerstall, fast gegenüber dem Feuerwehrgerätehaus, hatte sich die Lebensgefährtin des Kommissars eine zweckmäßige, aber auch wohnliche Ferienwohnung eingerichtet, in die sich die beiden gerne aus dem stickigen Aachener Klima zur Entspannung zurückzogen. Lediglich der wuchtige Neubau, der in unmittelbarer Nähe hochgezogen worden war, trübte ein wenig die Harmonie.

Bereitwillig hatte Böhnkes Freundin uns den Hühnerstall zu unserem Arbeitsurlaub überlassen, wie ich unseren Aufenthalt bezeichnet hatte. Auch Sabine hatte mich verständnisvoll ziehen lassen, nicht zuletzt mit dem mich verunsichernden Hinweis, es gäbe sehr viele attraktive Männer in Aachen und tolle Tanzlokale.

Doch über ihre uncharmante Bemerkung wollte ich mir in Huppenbroich keine überflüssigen Gedanken machen, als ich mich in meinem Schlafzimmerchen unter dem schrägen Dach einrichtete. Ich freute mich einfach auf die ungewöhnliche Zusammenarbeit mit dem Kommissar, sie fiel aus dem Rahmen der Normalität und war für mich auch ein Vertrauensbeweis.

Ich wollte mich nicht mit Sabines Aktivität während meiner hoffentlich nur kurzen Abwesenheit beschäftigen, ich wollte mich voll und ganz auf Fleischmanns Werke konzentrieren, wobei sich Böhnke und ich nicht ganz schlüssig über unsere Vorgehensweise waren. Sollten wir zunächst das von mir aufgespürte „Metzger-Manuskript« lesen, das nach der Beurteilung des Autors anders war als die bisherigen Werke? Oder sollten wir uns zuerst den veröffentlichten Romanen widmen?

Schließlich einigten wir uns darauf, dass sich Böhnke, der die Fleischmann-Romane angeblich schon fast auswendig kannte, mit dem neuen Manuskript befasste, ich dagegen bei den Geschichten mit dem Rathausduo mein detektivisches Geschick versuchte.

„Vielleicht gibt es ja auch Verknüpfungen", spekulierte Böhnke, ehe er sich mit dem dicken Aktenordner in eine bequeme Leseecke zurückzog. „Sie haben's gut", stöhnte er auf Mitleid hoffend, während er sich in den wuchtigen Ledersessel zurücklehnte, „Sie brauchen sich nur mit den bearbeiteten Manuskripten abgeben, ich muss mich wahrscheinlich durch einen Haufen überflüssiger Sätze wühlen." Renate Leder, so hatte ihm sein Buchhändler gesagt, sei als sehr konsequente Lektorin bekannt, die jeglichen ablenkenden Firlefanz radikal aus den Rohfassungen der Autoren herausstreiche. „Die Romane sind gut komprimiert und deshalb zügig lesbar", gab mir Böhnke eine bekannte Erkenntnis mit auf meine erneute Lesereise durch die Fleischmannsche Buchwelt.

‚Das ist ja gerade das Fatale', dachte ich mir, ‚weil du so zügig und schnell lesen kannst, übersiehst du vielleicht die Kleinigkeiten, in denen es versteckte Hinweise geben könnte.' Mit einem spitzen Bleistift und einem leuchtend gelben Textmarkierer versehen, machte ich es mir in einem Sessel bequem und schlug erwartungsvoll das Erste der sechs Bücher auf.

Ehe ich mich versah, war ich schon in der Geschichte versunken. Ich lebte quasi mit, sah das Geschehen aus der Sicht der sonderbaren, durchaus sympathischen Hauptfigur und versuchte auch, mich in die Situation anderer Beteiligter zu versetzen. Mehr als einmal erwischte ich mich dabei, erfundene Passagen als real gegeben zu erleben. Manchmal war es schier unmöglich zu unterscheiden. Wenn die Hauptfigur in einem Taxi unterwegs war und mit dem Fahrer redete, konnte dies so gewesen sein oder aber erfunden. Das galt auch für Beweise oder Hinweise auf kriminelle Machenschaften. Ich erinnerte mich daran, dass, wie in diesem Roman geschehen, tatsächlich ein ehrgeiziger Bürgermeister vor seiner Wahl als Karnevalsprinz effektheischend auf Stimmenfang gegangen war, und mir fiel ebenfalls wieder ein, dass ein Stadtdirektor kurz nach der Wahl eines hauptamtlichen Bürgermeisters aus seinem Amt abgeschoben wurde, weil er trotz des richtigen Parteibuches dem Bürgermeister und dessen Freund, seinem Nachfolger als Stadtdirektor, im Wege stand.

Dennoch schien es in dem Roman nichts zu geben, das auf eine ganz bestimmte Person oder politische Konstellationen schließen ließ. Die Geschichte konnte sich überall und nirgends abgespielt haben, aber auf keinen Fall in Stolberg, der vermeintlichen Kulisse von Fleischmanns Romanwelt. Wenn die Geschichte aber ganz oder teilweise real sein sollte, dann hatte Fleischmann bestimmt versteckte Hinweise hinterlassen, sagte ich mir.

Ich war intellektuell nur nicht in der Lage, sie zu finden. Auch die Namen der Bösewichte brachten mich höchstwahrscheinlich nicht weiter. Ich nahm mir vor, sie überprüfen zu lassen, glaubte aber nicht daran, durch die Überprüfung auf eine Erfolg versprechende Spur zu stoßen. Gewiss hatte die Polizei diesbezüglich auch schon ihr Glück versucht.

Eigentlich hatte ich nur eine Winzigkeit gefunden, die höchstwahrscheinlich auf ein oberflächliches Redigieren der Endfassung zurückzuführen war. Einmal war im Verlaufe der spannenden Geschichte der Vorname des Bürgermeisters falsch geschrieben worden. Statt „Günter" gab es ein einziges Mal ein „Günther" und damit ein „h" zu viel.

Aber derartige Flüchtigkeitsfehler bei der Bearbeitung fanden sich immer häufiger in neuen Büchern. Das prägnanteste Beispiel war mir in einer Biografie über einen ehemaligen Trainer der deutschen Fußballnationalmannschaft aufgefallen: „es viel auf", war dort in einem Werk zu lesen, das ein angesehener Redakteur eines großen Nachrichtenmagazins verfasst hatte.

Tief pustete ich durch, als ich das Buch zur Seite legte. Es war spät geworden. Ich hatte nicht einmal mitbekommen, dass Böhnke das Licht im gemütlichen Wohnzimmer angeschaltet hatte.

Der Kommissar saß nach wie vor in seiner Ecke. Ungläubig schüttelte er mehrmals während des Lesens den Kopf. „Verfluchter Mist", hörte ich ihn sagen, als er den Ordner auf seinen Knien ablegte und sich müde über die Augen rieb. Er sah geistesabwesend durch mich hindurch und griff dann wieder nach dem Text. „Verfluchter Mist", sagte er noch einmal.

„Was gibt's?" Ich konnte mich nicht zurückhalten.

Böhnke starrte gedankenversunken in meine Richtung. „Das kann doch nicht wahr sein", sagte er endlich nach langen Minuten. Er bemühte sich, ruhig und gelassen zu wirken, aber ich sah ihm an, dass er innerlich aufgewühlt war. Er überlegte intensiv, ehe er sich durchringen konnte, meine Frage zu beantworten. „Diese Geschichte ist von der ersten bis zur letzten Zeile wahr, wenn ich einmal vom Ende absehe", sagte er schließlich. „Wenn sie erscheint, bevor wir zugreifen, wird die Aufklärung eines der größten Verbrechen der Gegenwart in unserer Region vereitelt." Der Kommissar bemühte sich um Fassung und schüttelte den Kopf. „Fleischmann schreibt haargenau über ein Verbrechen, dem wir schon seit Monaten auf der Spur sind. Aber es fehlt uns leider der endgültige Beweis, um die Ganoven dingfest zu machen."

„Worum handelt es sich?" Böhnke machte mich neugierig. In einer derart verunsicherten Haltung hatte ich ihn in unserer bisherigen, an Zwischenfällen wahrlich nicht armen Zusammenarbeit höchst selten erlebt.

Der Kommissar verzog seinen Mund zu einem verkniffenen Spalt und reichte mir den Roman über den Tisch. „Lesen Sie", sagte er nur gähnend, dann stand er ächzend auf. „Ich muss mich hinlegen und schlafen."

„Muss das sein?" In Anbetracht der 400, dicht beschriebenen Seiten stand mir nicht der Sinn danach, am späten Abend mit der Lektüre zu beginnen. „Erstens muss ich noch die anderen Romane lesen und zweitens bin ich auch müde."

Böhnke rang sich ein Lächeln ab. „Muss nicht sein, mein junger Freund. Ich kann Ihnen die Geschichte auch nach dem Frühstück bei einem Spaziergang erzählen."

# Fleischtransport

Was Böhnke als Spaziergang bezeichnet und ich als gemütliche Schlenderei interpretiert hatte, entpuppte sich als Gewaltmarsch, von dem sich mein Mistreiter nicht abbringen ließ. „Ich brauche unbedingt Bewegung und Frischluft", sagte er, bevor wir uns am frühen Morgen auf den kilometerlangen Weg talabwärts nach Hammer und von dort die Rur entlang nach Monschau machten. Es war ziemlich feucht und kalt und ich hatte mir den Kragen meiner Lederjacke eng um den Hals geschlungen. Die Hände tief in den Taschen vergraben, stapften wir die spärlich befahrenen, nassen Straßen entlang.

„Was ist denn mit der Geschichte?", fragte ich den Kommissar noch einmal gespannt.

„Ich will sie Ihnen in wenigen Sätzen erzählen", antwortete Böhnke bedächtig und kam sofort auf den Punkt.

„Wir ermitteln seit einigen Monaten gegen einen Metzger aus der Region, der mit einer Filialkette in fast jeder Stadt entlang der Rur vertreten ist; ein noch relativ junger Mann, der mit Pioniergeist und einem entsprechenden familiären Hintergrund in wenigen Jahren ein fast konkurrenzloses Imperium von Fleischerfachgeschäften aufgebaut hat."

Der Kommissar blieb am Straßenrand stehen und hielt mich am Ärmel fest, damit ich nicht auf die Fahrbahn lief. Er sah sich sorgsam um, ehe wir die Straße überquerten.

„Wie so oft im Leben, bekommt auch der Jungunternehmer den Hals nicht voll, will immer mehr Geld scheffeln. Er importiert, so vermuten wir, unerlaubterweise billiges

Rindfleisch aus dem Ausland nach Deutschland, packt es in seinen Zerlegungsbetrieben um und verkauft es dann teurer als deutsche Produkte. Wir nehmen auch an, dass er BSE-verseuchtes Fleisch aus Großbritannien nach Deutschland bringt oder gebracht hat."

Böhnke machte eine Atempause. „Nach unseren Ermittlungen wird er bei seinen lukrativen, aber verbotenen Geschäften von einem Freund unterstützt, dem eine Spedition gehört und der große landwirtschaftliche Flächen besitzt. Vermutlich transportiert dieser das Schlachtvieh illegal über die Landesgrenzen, versorgt die Rinder für einige Zeit auf seinen Weiden und fährt sie dann zur Weiterverarbeitung zum Metzger." Der Kommissar sah mich mit betrübten Augen an. „So weit haben wir ermittelt, aber uns fehlen immer noch die Beweise, um die beiden dingfest zu machen."

„Und über diesen Fall und die Ermittlungen schreibt Fleischmann in seinem Roman?", stellte ich meine nicht unbedingt erforderliche Frage, zumal ich doch schon die Antwort kannte.

Böhnke bestätigte mich nickend. „Genau darüber."

„Und die Lösung?"

„Die ist sehr wahrscheinlich konstruiert. Bei Fleischmann geraten die beiden in Streit wegen des Geldes, der Metzger bringt den Spediteur um, wird aber überführt." Der Kommissar grinste gequält. „Was glauben Sie wohl, wie der Spediteur zu Tode kommt?"

Für die Antwort brauchte ich keine lange Überlegungszeit. „Der Metzger hat seinen ehemaligen Freund im

131

Fleischwolf zu einem Fleischklumpen verarbeitet und anschließend am Lahey-Park entsorgt."

„Genauso ist es, Herr Grundler. Mit einer Einschränkung. Der Lahey-Park wird namentlich nicht erwähnt."

„Wie sieht's mit den Namen aus?" Ich hatte keine allzu große Zuversicht, dass Böhnke sie mir nennen würde.

Doch er überraschte mich: „Der Metzger heißt Hermann-Josef Schranz, sein Freund Wolfgang Willibald."

Beide Namen waren mir unbekannt.


Nachdenklich und uns anschweigend gingen wir weiter und steuerten Monschau an.

War dieser Roman etwa der Schlüssel zur Aufklärung des Mordes an Renatus Fleischmann? Hatte der Metzger den Schriftsteller auf dem Gewissen? Hatte ein Mitwisser uns den Wink mit dem Zaunpfahl geben wollen? Stand der Lahey-Park als Symbol für einen Landbesitzer? Aber warum?

Böhnke und ich hatten uns in einem Restaurant in Monschau niedergelassen und blickten von unserem Tisch aus dem Fenster hinaus auf die Rur.

Lange suchte der Kommissar nach den passenden Worten, bevor er mit seiner Erwiderung auf meine Fragen begann. „Ich nehme an, die Veröffentlichung dieses Verbrechens sollte verhindern werden. Vermutlich hat jemand, vielleicht der Metzger oder dessen Freund, herausbekommen, dass Fleischmann diese Story recherchierte. In dem Glauben, Fleischmann habe die Geschichte noch nicht geschrieben, hat einer von ihnen den Autor umgebracht. Der Lahey-Park sollte nur eine makabre Randerscheinung sein, die uns in die Irre führen soll. Der Fundort sollte wahrscheinlich unsere Ermittlungen auf die Region Erkelenz lenken; gerade dort ist aber die Fleischerkette überhaupt nicht vertreten. Andererseits", Böhnke rührte lange in seiner Kaffeetasse, „besitzt der Metzgerfreund zwischen Wegberg und Erkelenz einige Weideflächen. Von der niederländischen Grenze über Wassenberg ist es nur einen Katzensprung dorthin."

„Dann könnte also doch der Gärtner der Mörder sein", behauptete ich lakonisch, womit ich selbstredend den landbesitzenden Spediteur namens Willibald meinte. Ich konnte mir diese Bemerkung einfach nicht verkneifen. Damit war ich bei meiner mir von Böhnke aufgenötigten Mitarbeit zugunsten von Doktor Renate Leder fast genau dort, wo ich schon am Anfang gestanden hatte.

„Könnte schon", gab der Kommissar zu bedenken, „aber dafür fehlen uns noch die Beweise, wie uns auch die Beweise für das eigentliche Verbrechen fehlen, das den Hintergrund für den Mord an Fleischmann bietet."

Ich hob bremsend die Hände. „Dann vermuten Sie also den Mörder von Fleischmann in diesem Personenkreis und nicht im Dunstkreis unseres Rathausduos?"

Böhnke rührte wieder nachdenklich in seinem Kaffee. „Nachdem ich dieses Manuskript gelesen habe, spricht einiges dafür."

„Also weder Bürgermeister noch Stadtdirektor noch Maulwurf?"

„So wird es wahrscheinlich sein."

„Was macht Sie da so sicher?"

133

„Der Roman, Herr Grundler. Er ist so anders als die anderen. Vom Inhalt, vom Stil, von den Personen. Es kommt mir vor, als habe Fleischmann mit dem Rathausduo abgeschlossen. Er hatte dieses neue Thema entdeckt, bearbeitet und seine Arbeit nicht überlebt." Böhnke stockte für einen Augenblick, er ahnte wohl, wie meine nächste Frage zwangsläufig lauten musste.

„Von wem hatte Fleischmann die Informationen?"

„Von wem schon?« Der Kommissar machte keine Umstände. „Vermutlich von unserem Maulwurf bei der Staatsanwaltschaft." Dort liefen alle Ermittlungen auf, sowohl die vermeintlichen Rathausdelikte als auch der angeblich illegale Fleischhandel.

Sofort hakte ich nach. „Könnte es denn nicht sein, dass dieser Maulwurf der Mörder ist? Musste er eventuell damit rechnen, irgendwann entlarvt zu werden. Oder, was noch perfider ist, musste er nicht damit rechnen, selbst einmal Hauptperson in einem Kriminalroman von Fleischmann zu werden?"

Grübelnd betrachtete Böhnke durchs Fenster den schäumend dahinfließenden Fluss. „Kann natürlich auch sein, dass ihm die Geschichte zu heiß wurde."

Ich grinste triumphierend. „Und damit hat sich der Kreis der Verdächtigen wieder um eine Person vergrößert."

Vergrößert nicht, versuchte Böhnke mich zu korrigieren, der Maulwurf habe nach wie vor zum Kreis der Verdächtigen gehört. Das Gegenteil sei der Fall, dieser Kreis hätte sich verkleinert, denn das Rathausduo könne er wohl streichen.

134

„Wirklich?" Ich nippte an meinem Wasserglas. „Sie können doch nicht das Duo aus Ihrer Ermittlungsarbeit ausnehmen. Was machen Sie, wenn sich herausstellt, dass weder Metzger noch Spediteur noch Maulwurf verdächtig sind und doch Bürgermeister und Stadtdirektor in Frage kommen?" Ich hatte schmerzhaft am eigenen Leibe miterlebt, wohin es führen kann, wenn die Polizei sich zu früh auf eine verdächtige Person konzentriert. „Sie kennen meine leidvolle Geschichte, Herr Böhnke?"

„Natürlich", er lächelte mich entschuldigend an, „die war ja spektakulär genug und hat meinem verehrten Kollegen Küpper schwer zu schaffen gemacht."

„Dennoch wollen Sie das Duo von der Liste der Verdächtigen streichen, nur weil ein neuer, anderer Aspekt hinzugekommen ist?"

Der Kommissar sah mich nachdenklich an. „Im Moment habe ich die beiden Gauner aus dem Rathaus gestrichen. Aber ich bin gerne bereit, sie wieder aufzunehmen, wenn Sie mir nur einen einzigen Hinweis auf deren mögliche Täterschaft geben können."

Den könne er haben, meinte ich überzeugt, „wenn wir alle Romane von Fleischmann gelesen haben." Ich jedenfalls sah überhaupt keinen Grund, unsere Arbeit in Huppenbroich schon als beendet zu betrachten.

In meinem Schlafzimmer kramte ich das von Renate Leder bemalte Blatt aus meinen Unterlagen. Das Gewirr von Buchstaben und Strichen warf nach wie vor viele Fragen auf. Sollten die Buchstaben Namen darstellen und die Striche Verbindungen zwischen den einzelnen Personen, so gehörten vielleicht auch Schranz und Willibald in irgendeiner Weise dazu, wenn ich unterstellte, dass die Lektorin die beiden aus Berichten von Fleischmann kannte. Dieses Wissen vorausgesetzt, stand das „W" vielleicht gar nicht für Wagner, sondern für des Metzgers Freund. Und vielleicht stand das „S" für Schranz. Die Aufzeichnungen blieben verwirrend und für mich undurchsichtig. Aber ich nahm mir vor, das Geheimnis zu entschlüsseln, zumindest wollte ich es versuchen.

Je länger ich auf das Blatt starrte, umso mehr verstärkte sich mein Eindruck, Renate habe sich tatsächlich an einem Soziogramm versucht, dessen Zentrum in einer Verbindung zwischen D und S bestand. Aber wer waren die beiden Figuren D und S? Ich wollte Böhnke nicht in meine Überlegungen einweihen. Dieses Spiel wollte ich für mich alleine spielen, jedenfalls zunächst. Vielleicht lief ich ja auch nur einer irrigen Annahme nach. Ich hätte einiges drum gegeben, von Renate zu erfahren, was sie mit dieser Aufzeichnung bezweckt hatte. Einen Grund musste sie gehabt haben. Ich konnte mir nicht vorstellen, dass jemand ohne Sinn und Verstand Buchstaben auf ein Blatt verteilt und diese dann wahllos miteinander verbindet.

‚Renate, du raubst mir noch den Schlaf', sagte ich laut in den Raum hinein, bevor ich mich unter der Bettdecke kuschelte.

# Fehlerteufel

Mit der unerwarteten Mitteilung, er müsse unbedingt für ein paar Stunden nach Aachen, überraschte mich Böhnke bei der Vorbereitung unseres Mittagessens aus der Dose. „Ich muss mir die Ermittlungsakte über den ›Metzger-Fall‹ besorgen«, erklärte er mir, „ich möchte gerne konkret unsere Ermittlungsergebnisse mit Fleischmanns Geschichte vergleichen."

Er solle ruhig fahren, redete ich Böhnke zu. Ich hätte genügend zu tun, meinte ich mit einem Fingerzeig auf die Bücher. „Nur eine Bitte habe ich: Bringen Sie die AZ mit." Ich verspürte keine Lust, allein durch die Landschaft zu laufen, um mir in Simmerath oder Imgenbroich eine Tageszeitung zu besorgen.

Böhnke hatte es offensichtlich eilig. Ehe ich mich versah, hatte der Kommissar die Ravioli verschlungen, saß im Wagen und fuhr davon.

Ich machte es mir im Wohnzimmer vor dem Kachelofen bequem. Obwohl wir erst Oktober hatten, war es schon ungemütlich kalt in der Eifel. Der mit Buchenscheiten befeuerte Kachelofen strahlte die behagliche Wärme aus, die ich brauchte, um konzentriert mit Fleischmanns Werk arbeiten zu können.

Wie in Fleischmanns Erstling, so blieb ich auch im zweiten Buch, das seinen Ausgang im plötzlichen Ableben eines Jahrmarktbeschickers hatte, beim Lesen bei den wenigen, und deshalb auffälligen Schreibfehlern hängen. Sie waren im Prinzip die einzigen Mängel, die ich in dem Werk finden konnte, von einer technischen Angelegenheit einmal abgesehen. Dieser Roman war in einer anderen Druckerei hergestellt worden. Aber nach einem Blick in die Folgebücher stellte ich fest, dass lediglich das erste Werk in einer

Druckerei in Niederkrüchten, alle anderen dagegen in E-schweiler gedruckt worden waren. Wahrscheinlich hatte diese Druckerei günstigere Herstellungskosten angeboten als die erste, vermutete ich. Bei passender Gelegenheit würde ich mir von Wagner die Bestätigung meiner Vermutung holen, nahm ich mir vor.

Bei der Schreibweise von Aachen hatte Fleischmann offenbar Probleme. Mehrfach fehlt ein A. Beim Kontrollieren der Satzfahnen hatte sowohl er als auch die Lektorin das mehrmalige „Achen" überlesen. Aber auch dieser Fehler war erklärlich: Wenn ich etwas immer wieder lese, dann erkenne ich es als richtig, obwohl es falsch geschrieben ist.

Beim dritten Roman konnte ich tun und lassen, was ich wollte. Ich fand einfach nichts, nicht einmal einen Schreibfehler, einen Verdreher, geschweige denn Fakten oder Hinweise, die auf bestimmte Personen oder Verhaltensweisen aufmerksam machen konnten. Ich fand allenfalls einen grammatikalischen Streitfall, ob es nämlich „des Buchs" oder „des Buches" hieß. Aber das war wirklich ein Problem nur für Germanisten, nicht für Leser.

Der Roman war schlichtweg perfekt. Falls er eine wahre Begebenheit in veränderter Form wiedergab, hatte Fleischmann optimal gearbeitet.

Im vierten Roman fand ich ein sinnlos im Text frei stehendes „r". Ansonsten war der Roman wieder ein Genuss sondergleichen.

Mehr und mehr fand ich Gefallen an dem Typen, dessen schriftstellerische Karriere schon wieder zu Ende war. Ich hätte Fleischmann gerne kennengelernt. Zugleich zollte ich Renate Leder Anerkennung. Sie hatte offenbar ein Juwel an der Hand gehabt und ich verstand mittlerweile, weshalb sie sich Sorgen um Fleischmann gemacht hatte. Im Nachhinein musste ich der Lektorin Abbitte leisten. Ich hätte sie vielleicht doch nicht so brüsk abweisen sollen. Jetzt saß ich gewissermaßen in der Tinte und versuchte, Renate bei einer Sache zu helfen, von der ich nicht einmal wusste, ob es sie überhaupt gab. Aber ich fühlte mich in ihrer Schuld.

Es machte eigentlich wenig Sinn, die technischen Fehler in den Romanen überhaupt zu notieren. Ich schrieb sie auf, weil sie das Einzige waren, was überhaupt zu merken war, Flüchtigkeitsfehler, unbeabsichtigte Defizite, die einen nach Perfektion strebenden Menschen massiv verärgern können.

Insofern hätte ich mich an Fleischmanns Stelle auch über den kleinen Mangel im fünften Roman maßlos aufgeregt. Darin war Hoffnung einmal nur mit einem „f" geschrieben.

Das sechste Buch schließlich war absolut fehlerfrei, sofern ich das mit meiner nachlassenden Konzentration beurteilen konnte.

Ich pustete durch, als ich das letzte Buch zur Seite legte, und erschrak, als ich beim Blick auf die Uhr erkannte, dass es schon auf den späten Abend zuging. Ich saß wenig begeistert in meinem Sessel und musste mir eingestehen, nicht sonderlich produktiv gewesen zu sein. ‚Was hatte mir die Arbeit gebracht?', fragte ich mich. ›Nichts, oder zumindest nicht viel', gab ich mir als Antwort.

Die Arbeit war für die Katz‹ gewesen, so kam es mir vor.

Ich war froh, als ich Böhnkes Dienstwagen knirschend auf den Kiesweg zum Hühnerstall einbiegen hörte. Ich war gespannt, was Böhnke mir zu berichten hatte, und hoffte, dass er die Zeitung dabei hatte.

Der Kommissar brachte nicht nur den Lesestoff mit. In seinem Einkaufskorb hatte er auch zwei heiße, in Kartons eingepackte Pizzen verstaut, die er bei der Rückfahrt über Simmerath gekauft hatte. „Ich habe mir gedacht, dass Sie nichts gegessen haben", vermutete er nicht zu Unrecht, als er unsere Mahlzeit auf dem Tisch abstellte. Die zusammengefaltete Zeitung schob er auf eine Ablage hinter sich außerhalb meiner Griffweite.

Mit Heißhunger schob ich mir das klebrige, nicht sonderlich appetitlich riechende, aber dennoch leckere Käse-Teig-Gemisch in den Mund. „Was haben Sie herausbekommen?", fragte ich mit vollem Mund kauend.

Böhnke ließ sich Zeit mit der Antwort.

Er schluckte erst den Bissen herunter, ehe er sagte: „Ich möchte wissen, woher Fleischmann so gut informiert war. Der hat in seinem Roman mehr an Informationen verpackt, als wir besitzen."

„Wieso?"

Der Kommissar kaute erneut sehr lange an einem Pizzastück, ehe er sich zu einer Antwort bequemte. „Beispielsweise hat Fleischmann in seinem Roman geschrieben, dass die Rinder zunächst auf Weiden in den Niederlanden gebracht wurden und von dort nach Deutschland, was wir bisher nicht wussten. Meine Kollegen haben im Laufe des

Tages festgestellt, dass unser Metzger tatsächlich so vorgegangen sein muss. Aber wir kennen den Ort jenseits der Grenze noch nicht." Darüber hinaus gebe es weitere Kleinigkeiten, die den Ermittlern bislang nicht bekannt gewesen seien. Böhnke winkte ab. „Das ist aber jetzt nicht mehr mein Thema. Ich habe meine Kollegen darauf aufmerksam gemacht, sie sollen sich drum kümmern."

„Warum weiß Fleischmann mehr als die Polizei?" So schnell wollte ich das Thema nicht abhaken.

Als Böhnke schweigend weiterkaute, dachte ich laut nach: „Er weiß mehr, weil er die besseren Informationen hat. Das bedeutet aber auch, dass er die Informationen nicht oder nicht nur von Ihrem Maulwurf hat, denn der Maulwurf weiß nur das, was bei der Staatsanwaltschaft bekannt ist. Oder?"

Böhnke nickte. Es war ihm anzusehen, dass ihm meine Überlegung über diese Entwicklung nicht sonderlich gefiel. Zu schnell wechselten die Verdachtsmomente, wurden Verdächtige entlastet und andere verstärkt belastet. Jetzt gab es vielleicht einen neuen Unbekannten, einen weiteren oder vielleicht auch nur den einzigen Informanten, der Fleischmann ausgeschaltet hatte.

„Stimmt's?" Erwartungsvoll betrachtete ich meinen älteren Freund.

Mit sorgenvoller Miene blickte mich Böhnke an. „Es stimmt. Und die Sache wird noch komplexer, verflucht noch mal." Der Kommissar langte nach der Zeitung in seinem Rücken. „Ich habe eine weitere Überraschung für Sie", sagte er stöhnend. „Lesen Sie!"

141

Seine Überraschung war in der Tat gelungen, wenn sie mir auch überhaupt nicht gefiel und noch weniger in meine Kombinationen passte. Schon auf ihrer Titelseite berichtete die Zeitung unübersehbar mit einem großen, farbigen Bild über einen Brand in der vergangenen Nacht in einer Buchdruckerei in Eschweiler; ausgerechnet in jener Druckerei, in der Fleischmanns Verleger die Bücher drucken ließ.

Ich hatte meine Zweifel, ob das ein Zufall war. Gespannt schlug ich Seite drei auf und las aufmerksam den reichlich bebilderten Bericht. Von Brandstiftung im Papierlager war die Rede, von einem stundenlangen Einsatz der Feuerwehr und einem Schaden in Millionenhöhe. Nicht nur das Papierlager war restlos ausgebrannt, auch der Bereich, in dem fertige Drucksachen aufbewahrt wurden, war ein Raub der Flammen geworden. Vom Papierlager hatten die Flammen auf die Büroräume übergegriffen. Dort waren sämtliche Akten und Geschäftspapiere vernichtet worden und obendrein auch die Filme, auf denen die Druckseiten der verschiedenen Bücher abgelichtet waren. „Es gibt nichts mehr, das auf eine Buchdruckerei hinweist", merkte der Berichterstatter nüchtern an.

Aber nicht nur die Druckerei war restlos zerstört worden. Das neben dem Unternehmen liegende, von mehreren Buchverlagen betriebene Auslieferungslager für ihre Bücher war ebenfalls abgebrannt. Einige Verlage, darunter auch der Christian-Maria-Wagner-Verlag ließen, nicht nur in Eschweiler drucken, sie lagerten in dem benachbarten Betrieb auch ihre Werke, die von dort an den Buchhandel versandt wurden.

Besonders schlimm habe es den Christian-Maria-Wagner-Verlag aus Baesweiler getroffen, schrieb daher der Berichterstatter. In der Druckerei sei die Auflage des neuen Werkes von Renatus Fleischmann verbrannt, sämtliche Filme aller Fleischmann-Romane, aber auch der anderen Autoren, seien vernichtet und zu allem Leidwesen sei das komplette Buchsortiment vernichtet. Die Konsequenz lag auf der Hand: „Der Verlag steht damit gewissermaßen vor dem Aus."

Die dramatische Geschichte am Rande war geradewegs zwangsläufig. „Starautor tot, Lektorin im Koma, Bombenanschlag auf Verleger und Brandstiftung im Warenlager – da kann niemand mehr von Zufall sprechen", las ich in dem Artikel, „hier will jemand systematisch Existenzen vernichten." Insofern bestätigte der Berichterstatter meine Überlegung.

Die Polizei wollte diese nahe liegende Behauptung nicht bestätigen. Man stehe vor einem Berg von Problemen, räumte der Pressesprecher lediglich ein. Man könne aber nicht mit Gewissheit sagen, dass die genannten Fakten in einem erkennbaren Zusammenhang stünden. Es könne sich durchaus auch um eine Verkettung unglücklicher Zufälle handeln.

„Glauben Sie etwa Ihrem Kollegen?", fragte ich Böhnke mit zweifelndem Blick.

Sein verlegenes Grinsen erklärte genug. „Was soll er anders sagen?", antwortete der Kommissar. Bislang sei die Polizei davon ausgegangen, dass primär Fleischmann ausgeschaltet werden sollte, jetzt wachse der Verdacht, es könne hinter dem Mord und den Folgetaten noch mehr stecken. „Aber ich weiß nicht, wohin die Reise führt." Es könne auch sein, dass der Mord an Fleischmann losgelöst zu sehen sei von den drei anderen Aktionen, wobei immer noch nicht geklärt sei, ob die Lektorin bei einem Unfall oder bei einem Attentat zu Schaden gekommen war.

„Was wollen Sie tun?" Ich steckte die Pizzaverpackung zusammen und schob sie zur Tischmitte.

Böhnke stand auf und trug die Pappteller zum Abfalleimer. „Ich werde diesbezüglich überhaupt nichts tun. Ich werde mich auf meinen eigentlichen Auftrag konzentrieren. Ich muss und will den Maulwurf in unseren Reihen finden. Danach sehe ich weiter", sagte er wenig begeistert.

Im Übrigen würde ich vielleicht mehr Durchblick haben, wenn ich die „Metzger-Geschichte" gelesen hätte. „Sie fällt, wie ich schon sagte, aus dem Rahmen", behauptete er, als er mir das Manuskript in die Hand drückte.

„Muss das sein?", stöhnte ich, als ich den dicken Ordner aufschlug.

Aber Böhnke schien kein Erbarmen zu kennen. „Es muss sein. Wir sind nicht zum Vergnügen hier. Sie lesen!" Der Kommissar zog sich mit den Romanen in seine Ecke zurück, ich hockte lustlos in meinem Sessel und blätterte ohne Begeisterung in dem umfangreichen Manuskript.

„Das bringt doch nichts", maulte ich nach wenigen Minuten. Ich brachte einfach nicht die Bereitschaft auf, mich in den Text zu vertiefen. Ich hatte für heute schon genug Fantasie konsumiert. Ich brauchte wirkliches Leben.

Böhnke hatte glücklicherweise ein Einsehen mit mir oder selbst keine Lust mehr auf spätabendliche Ermittlungsarbeit. Er schlug jedenfalls das Taschenbuch zu und erhob sich ächzend. „Na gut. Gehen wir einen trinken."

## Scrabble

Schleunigst machten wir uns auf den Weg durch das dunkle und stille Huppenbroich, um noch vor dem Zapfenstreich in der Dorfgaststätte „Zur alten Post" anzukommen. Nur beiläufig, aber doch zu meiner Verwunderung, berichtete mir Küpper, dass im Straßenverkehrsamt für den Kreis Düren rund 50 rote VW Golf registriert seien. Er hatte also meiner Beobachtung doch mehr Aufmerksamkeit geschenkt, als er zu erkennen gegeben hatte.

„Und noch was", fuhr er ruhig fort. „In dem Pornoheftchen von Renate Leder fehlen die Innenseiten. Jemand hat das Doppelblatt aus der Heftung gebröselt." Er schmunzelte. „Ich muss schon sagen, meine Kollegen sind beim Durchblättern sehr aufmerksam gewesen."

Ob mich dieses Wissen weiterbringen würde, wagte ich doch sehr zu bezweifeln. Ich kickte einen Stein von der Fahrbahn, der im fahlen Licht einer Straßenlaterne zu erkennen war, und konnte froh sein, dass mein unkontrollierter Schuss knapp an einem abgestellten Auto vorbeiflog.

Der Wirt schaute nicht gerade begeistert drein, als wir zu relativ später Stunde kurz vor seinem nächtlichen Feierabend in das Lokal eintraten. Doch hellte sich seine Miene sofort auf, als er Böhnke erkannte. Das Bier sei schon in Arbeit, meinte er freundlich zur Begrüßung, ohne auf unsere Bestellung zu warten, und bot uns am Tresen zwei Hocker an.

Ich konnte mich nicht mehr daran erinnern, wann ich das letzte Mal an einer Theke ein Bier geschlürft hatte. Aber heute war mir alles egal, wenn ich bloß nicht mehr in die vermaledeiten Bücher von Fleischmann hineinzuschauen brauchte.

Böhnke war ebenso wie ich nicht sonderlich gesprächig. Bis auf ein knappes „Prost!" saß er schweigend neben mir und schaute dem Wirt zu, der umsatzfördernd mit den wenigen anderen Gästen über die drastisch steigenden Abwassergebühren diskutierte und dabei gehörig auf den Regierungspräsidenten in Köln schimpfte.

Uns nahmen die Stammtischler und Thekensteher nicht übermäßig zur Kenntnis. Manch einer hatte dem Kommissar andeutungsweise zum Gruße zugenickt und sich dann wieder abgewandt. Offenbar ließ man uns in Ruhe, weil wir nicht zu ihnen gehörten und wir keine Anzeichen machten, uns an der geselligen Runde zu beteiligen.

Ich empfand die Atmosphäre dennoch als angenehm, man ließ uns gewähren, wie wir wollten, ohne uns zu etwas zu nötigen.

Nach langen, schweigsamen Minuten fragte Böhnke nahezu nebensächlich: „Und was haben Sie heute den ganzen Nachmittag über getrieben?"

Langsam griff ich zum Bierglas und nippte kurz an dem Pils. Ich hatte keine Eile mit der Antwort. „Gelesen", sagte ich bedächtig, mehr fiel mir einfach nicht ein.

„Und was?" Böhnke ging mein langsames Tempo mit. Wie ich beobachtete er ununterbrochen den agilen Wirt. Seine Fragen und meine Antworten waren scheinbar unerhebliche Randnotizen.

„Fleischmanns Romane." Mir selbst kam diese Antwort nichtssagend vor, aber ich wusste nichts anderes zu sagen. „Alle sechs", fügte ich dann doch noch hinzu.

„Und?"

Lange schwieg ich wieder. „Nichts."

„Gar nichts?", hakte der Kommissar provozierend gelangweilt nach.

„Fast gar nichts."

Die nächste Frage war programmiert. Ich überlegte mir schon die Antwort, bevor Böhnke sie stellte. „Was ist fast gar nichts?"

Ich richtete mich auf, stellte das Bierglas ab und rieb mir die Augen. „Fast gar nichts, es handelt sich um fünf unbedeutende Fehler, die beim Redigieren eines Textes immer wieder einmal vorkommen können."

„Was?" Böhnke sah mich ungläubig an. „Was ist Ihnen aufgefallen, das mir entgangen sein soll?" Anscheinend hatte ich durch meine Behauptung, Fehler entdeckt zu haben, die er offenbar übersehen hatte, einen unehrenhaften Angriff auf seine Kriminalistenehre gestartet.

Es sei nichts Besonderes, meinte ich beschwichtigend, die Fehler seien nicht der Rede wert und würden wahrscheinlich den wenigsten Lesern überhaupt auffallen, wenn schon der Autor und seine Lektorin sowie ein gewiefter Kommissar sie nicht bemerken würden.

Das kurze Flackern in Böhnkes Augen zeigte mir, dass ich ihn mit meiner Bemerkung gekitzelt hatte. „Ich will wissen, was Sie gefunden haben", knurrte er, „machen Sie es nicht so umständlich, verdammt noch mal!"

Ich verstand seine grantige Reaktion nicht. Sie konnte wohl nur damit zusammenhängen, dass er wie ich zu wenig Schlaf und zu viel Arbeit hatte. „Na gut", meinte ich besänftigend und bat den Wirt um einen Block und einen Kugelschreiber.

Nach kurzem Überlegen hatte ich die fünf kleinen Fehler wieder zusammenbekommen: das überflüssige „H", das fehlende „A", das strittige „E", das übersehene „R" und das nicht geschriebene „F".

„In jedem Buch gibt es einen Aussetzer, nur im sechsten nicht. Das Werk ist astrein von der ersten bis zur letzten Zeile", erklärte ich Böhnke, der sinnierend den Block mit meinen Anmerkungen in die Hand nahm.

Sein erster Kommentar war nicht gerade aufmunternd. Ich hätte eine Sauklaue, beurteilte er meine Handschrift, dann schüttelte er den Kopf und legte den Block vor sich auf die Theke.

„Können Sie etwas damit anfangen?", fragte er mich als deutlichen Hinweis darauf, dass ihm zu diesen Fehlern nichts einfiel.

‚Warum sollte ich?', fragte ich mich. „Keine Ahnung". Ich grinste. Wir könnten uns allenfalls ein Scrabble aus den Buchstaben machen, schlug ich vor. Dann hätten wir wenigstens etwas zu tun. „Wer die wenigsten Wörter zusammensetzt, bezahlt die Zeche."

148

Der Kommissar ging bereitwillig auf mein Spiel ein, grübelnd saßen wir wenige Augenblicke später vor unseren Biergläsern.

„Harfe", „Hafer", „fahre", mehr fiel mir beim besten Willen zu dieser späten Stunde und beim dritten, ungewohnten Bier nicht mehr ein. Ich resignierte schnell. „Die Zeit ist um", sagte ich, „oder brauchen Sie noch Bedenkzeit?" Böhnke hörte mir gar nicht zu. Er stierte auf seinen Zettel und dachte angestrengt nach. Neugierig lugte ich hinüber und erkannte zu meiner Freude, dass der Kommissar nicht über ein Wort hinausgekommen war. Er hatte lediglich „Hafer" notiert.

„Was ist? Sind Sie eingeschlafen oder wollen Sie nicht mehr mit mir spielen?", fragte ich scherzhaft.

Sehr langsam drehte sich Böhnke zu mir und blickte mich mit großen Augen an. „Ich frage mich, wer das größere Genie ist, Fleischmann oder Sie?"

Dass ich nichts verstand, nahm mir Böhnke augenblicklich ab. „Im Zweifel für den Angeklagten", sagte ich ohne jeden Zusammenhang, aber etwas anderes konnte ich nicht sagen. Mich als Genie zu bezeichnen, war zwar schmeichelhaft, brachte mir aber nichts ein, außer einem gelegentlichen Schulterklopfen aller möglichen Menschen und den Rüffeln meiner Liebsten, die immer meinte, mich auf den Boden der Tatsachen zurückholen zu müssen.

„Was ist denn für Sie das Geniale?", wollte ich interessiert wissen.

Böhnke zeigte auf seinen Zettel und das Wort. „Hafer", sagte er bewundernd, „einfach genial. Das ist die Lösung,

149

mein Freund. Hafer ist der Hinweis, der uns, beziehungsweise Ihnen, fehlt."

Ich bremste den Kommissar. Bevor er mir seine Interpretation gab, wieso er zu dieser Behauptung gekommen war, wollte ich mir meine eigenen Gedanken machen. Bei „Hafer" fiel mir zunächst Pferdefutter ein und damit Reiten und in der weiteren Folge das Aachener Reitturnier. „Stimmt's?"

Aber Böhnke schüttelte verneinend den Kopf. „Das ist es nicht."

Diese Kette wäre auch für einen Krimiautor zu durchsichtig gewesen, gestand ich mir ein. Hafer, Roggen, Gerste, Weizen, so knüpfte ich die nächste Kette, die mich weiter zu einer Bäckerei und über Lebensmittel zum Metzger aus dem letzten Manuskript führte.

„Jetzt gehen Sie aber zu weit, mein Freund", holte mich der Kommissar aus der Fantasie zurück. Er lächelte selbstzufrieden und ich wollte ihm den Erfolg gönnen. Ich hatte die Fehler gefunden und er daraus die Lösung konstruiert. Das war eine perfekte Zusammenarbeit.

Böhnke orderte eine neue Runde und sah mich dann ernst an. „Bekanntlich ist Hafer eine Getreidesorte", erklärte er, ohne Widerspruch erwarten zu müssen, „ebenso wie Roggen, Gerste, Weizen."

Damit verriet mir Böhnke keine Geheimnisse. So weit war ich auch schon gekommen, gab ich ihm zu verstehen.

Er nickte mitleidsvoll. „Dann haben Sie den falschen Weg eingeschlagen. Sie hätten bei den Getreidesorten bleiben müssen und wären dann bei der Gerste gestolpert."

„Wieso?" Ich wusste nicht viel von der Gerste. Ich kannte allenfalls das Gerstenkorn, das mich in meiner Jugendzeit eine Zeitlang am Auge gepiesackt hatte. Ich griff nach meinem Bierglas, nahm einen kräftigen Schluck und verschluckte mich, als mir urplötzlich klar wurde, was oder wen Böhnke und auch Fleischmann gemeint hatten.

Ich brauchte lange, bis ich nach den kräftigen Schlägen von Böhnke auf mein Kreuz und dem gewaltigen Husten wieder durchatmen konnte.

„Gerstenkorn, das ist die Lösung", krächzte ich begeistert und entsetzt zugleich. „Gerstenkorn wollte uns Fleischmann mitteilen."

Der Kommissar stimmte mir ohne zu Zögern zu. „So ist es mein Freund. Fleischmann hat in seinen Romanen einen ganz bestimmten Bürgermeister im Visier gehabt. Bürgermeister Walter Gerstenkorn aus einer Kommune im Kreis Düren."

Langsam dämmerte es mir. Gerstenkorn war immer schon eine schillernde Gestalt in der Politik gewesen mit vielen Schlagzeilen und wenig Skrupeln, wenn es darum gegangen war, politische Macht zu erlangen oder zu erhalten. Er war vor Jahren als Gewerkschaftsfunktionär schon ehrenamtlicher Bürgermeister geworden und vor knapp zwei Jahren zum ersten hauptamtlichen Bürgermeister seiner Kommune gewählt worden, nachdem er keine Gelegenheit ausgelassen hatte, um seine Konkurrenten in geschmacklosen Schlammschlachten auszustechen. Hemmungen waren diesem Typen anscheinend fremd.

„Ich kann mir sehr gut vorstellen, dass der Kerl Dreck am Stecken hat", meinte ich zu Böhnke, der spontan zustimmte. „Dem Typen traue ich die krummen Sachen zu, die Fleischmann beschrieben hat. Ich würde mich nicht wundern, wenn sich die beschriebenen Ereignisse tatsächlich in dieser Form ereignet hätten und Gerstenkorn der große Absahner hinter den Kulissen ist."

„Was wollen Sie tun?" Mit einem Mal war ich hellwach und aufgeregt. „Wollen Sie den Kerl schnappen?"

„Heute bestimmt nicht mehr", beruhigte mich der Kommissar mit einem Blick auf die Uhr. „Der liegt im Bett und schläft den Schlaf der Gerechten, während wir total übermüdet hier herumsitzen." Schwerfällig schob er sich von seinem Hocker und langte in der Gesäßtasche zu seiner Geldbörse. „Das nächste Mal bezahlen Sie."

Nachdenklich gingen wir durch das dunkle, kalte und menschenleere Huppenbroich zurück zum umgebauten Hühnerstall.

Für mich gäbe es noch zwei Dinge zu klären, sagte ich Böhnke, obwohl es eigentlich sogar drei waren. Aber das Dritte wollte ich noch für mich behalten. Irgendwie traute ich dem Kommissar nicht über den Weg.

„Hat Fleischmann auch in seinem sechsten Roman über Gerstenkorn einen Hinweis versteckt, und wenn ja, wo? Zweitens: Warum handelt das letzte Manuskript nicht von Gerstenkorn?"

„Wahrscheinlich gibt es über Gerstenkorn nichts mehr zu schreiben", gab mir der Kommissar zunächst eine Antwort auf meine zweite Frage. Es sei auch für den Laien erkennbar, dass dieses letzte Werk stilistisch und von der Gliederung her völlig anders sei, als die Reihe über Gerstenkorn. „Fleischmann hat sich ein neues Opfer gesucht." Ich ließ die Behauptung im Raum stehen. Vieles sprach dafür, dass diese Annahme von Böhnke zutraf. Wobei ich mich selbst fragte, ob Fleischmann Opfer dieses zweiten Opfers geworden war oder Opfer seines ersten Opfers?

Das sei in der Tat eine noch ungeklärte Frage, bestätigte mir Böhnke. „Wir sind zwar weiter als heute Morgen, aber wir haben längst noch nicht unser Ziel erreicht." Schnell beendete er seinen Satz, wohlwissend, dass sein Ziel nicht unbedingt das meinige war. Für ihn war wahrscheinlich immer noch der Maulwurf das Größte aller Probleme.

„Was ist mit Gerstenkorn? Was ist mit dem sechsten Roman?" Ich kam wieder auf meinen ersten Fragenkomplex zurück.

Wir standen schon vor der Tür zu unserem Quartier und ich beobachtete Böhnke bei seinem Bemühen, das klemmende Schloss zu öffnen. Ich ließ mir den Inhalt des Romans durch den Kopf gehen. Als der Kommissar endlich die Tür geöffnet hatte, stürzte ich an ihm vorbei ins Wohnzimmer und langte nach dem angeblich fehlerfreien Buch. Es hatte in der Tat keinen Fehler, aber es enthielt ebenfalls einen Hinweis, wie mir plötzlich sonnenklar geworden war. Nach kurzem Blättern hatte ich ihn gefunden.

„Hier ist er", erklärte ich Böhnke stolz und zeigte ihm die Summe der Subventionen, die für die Ansiedlung des Unternehmens in Gerstenkorns Kommune geflossen waren.

„Diese 7.791.987 Mark haben garantiert etwas zu bedeuten." Ich klappte das Buch wieder zusammen. „Wenn Sie mich fragen würden, würde ich sagen, dass ist die tatsächliche oder verschlüsselte Nummer eines Kontos, auf dem Gerstenkorn seinen Reibach deponiert hat."

Böhnke wusste nicht sonderlich viel mit meiner Überlegung anzufangen. „Woher wollen Sie das wissen?" Dann winkte er entschuldigend ab. „Nein, wenn ich unterstelle, Sie haben recht, woher hat Fleischmann die Nummer gewusst?"

Ich konnte Böhnke verständlicherweise keine Antwort geben. „Lassen Sie uns zunächst einmal versuchen, meine Überlegung zu bestätigen. Wenn sie zutrifft, kommen wir garantiert zu weiteren Erklärungen. Wenn sie falsch ist, stehen wir auch nicht viel schlechter als jetzt da."

Der Kommissar rieb sich gähnend die Augen. „Von mir aus kann sein, was will. Ich mache es wie alle redlichen Zeitgenossen, ich gehe schlafen."

Lange lag ich noch in meinem Bett wach. Es gab immer mehr Probleme und Fragen, auf die ich Antworten brauchte. Ich machte mir einige Notizen zu drei Komplexen, die zwar alle durch die Person von Fleischmann zusammenhingen, die aber auch ein Eigenleben führten. Wie ich weiter vorgehen sollte, war mir nicht klar. Nur eines schien unvermeidbar: Ich kam nicht umhin, das elend lange Manuskript über den Metzger Schranz und seinen Freund Willibald zu lesen. Und noch etwas war zwangsläufig: Ich musste noch einmal die Romane über Gerstenkorn lesen. Falls der Typ Fleischmann auf dem Gewissen hatte, sollte er büßen. Aber auch für den Fall, dass Gerstenkorn nicht an der Ermordung Fleischmanns beteiligt war, sollten wenigstens seine unlauteren Machenschaften gesühnt werden.

Meine Gedanken steuerten erneut auf Renate Leder zu. Welche Rolle spielte sie in diesem merkwürdigen Hickhack, das Fleischmann in Szene gesetzt hat? Wusste sie Bescheid? Hatte Fleischmann sie in die Hintergründe eingeweiht? Stöhnend suchte ich wieder Renates Zeichnung auf der Nachtkonsole. Oder war sie dem Autor auf die Schliche gekommen, hatte sie seine Botschaften entschlüsselt? Wie passten die Buchstaben und Striche auf dem Zettel zusammen? Passten sie überhaupt zusammen und passten sie in Fleischmanns real-fiktive Romanwelt? Manchmal glaubte ich, einige Verbindungen zu erkennen, etwa eine Verbindung zwischen F und L, was Fleischmann und Leder bedeuten konnte, aber dann passte die Beziehung F und W für Fleischmann und Wagner nicht zusammen, weil es keine einzige Verbindung zwischen L und W gab, obwohl Leder und Wagner beruflich miteinander zu tun hatten. Daraus konnte ich schließen, dass mit den Buchstaben andere Personen gemeint waren. Nahm ich das V als Verleger für Wagner, gab es zwar die Verbindung zwischen V und L, aber nicht zwischen V und F.

Vieles passte längst in dem Soziogramm nicht zusammen, mir fehlten einfach noch einige Namen. Für mich hatte die Rechnung zu viele Unbekannte. Langsam kamen in mir sogar Zweifel auf, ob Renate mit F überhaupt Fleischmann meinte. Ich war davon überzeugt, dass die Kombination von D und S ausschlaggebend war. Aber ich hatte noch keinen blassen Schimmer, wer hinter diesen Buchstaben stecken konnte. Ich wollte das Rätsel lösen, das in Renates Zeichnung verborgen war. Vielleicht konnte ich der Lektorin so helfen.

Schließlich blieb auch noch meine mich verunsichernde Überlegung bezüglich Böhnke. Wieso wollte er mir glaubhaft machen, er sei erst durch das Scrabble auf den Namen Gerstenkorn gestoßen? Er hatte mir vor wenigen Tagen noch von den heiklen Ermittlungen gegen den Bürgermeister und dem ehemaligen Stadtdirektor berichtet. Und jetzt tat der Kommissar so, als habe er eine vollkommen neue Erkenntnis gewonnen. Ich würde ihn nicht nach dieser merkwürdigen Begebenheit fragen. Mir kam nur eine Vermutung. Wenn Böhnke sein Spiel mit mir spielte, würde ich mein Spiel mit ihm spielen.

Schläfrig wälzte ich mich in dem schmalen Bett auf die andere Seite. ‚Warum machst du das alles?‘, fragte ich mich. ‚Warum steigst du nicht einfach aus?‘ Doch dann tauchte schon wieder Doktor Renate Leder vor meinem geistigen Auge auf. Sie lachte mich an und war, auch wenn ich es mit wenig Begeisterung registrierte, immerhin noch meine von Böhnke aufgezwungene Mandantin, und es schien, als sei sie selbst zum bedauernswerten Opfer geworden in dem mörderischen Spiel um Renatus Fleischmann.

## Müder Krieger

Böhnke nahm zu meiner Freude erstaunlich viel Rücksicht auf mich. Es war fast Mittag, als ich wach wurde und bemerkte, dass der Kommissar umtriebig in der Wohnung umherlief. Er hatte mich ausschlafen lassen und alleine den Hausputz und das Aufräumen besorgt. Ich hätte ohnehin nur dumm in der Gegend mit meinen beiden linken Händen herumgestanden, meinte er mit mildem Spott, als ich mich für mein langes Schlafen entschuldigte.

„Kein Problem", sagte er gelassen, während er mir am Küchentisch einen Kaffee einschenkte, „ich hatte einiges zu erledigen. Da hätten Sie nur gestört." Wir müssten unsere Zelte in Huppenbroich abbrechen, fuhr er fort, bevor ich nachhaken konnte, was er damit gemeint hatte. „Ich muss dringend ins Büro."

Vorsichtig schlürfte ich den dampfenden Kaffee. „Hat Ihre Eile etwas mit dem Mord an Fleischmann oder mit unserem Scrabble von gestern Abend zu tun?", fragte ich vorsichtig.

Der Kommissar rang sich ein Lächeln ab. „Das eine lässt sich wahrscheinlich nicht vom anderen trennen."

„Was wollen Sie im Büro?" Ich war gespannt auf die nächsten Schritte von Böhnke.

Aber der Kommissar hielt sich bedeckt. „Akten lesen, Telefonate führen, nachdenken", gab er ausweichend zur Antwort.

Er sei wenig kooperativ, maulte ich. „Zuerst versuchen Sie mit allen Tricks, mich in die Geschichte hineinzuziehen. Jetzt, da ich mittendrin stehe, schieben Sie mich ab und machen Ihre Alleingänge."

Der Kommissar betrachtete mich. „Keine Bange, mein Freund. Ich mache garantiert nichts ohne Sie. Ich muss aber zunächst ein paar neue Fäden spinnen, damit wir unseren Teppich weiterweben können."

157

Noch sei es ein mickriger Flickenteppich, behauptete ich. „Wo wollen Sie denn anfangen?"

Der Kommissar verblüffte mich, als er gelassen antwortete: „In Düren, mein Freund. Ich muss unbedingt Kontakt mit meinem Kollegen Küpper aufnehmen. Er kann uns bestimmt interessante Informationen über Gerstenkorn besorgen. Immerhin gehört die Kommune, in der Gerstenkorn sein Unwesen treibt, in den Zuständigkeitsbereich der Kripo Düren."

Darauf hätte ich selbst kommen können, musste ich mir eingestehen. „Sonst noch was?"

Wieder grinste mich Böhnke an. „Ich will außerdem wissen, ob Sie mit Ihrer Behauptung Recht haben, dass es sich bei der Summe in Fleischmanns letztem Roman tatsächlich um eine Kontonummer handelt." Diese Ermittlungen könne er schwerlich von Huppenbroich aus führen, meinte er, was auch für mich einleuchtend war.

„Dann lassen Sie uns schleunigst in die unvergleichliche und einmalige Printenstadt zurückkehren", schlug ich jovial vor und packte schnell meine wenigen Sachen ein.

Meiner Bitte folgend, lieferte mich Böhnke vor der Haustür am Templergraben ab. Ich hatte nicht sonderlich Lust, mich in der Kanzlei blicken zu lassen. Wahrscheinlich wartete dort ein gewaltiger Aktenstapel auf mich, aber der Papierhaufen würde gewiss nicht verschimmeln, wenn ich mich nicht um ihn kümmerte. Allenfalls Sabine gegenüber hatte ich ein schlechtes Gewissen, wenn ich ihr meine Rückkehr nach Aachen verschwieg. Ich nahm mir vor, sie am Abend anzurufen und zu besuchen.

158

Der Entschluss, Sabine anzurufen, erinnerte mich an meine Absicht, mit Wagner zu sprechen. Nach langem Suchen und etlichen Flüchen fand ich endlich seine Visitenkarte in einer Hosentasche. Während ich die Rufnummer ins Zahlenfeld des Telefons tippte, sammelte ich mir die Fragen, die ich ihm stellen wollte. Meine auf der Hand liegende Annahme traf zu, dass er sich nicht im Büro, sondern in seiner Wohnung in Beggendorf aufhielt.

„Was soll ich denn im Büro?", fragte Wagner genervt, „da gibt es nichts mehr für mich zu tun."

„Wieso?", entgegnete ich knapp.

„Weil alle meine persönlichen Unterlagen vernichtet sind. Ich habe nichts mehr." Er gab sich Mühe, nicht gereizt zu wirken. „Ich möchte nur wissen, warum die Polizei überhaupt noch tagelang nach vermeintlichen Spuren gesucht hat. Das gibt's doch überhaupt nichts mehr."

Er habe doch bestimmt alles auf Computer gespeichert, meinte ich.

„Alles nicht", entgegnete der Verleger. „Es ist so eine Macke von mir, alle Manuskripte auf Papier vorliegen zu haben. Und diese Papiere sind bei der Explosion unbrauchbar geworden." Außerdem seien alle Disketten defekt, auch habe die Festplatte des Zentralrechners einen irreparablen Schaden erlitten. Ein Abspeichern der Manuskripte hätte ihm demnach auch nichts genützt.

Das würde bedeuten, er habe keine Unterlagen mehr, vermutete ich grübelnd.

So sei es, antwortete Wagner. „Alle persönlichen Unterlagen unserer Autoren, alle meine Bilanzen und Verträge,

159

alle Manuskripte, quasi alle wichtigen Unterlagen sind unwiederbringlich verloren." Der Verleger schluckte schwer. „Im Prinzip ist der Verlag am Ende. Wir haben keine Papiere und auch keine Bücher mehr."

„Aber Sie leben und Ihre Mitarbeiter sind unverletzt geblieben", gewann ich dem Bombenanschlag sogar noch etwas Positives ab.

„Wir haben schier unglaubliches Glück gehabt", bestätigte Wagner ohne Begeisterung. Er lachte bitter auf. „Wenn ich einige Sekunden länger im Zimmer geblieben wäre, würde ich nicht mehr leben, ebenso wenig wie meine Sekretärin, der ich noch eine Minute vor der Explosion einen Brief diktiert habe." Er seufzte. „Es hätte nur ein Telefonanruf kommen müssen und schon wäre alles zu spät gewesen." Wagner schwieg lange. Der dramatische Zwischenfall in seinem Büro machte ihm anscheinend schwer zu schaffen. „Wissen Sie was? In meinem Büro ist paradoxerweise nur ein eingerahmtes Bild unversehrt geblieben, ein Bild von meiner Frau und meinen beiden Jungs. Mehr ist nicht geblieben."

„Und dann kam zu allem Übel auch noch der Brand in Ihrer Druckerei hinzu", kam ich auf den nächsten Schicksalsschlag zu sprechen.

„Der Brand bringt den Verlag an den Rand des Ruins. Alle unsere Bücher sind verbrannt, unser komplettes Lager wurde vernichtet. Außerdem sämtliche Akten unserer Geschäftsbeziehungen." Er wisse nicht, wie er Neuauflagen finanzieren solle, klagte der Verleger. „Ich war zwar versichert, aber die Summe deckt bei weitem nicht die

Kosten für diesen verheerenden, unvorhersehbaren Schaden."

„Gibt es denn Hinweise oder Vermutungen?«, fragte ich ohne Hoffnung auf eine erklärende Antwort.

Wagner bestätigte meine Befürchtung. „Die Brandsachverständigen haben festgestellt, dass es sich um Brandstiftung handeln muss. Ein oder mehrere Unbekannte haben ganz gezielt im Papierlager und im Auslieferungslager die Brandsätze gezündet." Mehr sei bei den Ermittlungen nicht herausgekommen. Die Wahrscheinlichkeit, die Täter zu entdecken, sei sehr gering, gab der Verleger die pessimistische Einschätzung der Polizei wieder.

„Noch eine Frage", fuhr ich nachdenklich fort. Mir sei aufgefallen, dass der Erste der Fleischmann-Romane in Niederkrüchten gedruckt worden sei, die anderen hingegen hätte die Druckerei in Eschweiler hergestellt. „Wie ist es dazu gekommen?"

Wagner schien über meine Frage keineswegs verwundert. „Meine Stammdruckerei in Eschweiler hatte keine Kapazitäten mehr frei, als der erste Roman anstand. Sie hat den Druckauftrag an das befreundete Unternehmen weitergegeben", erklärte mir der Verleger. Das käme gelegentlich vor und wäre nicht das erste Mal gewesen. „Das ist nichts Besonderes. Zehn Prozent unserer Bücher werden aus diesem Grund nicht in Eschweiler gedruckt."

Die Erklärung leuchtete mir ein. Ich ärgerte mich insgeheim, dass ich mir schon eine Konstruktion ausgedacht hatte, bei der der Buchdrucker aus Niederkrüchten seinem Mitkonkurrenten aus Eschweiler eingeheizt hatte. Er hätte ein Motiv gehabt, wenn ich unterstellte, dieser

161

hatte ihm den Druck der Fleischmann-Romane abspenstig gemacht. Aber dem war nicht so. Meine Fantasie war wohl mit mir durchgegangen. ‚Ich sollte es lieber mit Fleischmann und dessen Fantasie halten‘, schalt ich mich. Sie war allem Anschein nach wirklichkeitsgetreuer als die meinige.

„Glauben Sie an einen Zusammenhang zwischen den beiden Brandanschlägen?“ Bevor ich mich wieder zu weit mit meiner Vermutung vorwagte, wollte ich lieber Wagners Antwort abwarten.

„Glauben schon, aber ich weiß es nicht und kann es auch nicht beweisen“, antwortete der Verleger. „Es spricht vieles für einen Zusammenhang. Wenn Sie mich fragen, gibt es eine Beziehung zwischen dem Mord an Fleischmann, dem merkwürdigen Unfall meiner Lektorin, der Paketbombe in meinem Büro und den Brandstiftungen in der Druckerei und dem Lager. Ich glaube, jemand versucht systematisch, den Verlag zu zerstören.“

„Gelingt’s?“ Auf die Antwort war ich gespannt.

„Ich weiß es nicht. Ich bin eigentlich ein Kämpfertyp, der sich nicht unterkriegen lässt. Aber momentan bin ich nur kaputt und ohne Hoffnung, ein müder Krieger. Ich wünsche mir nur, dass der Schrecken jetzt ein Ende hat.“

„Wie geht’s weiter?“, fragte ich Wagner.

Der Verleger lachte gequält auf. „Zunächst geht es überhaupt nicht weiter. Ich habe meinen Mitarbeitern drei Wochen Urlaub gegeben. Auch ich werde mich zurückziehen. Ich muss mir jetzt in Ruhe Gedanken über die Zukunft machen. Das kann ich nicht in Beggendorf.“

Für Wagners Ansicht konnte ich durchaus Verständnis aufbringen. Beggendorf war wahrlich nicht der Inbegriff eines idyllischen oder attraktiven Urlaubsortes. „Wohin wollen Sie denn?", fragte ich höflichkeitshalber.

Wagners Antwort raubte mir fast den Atem. „Weit weg von hier. Ich werde allein, quasi nur mit mir, mit dem Segelboot rund um Mallorca segeln. Mein Boot liegt in Port d'Andraix vor Anker."

Ich wünschte dem Verleger insgeheim viel Vergnügen und Ablenkung vom tragischen Geschehen in der Heimat. Ich hielt mich lieber in den vertrauten Gefilden auf und versuchte am frühen Abend mein Glück bei Sabine.

Aber meine Liebste reagierte nicht auf meinen Anruf. Auch in der Kanzlei war niemand mehr, sodass ich notgedrungen Dieters Nummer anwählte.

Mein Freund und Brötchengeber schien froh, mich wieder unter den Lebenden zu wissen. Ich bräuchte nicht ins Büro zu kommen, ich solle mich ruhig ausruhen, empfahl er mir. Es sei nichts los. „Seitdem unsere Frauen unterwegs sind, ist es nur noch langweilig", beklagte er seine private Situation, die er sofort aufklärte. „Do und Sabine sind nach Hamburg gefahren. Sie machen dort eine Bildungsreise in Sachen Musicals."

„Gut zu erfahren", knurrte ich wenig begeistert, „es ist schön, wenn ich mal wieder als Letzter informiert werde." Ich war ungehalten, dass Sabine fortgefahren war, ohne mir eine Nachricht zu hinterlassen. Machte denn hier jeder, was er wollte, ohne mich zu fragen?

„Stell dich nicht so an, Tobias", entgegnete Dieter schmunzelnd, „die beiden kommen wieder. Lass ihnen doch das bisschen Vergnügen."

Unzufrieden legte ich auf. Ich kam mir ziemlich nutzlos vor im Moment in meiner Wohnung ohne Sabine. Mehr aus Verlegenheit als aus Antrieb griff ich nach dem ungelesenen Manuskript, das in meiner Tasche obenauf gelegen hatte. Ohne große Begeisterung schlug ich es auf und blätterte darin. Dann entschloss ich mich doch, mit dem Lesen zu beginnen.

Schon nach wenigen Seiten hatte mich Fleischmann wieder in seinen Bann gezogen. Wenn ich mich nicht selbst immer wieder aufs Neue darauf hinwies, dass Fleischmann eine Geschichte geschrieben hatte, hätte ich alles darauf verwettet, dass er die Wirklichkeit schilderte. Den Inhalt des Manuskripts kannte ich dank Böhnkes Schilderung, so konnte ich mich mehr auf die so harmlos wirkenden Randaspekte konzentrieren. Es war schon interessant, wie Fleischmann die Geschichte des illegalen Rindfleischimports nach Deutschland darstellte und zu einem schlüssigen Ende kam. Interessanter für mich waren allerdings die kleinen Anmerkungen, die oft in Nebensätzen versteckt waren.

Nach kaum der Hälfte des Manuskript war meine Vermutung in eine Richtung gelenkt, zum Schluss des Romans stand für mich felsenfest fest: Fleischmann hatte die beiden Hauptfiguren seiner Geschichte persönlich gekannt. Nicht nur oberflächlich war diese Bekanntschaft gewesen, wahrscheinlich waren die drei miteinander befreundet oder zumindest gut bekannt gewesen.

Ich wollte Böhnke von meiner Erkenntnis informieren, hatte auch schon seine Rufnummer ins Telefon eingegeben und ließ es läuten, als ich vorsichtshalber doch auf die Uhr blickte. Ich stutzte: Nachts um drei war gewiss nicht der richtige Zeitpunkt, um den Kommissar aus den Federn zu reißen. Schnell legte ich auf, bevor er oder seine Freundin am anderen Ende abnahm.

Ich brauchte einige Zeit, um meine Gedanken zu sortieren, dann endlich fiel ich in einen tiefen und erholsamen Schlaf, aus dem mich am Morgen unerbittlich das Telefon weckte. Kaum hatte ich mich verschlafen gemeldet, da hörte ich auch schon eine ungehaltene Stimme.

„Haben Sie mich heute Nacht aus dem Schlaf gerissen?", schimpfte Böhnke anstelle einer Begrüßung.

Wie er auf einen derartigen Unfug käme, fragte ich vorsichtig zurück.

Weil er keinen anderen Chaoten kenne, dem es einfallen würde, mitten in der Nacht anzurufen, um eine belanglose Neuigkeit loszuwerden, schimpfte Böhnke weiter. „Was gibt es denn so Weltbewegendes, Herr Grundler?"

„Überhaupt nichts«, antwortete ich mit großer Gelassenheit. Ich hätte gestern Abend in aller Ruhe das „Metzger-Manuskript« gelesen und sei kurz nach Mitternacht im Bett gewesen, behauptete ich. „Nur eine Kleinigkeit ist mir dabei aufgefallen. Aber die kennen Sie bestimmt auch schon", lockte ich den Kommissar. „Sie ist beileibe nicht so wichtig, als dass ich Sie deswegen in der Nacht hätte behelligen müssen."

„Welche?", bellte Böhnke prompt in den Hörer.

„Fleischmann war mit dem Metzger und dem Spediteur wahrscheinlich besser bekannt, als Sie und ich vermuten", antwortete ich bereitwillig. „Und wenn ich annehme, dass er sie und ihre Freundschaft missbraucht hat, um über ihre kriminellen Machenschaften zu schreiben, kann ich mir sehr gut vorstellen, dass die beiden Kameraden Fleischmann dies sehr übel genommen haben."

Der Kommissar schien nachzudenken. Jedenfalls schwieg er lange, ehe er reagierte. „Dann vermuten Sie also den Mörder von Fleischmann in diesem Personenkreis?"

„Kann sein oder auch nicht", erwiderte ich. „Jedenfalls hätten die beiden ein Motiv. Sie mussten befürchten, dass ihr illegaler Fleischhandel auffliegt, wenn das Manuskript veröffentlicht wird."

Mich wunderte zwar das spürbare Zaudern des Kommissars mit meiner Entgegnung, doch dachte ich nicht länger darüber nach, als Böhnke mich mit einer weiteren Neuigkeit überraschte.

„Sie sind heute zum Mittagessen eingeladen, Herr Grundler", sagte er freundlich, „und ich bin Ihr Fahrer."

„Zu wem geht denn die Reise?"

Drei Mal dürfe ich raten, kitzelte mich Böhnke. Ich sei doch der große Kombinierer.

Ich sei heute noch nicht so weit, brummte ich zu meiner Entlastung und ärgerte mich wenig später, als mich der Kommissar aufklärte. Darauf hätte ich eigentlich von alleine mitten in der Nacht in voll trunkenem Zustand kommen müssen.

„Wir besuchen Kommissar Küpper in Düren", verkündete Böhnke selbstverständlich. „Er hat interessante Fakten, die er mit uns besprechen will. Sagt er jedenfalls."

# Bernhardiner

Mit Kommissar Küpper, dem Bernhardiner, wie er wegen seines stets betrübten Hundeblicks von Kollegen und Bekannten genannt wurde, hatte sich mein Lebensweg schon mehrfach gekreuzt. Die Begegnungen waren für ihn und für mich von nachhaltiger Wirkung gewesen, wobei unbestritten ich die größeren Nachteile gehabt hatte. Immerhin hatte der Kommissar mich vor mehr als zehn Jahren durch seine Ermittlungen gehörig in eine Zwickmühle getrieben, aus der ich nicht ohne Schaden herausgekommen war. Aber das war ebenso Schnee von gestern wie Küppers Mitarbeit bei der Aufklärung der Verbrechen auf dem Tivoli oder bei meiner Radtour auf der Kaiser-Route. Trotz der unglückseligen Vergangenheit freute ich mich auf das Wiedersehen.

„Sie kennen sich wahrscheinlich besser im Städtchen aus als ich«, meinte Böhnke, der meine Gedanken unterbrach, als er an der Autobahnausfahrt auf die Schnellstraße in Richtung Düren abbog. „Sie können mir bestimmt sagen, wie ich zur ‚Blauen Grotte' komme, oder?" Nichts leichter als das, sagte ich vergnügt und lotste den Kommissar durch meinen ehemaligen Wohnort Birkesdorf zu dem versteckt liegenden Restaurant, in dem Böhnke sich mit Küpper verabredet hatte.

Der Bernhardiner wartete schon auf uns. Der große Mann Mitte fünfzig mit dem angegrauten, dunklen Haar und dem trübsinnigen Blick winkte uns beim Eintreten kurz zu und begrüßte uns freundlich, während er von seinem Tisch aufstand. Geschickter Weise hatte er für uns einen Tisch in einer Nische gesucht, die nicht für die anderen Gäste einsehbar war und in der wir uns ungestört unterhalten konnten. Das Restaurant im jugoslawischen Stil war zur Mittagszeit recht gut besucht. Fast alle Tische waren belegt, die Kellner wuselten geschäftig umher.

Böhnke und Küpper waren durchaus in kollegialer Kameradschaft verbunden. Aus der Arbeit mit mir, die uns zusammengebracht hatte, wussten sie, dass sie miteinander auch in meiner Anwesenheit offener sprechen konnten, als es der Dienstweg bisweilen zuließ.

Küpper musterte mich interessiert, als er erfreut meine Hand schüttelte. „Immer noch der Alte", behauptete er lässig. „Oder?"

‚Warum sollte ich mich geändert haben?', fragte ich mich. Nach wie vor war ich längst nicht so weit, um mit Hemd und Schlips durchs Leben zu hetzen, noch bevorzugte ich Jeans und Sweatshirt, auch wenn Sabine alles tat, um mich nach ihrer Auffassung vernünftig zu kleiden. „Immer noch der Alte, Herr Küpper", bestätigte ich knapp, ohne einen blassen Schimmer zu haben, was der Bernhardiner mit seiner Bemerkung meinte. Ich rutsche auf der Sitzbank in die Ecke und griff hastig zur Speisenkarte.

Böhnke meldete sich räuspernd zu Wort. Ich tat, als achtete ich nicht auf ihn, sondern vertiefte mich in die Karte. Aber er wollte sich mit mir unterhalten. „Sie können sich

168

vorstellen, weshalb wir uns mit meinem Kollegen Küpper hier treffen, Herr Grundler?"

Ich sah ihn lange an, blickte dann zur geduldig wartenden Bedienung, bei der ich einen Grillteller orderte, und antwortete schließlich ausgesprochen ruhig: „Selbstverständlich, Herr Kommissar. Es kann sich nur um Gerstenkorn handeln. Oder sollte ausgerechnet ich mich etwa irren?"

Der Bernhardiner musste herzhaft lachen. „Sie irren sich doch höchst selten, Herr Grundler. Es geht in der Tat um Gerstenkorn."

„Haben Sie ihn verhaftet? Ist er flüchtig? Oder ist der gute Mann etwa über jedweden Zweifel erhaben?" Schnell stellte ich meine Fragen. Mir stand nicht der Sinn nach langer Konversation mit inhaltsleeren Floskeln. Ich hatte Hunger und wollte essen.

„Immer langsam, junger Freund", bremste mich Böhnke. Immer der Reihe nach, meinte er besonnen. „Wir sind im Prinzip mit unseren Ermittlungen in den Fällen, in denen Gerstenkorn verdächtigt wurde, in gewisser Weise beteiligt gewesen zu sein, genauso weit, wie es Fleischmann in seinen Romanen geschildert hat", drückte er sich sehr umständlich und vorsichtig aus. „Allerdings hat der Autor sich dann seine eigenen Lösungen konstruiert." Insofern hätte der Schriftsteller stets die Ermittlungsergebnisse, zum Teil auch verfremdet, in seinen Krimis verarbeitet.

„Die Ergebnisse, die er von Ihrem Maulwurf erhalten hat", fiel ich ihm eilig ins Wort, was mir einen bösen Blick von Böhnke einhandelte.

Wir schwiegen uns eine Zeitlang an, während wir die adrette Serviererin beobachteten, die uns auf großen Tellern das Essen auftischte.

„Die Ergebnisse, die Fleischmann von einem Informanten erhalten haben könnte, der über die Arbeit der Ermittlungsbehörden auf welche Art auch immer unterrichtet war", antwortete Küpper endlich bedächtig, während er Böhnke erstaunt anschaute. ‚Woher weiß der Grundler von einem Maulwurf?', sollte sein Blick wohl fragen, vermutete ich. Andererseits fragte ich ihn nicht, woher er von dem Maulwurf wusste, wenn nicht von Böhnke. Aber dann wandte Küpper sich wieder mir zu. An meinem Wissen konnte er ohnehin nichts ändern.

„Sie haben durch Ihre Entdeckung den entscheidenden Hinweis gegeben, der uns weiterhilft, die vermeintlichen kriminellen Handlungen im Rathaus aufzuklären, Herr Grundler", sagte er schließlich durchaus anerkennend.

„Die Nummer!", platzte ich heraus. Die 7.791.978 war also doch eine Kontonummer gewesen.

„Eine verschlüsselte Kontonummer", bestätigte der Bernhardiner kauend. Er schluckte. „Fleischmann hat die tatsächliche Kontonummer nach einem raffinierten System verschlüsselt. Wir haben es mit einem Computerprogramm geknackt. Er hat die erste Zahl um eins erhöht, die zweite um eine verringert, die dritte wiederum um zwei erhöht, die vierte um zwei verringert und so weiter. Der Rechner ist dahinter gekommen, nachdem wir uns bekannte Kontonummern verdächtiger Personen eingespeist haben."

„Eine dieser Kontonummern gehört Gerstenkorn?" Ich schob mir ein Stück Fleisch in den Mund und schaute Küpper kauend an.

„Eine dieser Nummern gehörte Gerstenkorn", bestätigte er bedauernd.

Ich schluckte. „Wieso gehörte?"

„Weil Gerstenkorn das Konto vor wenigen Tagen aufgelöst hat", antwortete der Bernhardiner. Die Polizei könne zwar über interne, nicht ganz astreine Wege die Bewegungen auf dem Konto nachvollziehen, mehr auch nicht. „Das Konto existiert jedenfalls nicht mehr."

„Warum nicht? Was sagt Gerstenkorn dazu?"

Küpper grinste gequält. „Sie können ja versuchen, mit ihm zu sprechen. Uns gelingt es bedauerlicherweise nicht. Gerstenkorn ist uns durch die Lappen gegangen. Den werden wir wohl nicht mehr greifen." Er griff zu seinem Bierglas und trank. „Gerstenkorn hat plötzlich und für alle überraschend aus gesundheitlichen Gründen sein Amt als hauptamtlicher Bürgermeister niedergelegt und ist tags drauf außer Landes geflogen", sagte er beiläufig. „Anscheinend hatte er seinen Abgang detailliert vorbereitet."

„Wohin ist er?", wollte ich wissen.

„Gerstenkorn besitzt auf einer Insel im Mittelmeer ein Haus, in dem er immer schon seine Ferien verbracht hat. Jetzt wird er wohl dort sein Pensionärsdasein genießen", antwortete Küpper kopfschüttelnd. „Geld genug hat er ja, auf dem Konto befand sich mehr als eine Million DM. Hinzu kommt noch die Pension aus seiner Rathaustätigkeit."

„Können Sie ihn nicht mittels einer Haftbefehls zurückholen?", fragte ich wenig hoffnungsvoll.

Der Bernhardiner verneinte bedauernd. „Weswegen? Wir haben ein paar Verdachtsmomente, mehr nicht. Selbst wenn wir durch die Kontobewegungen dahinter kommen könnten, dass er an den Mauscheleien im Rathaus beteiligt war, reicht das wahrscheinlich nicht aus, um einen Auslieferungsantrag zu stellen." Gerstenkorn sei mit allen Rurwassern gewaschen. „Der ist dreimal chemisch gereinigt."

Ich schüttelte verständnislos den Kopf, während ich meinen leeren Teller beiseiteschob. „Was ist mit dem Freund von Gerstenkorn, dem Stadtdirektor? Sie können ihn doch ausquetschen."

Erneut lächelte der Kommissar schwach. „Der wurde vor ein paar Wochen vorzeitig wegen einer läppischen Bagatelle in den einstweiligen Ruhestand versetzt. Er soll eine Spesenabrechnung nicht richtig ausgefüllt haben. Fahrten nach Jülich waren angeblich einige Kilometer zu lang. Und wissen Sie, wo er jetzt lebt?"

Die Frage war so eindeutig, dass ich sie am liebsten gar nicht erst beantwortet hätte. „Wahrscheinlich auf der gleichen Insel, auf der auch Gerstenkorn sein Domizil hat", sagte ich.

So sei es, bestätigte Küpper bedauernd und prostete mir mit einem gequälten Grinsen zu.

„Was können Sie überhaupt noch tun?", fragte ich ihn skeptisch.

Der Bernhardiner setzte sein Bierglas ab, seufzte und wischte sich über den Mund. „Ehrlich gesagt, nicht besonders viel. Wie gesagt, überprüfen wir die Bewegungen auf dem Konto und gewinnen dadurch vielleicht Anhaltspunkte, die uns helfen, Mitwisser oder Handlanger ausfindig zu machen." Er könne zwar diese Ergebnisse nicht unmittelbar verwenden, aber sie könnten den Weg weisen, wie die Delikte aufzuklären seien, erläuterte der Kommissar. Küpper schüttelte sich und betrachtete Böhnke, der interessiert unserem Zwiegespräch zugehört hatte. „So weit der Stand der Dinge bei uns an der Rur, meine Herren", sagte er und stützte sich mit den Händen auf der Tischkante ab. Anscheinend wollte er damit das Zeichen zum Aufbruch geben.

Prompt machte Böhnke daraufhin alle Anstalten, sich zu erheben.

Aber damit war ich nicht einverstanden. „Das größte Problem haben Sie bedauerlicherweise nicht angesprochen, Herr Küpper", sagte ich gedehnt, während ich versonnen mit meinem Wasserglas spielte.

Der Bernhardiner sah mich betrübt an. Wahrscheinlich wusste er, was ich wissen wollte.

„Wenn Sie durch mich an die Kontonummer herangekommen sind, dann war sie Ihnen zuvor nicht bekannt. Richtig?"

Küpper nickte bejahend.

„Ich fand sie, weil ich sie in Fleischmanns noch nicht veröffentlichten Roman ausfindig gemacht habe. Richtig?"

Wieder nickte der Bernhardiner.

„Woher kannte Fleischmann diese Nummer, frage ich Sie und mich. Wenn Sie sie nicht kannten, konnte auch Ihr Maulwurf sie nicht kennen. Oder?"

Küpper musterte mich lange mit gerunzelter Stirn, ehe er zu einer Erwiderung ansetzte: „Sie haben nicht unbedingt recht, Herr Grundler. Es gibt zwei Möglichkeiten: Entweder hat Fleischmann sie an anderen Stellen recherchiert oder unser Maulwurf kennt sie aus anderen Quellen außerhalb des Ermittlungsapparates."

„Etwa, weil er selbst mit Gerstenkorn und Co. gemauschelt hat?" Küppers Antwort stellte mich nicht zufrieden. Das sei eine denkbare Möglichkeit, bestätigte mir der Bernhardiner, „aber wahrscheinlich, so nehme ich an, hat Fleischmann die Nummer recherchiert."

„Merkwürdig", platzte ich dazwischen. „Wieso kann ein Privatmann mehr Informationen haben als die ermittelnde Polizei?"

Küpper sah in meiner Frage keineswegs eine Attacke auf seine Berufsehre. „Wer weiß, mit welchen Mitteln der Schriftsteller gearbeitet hat? Wir können nicht immer so wie wir wollen." Er sah mich mit trüben Augen an. „Schon die Überprüfung der Kontonummer ist ein Vorgang, der sich am Rande der Legalität abspielt und das Ergebnis des Nachvollzugs der Kontobewegungen darf offiziell auch nicht für die weiteren Ermittlungen verwendet werden«, wiederholte er sich. „Manchmal ist unser Rechtsstaat verdammt kompliziert."

Und helfe windigen Gestalten wie Gerstenkorn, ihr Schäfchen ins Trockene zu bringen, ohne dass man ihnen etwas anhaben könnte, fuhr ich verärgert fort.

Das wolle er nicht näher kommentieren, meinte Küpper postwendend. Wieder betrachtete er mich mit seinem Hundeblick. „Wir könnten Gerstenkorn nur dann an den Hammelbeinen packen, wenn er tatsächlich etwas mit dem Mord an Fleischmann zu tun hat."

„Hat er denn?"

„Woher soll ich das wissen?", seufzte er. „Ich weiß nur, dass er ein Motiv hätte. Er hätte Fleischmann umbringen können oder umbringen lassen können, weil er befürchtete, seine zweifelhaften Machenschaften würden nach diesem letzten Roman aufgedeckt. Bei seiner Gerissenheit hat er garantiert die Verschlüsselung seiner Kontonummer durchschaut. Mord zur Verdeckung einer Straftat wäre das durchaus mögliche Verbrechen, das Gerstenkorn begangen haben könnte."

Woher Gerstenkorn den Roman kannte, wollte ich besser nicht fragen. Wahrscheinlich hatte der Kerl ebenso wie Böhnke ein Leseexemplar für den Buchhandel in die Hand bekommen.

„Was tun wir also als Nächstes?", fragte ich stattdessen.

„Ich", betonte Küpper, „ich werde mich ausgiebig mit dem Konto beschäftigen. Sie haben ja dafür gesorgt, dass ich meine Arbeit bekommen habe."

„Und was machen Sie?" Fragend betrachtete ich Böhnke. „Gehen Sie weiter auf Maulwurfsuche?"

„Auch", antwortete er ruhig, „aber nicht nur."

Diese Antwort verwunderte mich. „Was gibt's denn sonst noch?"

„Den Mörder von Fleischmann will ich finden", sagte der Kommissar entschlossen. „Vielleicht ist es der Maulwurf, vieilleicht ist Gerstenkorn der Drahtzieher, vielleicht stecken der Metzger und sein Freund dahinter."

„Sonst noch jemand?", fragte ich ironisch.

„Ich glaube, das reicht fürs Erste", antwortete Böhnke. „Oder haben Sie noch jemanden im Angebot, den Sie mir bisher vorenthalten haben?"

Abwehrend hob ich die Hände. „Drei sind zwei zu viel." Einer von den Genannten werde wohl der Mörder sein, meinte ich und fügte nachdenklich hinzu: „Ich wüsste nicht, wer sich noch anbietet, um in den auserwählten Kreis der Verdächtigen aufgenommen zu werden."

Böhnke schien erleichtert. „Wenigstens etwas. Jedenfalls sind wir uns über mögliche Täter einig. Kann ich das als Ergebnis festhalten?"

Ich stimmte ihm zu. Wer sonst konnte und wollte Fleischmann unter die Erde gebracht haben, wenn nicht einer der Drei? Wenn dennoch etwas Skepsis behielt, dann deshalb, weil ein Fall erst dann geklärt ist, wenn der wirkliche Täter sein Verbrechen gestanden hat. So lange war immer alles möglich und unmöglich.


Bevor er sich verabschiedete, kramte Küpper aus seiner Aktentasche einen großen, braunen Briefumschlag. „Ich habe Ihnen etwas mitgebracht", sagte er verheißungsvoll zu mir und überreichte mir sein Geschenk, das ich sofort aufriss.

Der Umschlag enthielt Kopien von Zeitungsberichten, die Renate Leder vor mehr als zehn Jahren für den „Dürener Lokalanzeiger" geschrieben hatte.

„Nur zur Information", bremste der Bernhardiner meine Neugier. „Ich glaube nicht, dass die Artikel für Sie oder für uns von Bedeutung sind." Ein junger Freund, der bei einer anderen Tageszeitung arbeite, habe ihm die wichtigsten Texte aus dem Archiv besorgt.

Ich schmunzelte: „Die Kopien sind von Bahn?"

„So ist es", bestätigte Küpper und schmunzelte ebenfalls. Mit dem Journalisten Bahn hatte ich es gelegentlich auch schon zu tun gehabt.

In der Tat waren fast alle Artikel für mich unbedeutend. Renate Leder hatte für den „Lokalanzeiger" hauptsächlich über Theateraufführungen und Konzerte im Großraum Düren geschrieben, nur ab und zu auch über politische Veranstaltungen. Schon vor zehn Jahren war Gerstenkorn anscheinend bereits eine politische Größe gewesen, jedenfalls kam er in den Berichten vor. Die Erkenntnis war für mich klar: Renate hatte Gerstenkorn gekannt, bevor Fleischmann den Mann als Vorlage für seine Romanfigur benutzte. Ob mich diese Erkenntnis aber weiterbringen würde bei der Aufklärung der aktuellen Probleme, schien mir äußerst zweifelhaft.

Über einen Zeitraum von drei Jahren hatte Renate für das Blatt geschrieben, wahrscheinlich war das die Zeit, in der sie auch an ihrer Promotion herumgedoktert hatte. Ihren letzten Artikel hatte sie bezeichnenderweise als einzigen mit Dr. Renate Leder gekennzeichnet.

Höflich bedankte ich mich bei Küpper. „Mal sehen, was ich damit machen kann, bestimmt kann ich die Artikel verwenden", sagte ich entgegen meiner eigenen Überzeugung. Aber ich freute mich, dass der Bernhardiner mir diese Aufmerksamkeit entgegengebracht hatte.

„Hat Sie das Gespräch weitergebracht?" Interessiert fragte ich Böhnke auf der Rückfahrt nach Aachen.

„In gewisser Weise schon", entgegnete er. „Ich weiß jetzt wenigstens, dass Fleischmann seine Informationen nicht nur aus den Ermittlungsergebnissen der Polizei und der Staatsanwaltschaft bezogen hat."

„Hat er denn überhaupt Ergebnisse aus Ihrem Bereich bekommen?", fragte ich unvermittelt. „Vielleicht gibt es den Maulwurf gar nicht. Möglicherweise hat Fleischmann seine Angaben überhaupt nicht aus Ihrem Bereich bekommen. Sie haben sich den Maulwurf nur eingebildet. Wenn Sie annehmen, Fleischmann habe weitergehende Informationen, dann kann es doch sein, dass er alle Informationen von außerhalb hat und Ihr Maulwurf deshalb nur ein Phantom ist." Ich sah Böhnke grinsend an. „Mit unserem heutigen Wissen können wir sagen, Fleischmann hat Informationen, die nicht aus den Kreisen der Polizei und der Staatsanwaltschaft stammen. Oder?"

Der Kommissar stöhnte. „Sie machen die Sache wieder komplizierter, als sie ohnehin schon ist."

„Wieso?", entgegnete ich. „Sie können doch froh sein, wenn Ihre Maulwurfthese falsch sein sollte. Dann blieben nur noch zwei Täterkreise." Ich glaubte allerdings selbst nicht, was ich behauptete. Jedenfalls sah ich noch keinen Grund, endgültig auf die Suche nach dem mutmaßlichen Maulwurf zu verzichten.

Die Geschichte war und blieb undurchsichtig und kompliziert, fast so wie Fleischmanns Romane. Ich hätte denken können, dass wir in einer seiner Geschichten mitspielten und er dabei alle Fäden in der Hand hielt.

Lange schaute ich aus dem Seitenfenster hinaus auf die Dauerbaustelle, die die A 4 in Richtung Aachen nun mal ist. „Das Konto von Gerstenkorn ist unser letzter Schlüssel, um ihn dingfest zu machen", meinte ich schließlich zu Böhnke, der mir nicht widersprach.

Ob wir dadurch aber auch den Mörder von Fleischmann finden konnten, wollte er nicht behaupten.

# Leben und sterben

Lange saß ich nach dem kargen Frühstück mit ungesüßtem Pfefferminztee und einer trockenen Scheibe Schwarzbrot am Schreibtisch in meiner Bude und sortierte die vielen Zettel mit den Fakten, die ich mir nach Besuchen, Gesprächen und Beobachtungen gemacht hatte. Wenn ich ehrlich zu mir war, musste ich mir eingestehen, dass ich nicht mehr durchblickte. Es passte einfach nicht alles zusammen und das Wenige, das zusammenpasste, schien logisch, ohne mich der Lösung dieser vertrackten Geschichte näher zu bringen.

Es gab zwei Möglichkeiten, wie ich weiterkommen konnte: Entweder konzentrierte ich mich auf einen Verdächtigen und verfolgte ihn, bis er als Täter dingfest gemacht war oder seine Unschuld feststand, um im zweiten Falle den Nächsten ins Visier zu nehmen, oder aber ich stocherte weiter herum, sammelte die nächsten Fakten, aus denen sich dann eventuell ein Gesamtbild machen ließ.

Ich war mir noch nicht schlüssig, wie ich fortfahren sollte, als das Telefon klingelte. Es würde wohl Küpper sein, vermutete ich, aber ich hatte mich geirrt.

„Na, endlich wieder im Lande?", meldete sich überzogen höflich der AZ-Reporter. „Wo haben Sie bloß gesteckt, Herr Grundler?"

„Überall und nirgends", gab ich ausweichend zur Antwort. „Was wollen Sie von mir?"

Sümmerling lachte auf. „Ich will überhaupt nichts von Ihnen, ich wollte Ihnen nur eine Sensation mitteilen. Aber wenn Sie nicht interessiert bin, kann ich ja wieder auflegen."

Mit dem Begriff Sensation war ich vorsichtig. So manche angebliche Sensation entpuppte sich beim zweiten Blick als zwar vollgepumpter, aber poröser Luftballon, der schnell zusammenschrumpelte. „Wie sieht denn Ihre Sensation aus?", fragte ich belustigt.

„Die Leder ist schwanger."

Ich kam nicht dazu, diese Neuigkeit zu verdauen.

„Ein befreundeter Arzt im Krankenhaus hat sich gestern beim Stammtisch verplappert, als ich von der Lektorin sprach", sprudelte der Journalist los. „Sie wird im zweiten Monat sein, sagt mein Freund. Jetzt überlegen die Ärzte, ob sie die Schwangerschaft wegen des Komas abbrechen sollen oder nicht. Toll, was?" Der Zeitungsmann schien restlos begeistert. „Das ist doch eine Supergeschichte. Komatöses Unfallopfer trägt Kind unter dem Herzen."

Ich konnte weder etwas Sensationelles noch eine Supergeschichte erkennen. Ich hielt mich deswegen mit meiner
Meinung zurück. „Na, und?" Es liege doch in der Natur der
Frauen, dass sie im Gegensatz zu Männern durchaus in
der Lage wären, maßgeblich an der Erhaltung der Art mit-
zuwirken, meinte ich übertrieben gelangweilt. Es ärgerte
mich, dass Renates Privatleben an die Öffentlichkeit ge-
zerrt werden konnte, ohne dass sie die Möglichkeit hatte,
sich zu wehren.

„Sie haben keine Fantasie", stöhnte Sümmerling. „Nicht
nur der Umstand, dass im Körper einer fast toten Frau ein
Kind heranwächst, ist gigantisch. Hinzu kommen noch die
Umstände. War es wirklich ein Unfall? Oder wollte jemand die Leder umbringen, weil sie schwanger war?" „Ich
denke, jemand wollte sie umbringen, weil sie die Lektorin
von Fleischmann war", unterbrach ich Sümmerling. Mir
stieß es unangenehm auf, dass er Renate immer nur mit
ihrem Nachnamen nannte. „Was denn nun?"

„Nichts ist unmöglich." Der Mann schien vom Jagdfieber
gepackt. „Vielleicht war Fleischmann der Vater."

„Der aber schon tot war, bevor seine Lektorin dran glauben musste", hielt ich dagegen. „Wenn eines sicher ist,
dann wohl die Tatsache, dass Fleischmann als mutmaßli-
cher Attentäter beim eventuell angeblichen Unfall von
Renate Leder nicht infrage kommt."

„Das schon", stimmte mir der Journalist selbstverständlich zu, „aber er könnte trotzdem der Vater sein."

„Er oder ein anderer, was macht das schon?" Mich
machte das Telefonat zornig. „Wir können ja die gute Frau

fragen, wenn sie wieder aufwacht." Ich wollte das Gespräch schnellstens beenden und mir ungestört meine Gedanken machen, die Sümmerling nichts angingen. „War das alles, was Sie mir sagen wollten?", fragte ich wenig begeistert. „Haben Sie sonst nichts auf der Pfanne?" „Reicht das nicht?" Der Reporter schien perplex, weil ich seiner Information so wenig Gewicht beimaß.

Mir reichte es allemal, entgegnete ich. Ich müsse leider gehen, entschuldigte ich mich kurz angebunden und beendete die müßige Unterhaltung mit Sümmerling.

Nachdenklich lehnte ich mich in meinen Schreibtischsessel zurück. Als ich mein erstes Telefonat mit Renate Leder aus dem Gedächtnis herauskramte, fiel es mir wieder ein, das kurze Zögern und das Korrigieren, als ich sie gefragt hatte, warum sie Fleischmann suchen wolle. „Weil er …", hatte Renate zunächst gesagt und dann: „Weil ich seine Lektorin bin."

‚Hatte sie damit sagen wollen, weil er der Vater meines Kindes ist?', fragte ich mich. Ausschließen wollte ich diese Möglichkeit nicht, auch wenn ich sie für nicht sehr wahrscheinlich hielt. Dagegen sprach der förmliche Stil, in dem Fleischmann seine Korrespondenz mit Renate abgefasst hatte. Er hatte seine Lektorin gesiezt, anscheinend war ihre Beziehung nicht über das gemeinsame Bearbeiten der Romane hinausgegangen.

Ein Zusammenhang zwischen der Schwangerschaft und dem Zusammenstoß auf der Kreuzung war nicht zwingend. Oder doch? War Renate vielleicht gar nicht attackiert worden, weil sie die Lektorin von Fleischmann war?

War sie attackiert worden, um sie wegen ihrer Schwangerschaft auszuschalten?

Auf eine Frage mehr in diesem verwirrenden Geschehen kam es auch nicht mehr an, befand ich. Vielleicht war ja der unbekannte Vater Anlass allen Übels, das Renate widerfahren war. Ich hatte die Tatsache der Schwangerschaft zu bedenken und es gab verschiedene Theorien, sie in den Sachverhalt einzubinden. Doch würde ich allein mit diesen Gedankenmodellen nicht weiterkommen. Vielleicht konnte mir Renates vermeintliches Soziogramm helfen, möglicherweise enthielt es einen Hinweis auf die Schwangerschaft.

Ich machte mir eine Notiz und legte den Zettel zu den vielen anderen. Beizeiten würde ich diese Fakten schon in den richtigen Zusammenhang bringen können, machte ich mir selbst Mut.

Das Klingeln an der Wohnungstür beendete meine theoretischen Spielereien.

Böhnke lehnte müde im Türrahmen und lächelte mich schlapp an. „Ich wollte Sie abholen", sagte er zur Begrüßung.

„Wohin?"

„Auf eine Spritztour ins Erkelenzer Land."

Ich horchte auf. „Warum?" Unsere letzte Tour gen Norden hatte mit dem Mord an Fleischmann in Zusammenhang gestanden, erinnerte ich ihn. Ich klaubte meine Lederjacke vom Garderobenhaken und folgte Böhnke ins Treppenhaus.

„Dieses Mal ist der Zusammenhang zumindest nicht unmittelbar", sagte der Kommissar geheimnisvoll.

„Also mittelbar?" Ich wusste nicht, was Böhnke vorhatte.

„Vielleicht. Vielleicht auch nicht."

Mir kam das Verhalten des Polizisten ziemlich blöd vor.

„Entweder sagen Sie mir auf der Stelle, was Sache ist oder ich gehe zurück in meine Wohnung", drohte ich, als wir vor dem Dienstopel standen.

Böhnke schmunzelte, während er den Wagen öffnete.

„Ich dachte, Sie sind an dem Fahrzeug interessiert, das in den Unfall mit Frau Doktor Leder verwickelt war. Oder etwa nicht?"

Selbstverständlich irrte er sich nicht. Eilig sprang ich auf den Beifahrersitz. „Erzählen Sie endlich!", forderte ich den Kommissar auf.

Er ließ sich zu meinem Verdruss Zeit und bummelte schweigend durch Aachen. Die Lokalnachrichten und die Verkehrsmeldungen über die Staus in Nordrhein-Westfalen hatten für ihn eine größere Bedeutung als die Unterhaltung mit mir. Erst auf der Autobahn setzte Böhnke zu seinem Bericht an. „Auf dem Gelände einer ehemaligen Baumschule in Erkelenz zwischen der Autobahn und der Eisenbahnstrecke haben spielende Kinder vor ein paar Tagen mitten im Gestrüpp einen ausgebrannten Geländewagen entdeckt. Viel ist nicht übrig geblieben. Aber meine Kollegen haben ermittelt, dass der Wagen in einen Unfall verwickelt war, und fanden schließlich heraus, dass es der Wagen sein musste, der mit dem Pkw von Frau Doktor Leder kollidiert ist."

„Seit wann steht die Karre da oben in der Wildnis?", wollte ich wissen.

„Genau können es die Kollegen nicht sagen. Sie gehen allerdings davon aus, dass das Fahrzeug unmittelbar nach dem Unfall in Aachen in Erkelenz in Brand gesetzt worden ist."

Ich biss mir nachdenklich auf die Lippe. Irgendwie führten uns alle Wege nach Norden, in den Großraum Erkelenz: der Müllsack, in dem sich Fleischmanns Leiche befand, die Druckerei in Niederkrüchten, die mit der aus Eschweiler angeblich zusammenarbeitete, und jetzt der Unfallwagen, mit dem die Lektorin außer Gefecht gesetzt worden war.

Er würde gerne meinen Gedankengängen zustimmen, entgegnete Böhnke, als ich ihn darauf ansprach, aber diese von mir angedeuteten Verbindungen könnten zufällig sein. „Oder sie sind sogar eine bewusste Irreführung, um uns abzulenken", meinte er abwiegelnd.

Erstaunlich schnell fand der Kommissar den Fundort des Wagens und parkte an einem schmalen Wirtschaftsweg. Er reichte mir aus dem Kofferraum ein Paar Gummistiefel. „Die können Sie gut gebrauchen", behauptete er.

Das menschenleere Gelände erinnerte nur noch entfernt an eine Baumschule, in der Bäume, Büsche und Sträucher in Reihe und Glied aufgezogen wurden. Wahrscheinlich hatten sich viele Bürger nach Aufgabe des Betriebs ihre Pflanzen ausgegraben, wie an den Lücken in den Reihen zu erkennen war. Einiges Grünzeug war abgestorben, anderes lag umgeknickt oder entwurzelt herum.

185

„Schöne Gegend für das beliebte Cowboy-und-Indianer-Spiel", sagte ich zu Böhnke, als wir über den matschigen Boden stapften. Vor einer mit rot-weißem Flatterband abgegrenzten Fläche, versteckt zwischen Büschen, blieb er im tiefen Schlamm stehen.

„Hier hat man die Kiste gefunden", sagte er, während ich mich umschaute.

Lediglich an den angesengten Büschen war zu erkennen, dass es ein Feuer gegeben hatte. Andere Hinweise fanden sich nicht.

„Wie kommt der Wagen hierhin, frage ich mich", sagte ich zu Böhnke. Durch diese verwilderte Anpflanzung mit den aufgeweichten Wegen kam niemand mit einem gewöhnlichen Auto. „Ich vermute, die Kerle, die ihn hier entsorgt haben, sind mit einem zweiten Geländewagen davongefahren."

So würde es wohl gewesen sein, bestätigte mir Böhnke. „Aber es gibt keine Zeugen. Das war eine Nacht-und-Nebel-Aktion. Die Kollegen haben das Gelände weiträumig abgesucht, doch keine Spuren gefunden, die uns helfen." Der Kommissar sah mich ernst an. „Bis auf eine. Wir haben hier einen Reifenabdruck entdeckt, der identisch ist mit einem, den wir am Lahey-Park registriert haben."

Ich stutzte. „Was bedeutet das?", fragte ich, obwohl die Antwort auf der Hand lag.

„Das bedeutet für mich, dass zwischen dem Ablegen von Fleischmanns Leiche am Lahey-Park und dem Abbrennen des Geländewagens hier durchaus ein Zusammenhang besteht." Der Reifenabdruck sei so markant, dass ein Zufall auszuschließen sei. „Im Reifen fehlt ein Fünfmark-stück großes Stück im Profil", klärte mich der Kommissar auf.

„Interessant", kommentierte ich sinnierend. „Um mir das zu sagen, fahren Sie mit mir nach Erkelenz? Oder haben Sie etwa auch den zweiten Wagen gefunden?"

Böhnke lächelte entschuldigend. „Meine Kollegen in Erkelenz haben mich zu einem Kaffee eingeladen." Er wandte sich um und watete durch den schlammigen Grund zum Opel zurück. „Außerdem sind sie dabei, anhand der Motor- und der Fahrgestellnummer die Herkunft des vernichteten Wagens herauszufinden. Sie wollen mir im Laufe des Nachmittags das Ergebnis mitteilen."

Wenige Minuten später saßen wir in der Stadt in einem kühlen Büro in einem nüchternen Gebäude, dem aus der Entfernung anzusehen war, dass darin eine Behörde hauste. Ein unscheinbarer, kleiner Mann fast im Pensionsalter mit Halbglatze und Schnauzbart, der sich als Jansen vorstellte, hatte uns nach unserer Anmeldung am Schalter der Polizeistation im Flur in Empfang genommen und in sein Zimmer geleitet. Umständlich, aber begeistert, berichtete er uns auf dem Weg durchs kahle Treppenhaus vom Wagenfund. Mir kam es vor, als sehe Jansen diesen Fund als den bisherigen Höhepunkt seiner sich dem Ende zuneigenden Laufbahn an.

„Es ist nur noch eine Frage von Minuten, bis wir die Daten bekommen", versicherte der Polizist eilfertig und hatte dann nichts Wichtigeres zu tun, als Böhnke vorzurechnen, wie viel Pension er bekäme, wenn er sofort aus dem

Dienst ausscheiden würde, oder wie viel er erhielte, wenn er noch ein, zwei oder drei weitere Jahre arbeiten würde. Als makaber empfand ich die thematische Überleitung von Jansen. „Ich habe Gott sei Dank den Dienst überlebt", meinte er und klopfte auf Holz, „anders als ein junger Kollege von uns, der vor ein paar Jahren von Erkelenz nach Mönchengladbach gewechselt ist. Gestern war Beerdigung", sagte er, mich langweilend, „deshalb hat es auch einen Tag länger gedauert, ehe wir uns mit dem Geländewagen beschäftigen konnten."

Jansen langte in seinen Schreibtisch und zog eine Fotokopie hervor. „Der hat's hinter sich", bemerkte er und reichte Böhnke das Blatt. „Den hat's bei einem Unfall voll erwischt."

Der Kommissar warf nur einen flüchtigen Blick darauf und reichte es mir weiter. Er konnte nichts damit anfangen und wollte seine Zeit nicht damit vergeuden.

Mir hingegen war der Unfallbericht der Autobahnpolizei durchaus willkommen. Langweiliger als das Gerede von Jansen konnte der Bericht auch nicht sein. Ich musste den Text zweimal lesen, ehe ich ihn verstand. Die Unfallschilderung war derart unglaubwürdig, dass ich meine Zweifel hatte, ob er sich tatsächlich so ereignet hatte. Doch dann erinnerte ich mich an den Unfall der Lektorin und kam zu der Erkenntnis, dass keine Fantasie ausreicht, um die Realität zu überbieten. Ein kalter Schauer lief mir über den Rücken, als ich mir bildlich vorstellte, was ich las: „Nach Angaben der Autobahnpolizei der Bezirksregierung Düsseldorf ereignete sich kurz nach Mitternacht ein tragischer Verkehrsunfall auf der BAB 61 in Richtung Venlo.

Aus noch ungeklärter Ursache kam der 44-jährige Fahrer mit seinem Pkw nach rechts von der Fahrbahn ab. Er rutsche zirka 40 Meter an der rechten Schutzplanke entlang. Vermutlich durch die Wucht des Aufpralls wurde der wohl nicht angeschnallte Fahrer teilweise aus der Beifahrertür geschleudert. Der Wagen rutschte noch rund 130 Meter weiter über die Fahrbahn, bevor das Auto erneut gegen die Schutzplanke schleuderte. Hier wurde der 44-jährige Mann zwischen seinem Auto und der Schutzplanke gequetscht. Der Wagen schlingerte nach links über die gesamte Fahrbahn der Autobahn 61 und verkeilte sich total beschädigt in der Mittelschutzplanke. Beim Queren der Fahrbahn schleuderte der Mann nun ganz aus seinem Auto und blieb auf der Fahrbahn liegen. Hier wurde er von zwei nachfolgenden Pkw-Fahrzeugführern, 37 Jahre und 58 Jahre alt, überrollt." Ich schüttelte mich und schluckte schwer, als ich die letzten Sätze der Mitteilung las: „Der sofort über die Autobahnpolizeiwache Mönchengladbach informierte Not- und Rettungsarzt konnte nur noch den Tod des 44-jährigen Autofahrers feststellen. Die BAB 61 musste für Rettungs-, Bergungs- und Verkehrsunfallaufnahmemaßnahmen beidseitig für mehrere Stunden voll gesperrt werden. Der Verkehr wurde großräumig umgeleitet."

Das anspringende Faxgerät schreckte mich aus meiner makabren Lektüre auf.

„Aha", jubilierte Jansen, „da kommt ja unser Ergebnis." Er beugte sich über das Gerät, während er nach der Lesebrille in der Brusttasche seines Hemdes fingerte, und las kopfnickend mit, als das Blatt langsam ausgespuckt wurde. „Wie ich mir gedacht habe: Der Wagen war gestohlen." Er riss das Faxpapier ab und gab es an Böhnke, der neugierig seine Augen darauf richtete.

Ich bemerkte die Veränderung in Böhnkes Blick, erkannte die volle Konzentration, die sich bei ihm binnen Sekundenbruchteilen einstellte. Das Fax musste eine wichtige Information enthalten. Ich ließ den Kommissar gewähren, beherrschte meine Unruhe und wartete, bis er mir das Papier weiterreichte.

Ich traute meinen Augen nicht, als ich den Namen des Fahrzeughalters las. Gerstenkorn war angegeben, ausgerechnet der dubiose Bürgermeister Gerstenkorn, der sich aus dem Staub gemacht hatte, nachdem ihm Fleischmann zu nahe gekommen war.

Mich verwunderte, dass nicht Gerstenkorn selbst den Wagen bei der Polizei in Düren als gestohlen gemeldet hatte, sondern ein Autohändler.

„Wie kommt's?", fragte ich Böhnke. Ob es möglich wäre, den Händler zu fragen, regte ich an. „Ich habe keine Lust, mir alle möglichen Theorien durch den Kopf gehen zu lassen, wenn uns jemand auf eine einfache Frage eine plausible Erklärung geben kann", meinte ich.

Der Kommissar stimmte mir zu. Wenige Minuten später hatte er den Autoverkäufer am Apparat. Was der Mann zu sagen hatte, schien stimmig, denn Böhnke sah wenig Anlass zu Zwischenfragen. Schon nach kurzer Zeit beendete er das Telefonat.

„Scheint alles im grünen Bereich", bemerkte er. „Gerstenkorn wollte den Wagen wegen seiner Übersiedlung auf die Insel verkaufen. Er hatte ihn vor seinem Haus abgestellt, wo ihn der Händler am nächsten Tag abholen wollte. Als der Mann erschien, war der Wagen weg. Daraufhin gab es sofort die Diebstahlanzeige. Ein Taxifahrer, der Gerstenkorn zum Kölner Flughafen gefahren hat, hat bestätigt, dass der Wagen bei Gerstenkorns Abreise am Haus geparkt war."

„Glauben Sie die Geschichte?" Ich sah Böhnke fragend an, als er mich zurück nach Aachen kutschierte. „Rein zufällig kollidiert Renate Leder mit Gerstenkorns Wagen, der rein zufällig im Zusammenhang mit einem anderen Fahrzeug steht, das rein zufällig auch am Lahey-Park gestanden hat, und der rein zufällig in der Nacht verschwindet, in der Gerstenkorn sich ins Ausland absetzt." So einfach würde mir der Bürgermeister nicht davonkommen. „An der Sache ist doch etwas oberfaul!"

„Wissen Sie's oder glauben Sie's, junger Freund?" Der Kommissar sah mich mitleidsvoll an. „Es stinkt etwas gewaltig, da stimme ich Ihnen zu. Aber ich weiß einfach nicht, woher der Gestank kommt." Er konzentrierte sich auf den dichten Verkehr vor dem Autobahnkreuz Aachen und ließ mich mit meinen umherschwirrenden Gedanken allein.

Erst als ich am Templergraben ausstieg, redete Böhnke wieder mit mir. „Ich rufe gleich noch meinen Kollegen Küpper in Düren an. Ich bin gespannt, was er zu Gerstenkorns Geländewagen sagt." Der Kommissar grinste. „Mit dem Gespräch wollte ich Jansen in Erkelenz nicht auch noch belasten. Der hat jetzt schon seine Probleme bei der

Telefonkostenabrechnung. Ein Gespräch mit einem Autohändler in Düren, das passt normalerweise überhaupt nicht in das Dienstgeschehen bei den Kartoffelsheriffs da oben im Norden."

Auf eine Besonderheit wollte ich Böhnke noch hinweisen, aber sie war mir wieder entfallen. Langsam wurde ich alt und vergesslich, schimpfte ich mit mir, als ich die Wagentür zuschlug. Vielleicht würde sie mir wieder einfallen, wenn ich meine Notizen machte und versuchte, sie zu sortieren.

# Alibis

Nach einer unerwarteten, aber wahrlich äußerst angenehmen, mehrstündigen Störung meiner Nachtruhe trottete ich am Morgen ziemlich matt, wenn auch frohgemut zur Kanzlei. Es schien mir an der Zeit, mich dort wieder einmal blicken zu lassen, bevor jemand auf die Idee kam, mir meine Funktion streitig zu machen.

Ich hatte es mir gerade am Abend im Bett bequem gemacht und war eingeschlummert, als das Telefon auf sich aufmerksam machte. Meine Verärgerung schwand auf der Stelle, als sich meine Liebste aus Hamburg meldete.

Sie sei gerade mit Do aus dem Musical „Cats" gekommen und verspüre Sehnsucht nach mir, säuselte Sabine in den Hörer. Unverzüglich kam danach die Kontrollfrage, die eigentlich immer kam, wenn meine Sekretärin ausnahmsweise einmal nicht den Überblick über meinen Terminkalender besaß: „Und was machst du den ganzen Tag?"

„Nichts Besonderes", gab ich lässig zur Antwort. Ich setzte mich in meinen Schreibtischstuhl, legte die Füße auf die Tischplatte und berichtete von meinen Erlebnissen, die sich um den toten Fleischmann rankten.

Ungestört ließ Sabine mich reden. Manchmal hatte ich den Eindruck, als sei sie gar nicht mehr in der Leitung oder eingeschlummert, doch beruhigte sie mich auf meine vorsichtigen Zwischenfragen hin. Mein Hals war ausgetrocknet und meine Stimme kratzig, als ich geendet hatte.

„Bei so viel Arbeit kannst du ja gar nicht auf krumme Gedanken kommen", folgerte meine Liebste schließlich. Sie wollte keine Bewertung meiner Recherche geben, meinte sie. „Aber diese Erzählung ist spannender als mancher Kriminalroman." Sabine lachte wohltuend auf. „Außerdem bist du immer unter polizeilicher Kontrolle." Ein besseres Alibi könne es nicht für mich geben. Schnell wechselte sie das Thema und berichtete von der Vergnügungsreise mit ihrer Schwester. Sie hätten tolle Sachen eingekauft, alles sei bestens, selbst die Männer würden sich zuvorkommend benehmen. „Ich bringe dir auch etwas mit", versprach sie mir verheißungsvoll.

„Du brauchst nichts mitzubringen, wenn du zurück bist, reicht's mir", brummte ich in meinem Nachtzeug fröstelnd und blickte auf die Uhr. Die Rückkehr von Sabine war während unserer Plauderei über zwei Stunden näher gerückt.

Lange lag ich anschließend wach und ließ mir meine Schilderung noch einmal durch den Kopf gehen. Ich konnte mit mir zufrieden sein. Ich hatte Sabine alles gesagt, was es über diesen Fall zu sagen gab. Lediglich in Bezug auf Renate Leder hatte ich vielleicht einige persönliche Anmerkungen unterschlagen.

In der Kanzlei herrschte die große Verblüffung, als ich erschien. „Welch seltener Gast in unseren Reihen", lästerte mein Chef, „wir dachten, du kommst die nächste Zeit nicht mehr. Es war richtig gemütlich ohne unseren Sklaventreiber. Deine Kollegen haben deinen Kommandoton überhaupt nicht vermisst."

Ich verkniff mir die derbe Beleidigung, die mir auf den Lippen lag, und verzog mich in mein Büro. Ich war überrascht über den ordentlich aufgeräumten Schreibtisch, auf dem keine einzige Akte lag.

„Was ist hier los?", fragte ich Dieter, der mir gefolgt war und sich frech grinsend in den Besuchersessel gefläzt hatte. „Bin ich etwa arbeitslos?"

„Nein, mein Freund", beruhigte er mich. „Ich versuche nur eine Neuorganisation unserer Kanzlei, um dich zu entlasten. Die Kollegen sollen merken, dass es auch ohne dich gehen muss." Dieter hatte die Bemerkung als Kompliment gemeint und ich hatte sie auch so verstanden.

„Die müssen mehr ran und mehr Verantwortung übernehmen. Die ständige Entschuldigung, du hättest alle Akten an dich gezogen, ging mir langsam auf den Geist. Diese Ausrede gilt nicht mehr."

Ich setzte mich auf meinen Platz und sah Dieter an. „Und was bleibt für mich überhaupt noch zu tun in diesem Haus, Herr Doktor Schulz?"

„Du spielst den Libero, den Ausputzer, den Mann für alle Fälle. Suche dir aus, was dir am besten gefällt", antwortete mein Freund. „Du bist zu schade für eine schnöde Bürotätigkeit." Er sah mich provozierend an. „Und außerdem bist du sowieso immer unterwegs." Er hob beschwichtigend die Arme, als ich protestieren wollte. „Immer im Auftrag unserer Mandanten natürlich." Dieter erinnerte mich überflüssigerweise an die vertrackten Geschichten, die wir, aber vornehmlich ich, in den letzten Jahren aufgeklärt hatten. „Jetzt haben wir wieder so einen Fall, unsere bedauernswerte Frau Doktor Renate Leder. Was ist eigentlich mit ihr und ihrem Krimiautor Renatus Fleischmann?"

Was sollte schon sein? Ich erzählte auch Dieter die Geschichte, die ich in der Nacht schon Sabine vorgetragen hatte, und kam erneut für mich zu der Feststellung, dass ich alles Wesentliche gesagt hatte.

„Hm." Dieter hatte sein Kinn auf die Hände gestützt. „Ziemlich chaotisch, oder?"

Ich sah keinen Grund, ihm zu widersprechen. Ich sah jedoch einen Grund, meinen Brötchengeber aus dem Zimmer zu verweisen, als das Telefon klingelte. Ich mochte es nicht sonderlich, wenn mir jemand bei Telefonaten zuhörte, sofern ich nicht ausdrücklich darum bat.

„Ich bin schon weg", sagte Dieter spöttisch, „einer muss ja die Fälle bearbeiten, die uns das nötige Kleingeld bringen, damit du deinem wenig profitablen Vergnügen nachgehen kannst."

195

Die Einladung zum Mittagessen, die Kommissar Küpper aussprach, lehnte ich aus Zeitmangel bedauernd ab, die Informationen, die er mir lieferte, nahm ich hingegen, ebenfalls nicht begeistert, dankend an. Auch wenn mir die neuen Tatsachen nicht in den Kram passten, so waren sie nun einmal in der Welt und mussten notgedrungen in das noch lichte Gefüge des kriminellen Geschehens eingearbeitet werden.

Im Prinzip dienten die Informationen von Küpper nur einem: dem zwielichtigen Bürgermeister Gerstenkorn. „Der hat ein absolut wasserdichtes Alibi", berichtete mir der Kripomann aus Düren im Brustton der Überzeugung. „Gerstenkorn ist tatsächlich am frühen Abend, als sein Wagen vor der Haustür gestohlen wurde, in Köln-Wahn in ein Flugzeug gen Süden gestiegen und auf seinem Zielflughafen pünktlich angekommen. Er hat sich für die Nacht in einem Hotel eingeschrieben und hat dort auch übernachtet, während in seiner ehemaligen Heimat der Dieb mit dem Geländewagen durch die Gegend kutschierte." Der Kommissar legte eine kleine Pause ein, um seine Gedanken neu zu sortieren. „Wahrscheinlich ist der Dieb unverzüglich von der Rur nach Aachen gefahren und hat sich dort an der Kreuzung auf die Lauer gelegt, um Frau Doktor Leder zu erwischen."

Ich fragte nicht nach, wie Küpper zu diesem Wissen gekommen war. Böhnke hatte ihn mit Sicherheit aufgeklärt, nahm ich an. Der Rest war reine Ermittlungsroutine gewesen. „Anschließend ist der Wagen irgendwo versteckt worden. Wir müssen jedenfalls davon ausgehen, dass er nicht sofort zum Fundort in Erkelenz gefahren wurde."

‚Mithin', so dachte ich mir, ‚wurde er noch für andere Zwecke gebraucht.' Vielleicht waren damit die Unbekannten unterwegs gewesen, die bei Wagner und in Eschweiler zu Werke gegangen waren. War es Zufall, dass ausgerechnet Gerstenkorns Wagen gestohlen wurde, um damit einen vorgetäuschten Unfall zu verursachen? Oder war der Mensch, der Renate ausschalten wollte, über Gerstenkorns Absichten bestens im Bilde gewesen? Hier konnte ich eventuell nachhaken.

„Damit dürfte Gerstenkorn wohl aus dem Schneider sein", bemerkte Küpper durchaus bedauernd. „Ich sehe diesbezüglich jedenfalls keine Handhabe gegen ihn."

Die Bemerkung machte mich hellhörig. „Wenn Sie diesbezüglich sagen, haben Sie bestimmt noch einen zweiten Pfeil im Köcher. Stimmt's?" Die Überprüfung des Kontos half uns möglicherweise weiter, gab ich zu bedenken.

Der Kommissar musste schmunzeln. „Sie legen auch jedes Wort auf die Goldwaage, Herr Grundler." Aber er müsse mich vorerst enttäuschen. „Ich arbeite noch dran", versicherte er. „Die Überprüfung eines nicht mehr aktiven Kontos ist eine Angelegenheit, die mit sehr viel Vorsicht zu betreiben ist."

Was er umständlich formulierte, hieß nichts anderes, als dass er mit nicht immer legalen Mitteln versuchte, die Kontobewegungen zu rekonstruieren.

„Sie haben noch nichts gefunden?", fragte ich.

„So ist es", bestätigte mir Küpper, „aber das bedeutet nicht, dass ich meine Bemühung einstelle. Ich arbeite daran."

„Warum eigentlich?", platzte ich heraus.

197

„Wegen des Maulwurfs natürlich." Küpper räusperte sich, anscheinend war er mit seiner Antwort selbst nicht einverstanden, denn er rang sich zu einer Erklärung durch. „Nennen Sie es meinetwegen meine persönliche Angelegenheit oder einen Freundschaftsdienst für Böhnke. Ich wäre froh, einem hinterhältigen, nur auf sich fixierten Politiker, wie es Gerstenkorn für mich ist, eins auswischen zu können, auch wenn es nicht zu einer strafrechtlichen Verfolgung kommen sollte." Küpper gab sich entschlossen und ich wollte nicht nachfragen, was ihn zu diesem Eifer veranlasste. ‚Das ist wahrlich seine eigene Angelegenheit, nicht meine', dachte ich mir meinen Teil.

Küpper wollte schon zum Abschluss des Telefonats kommen, als mir noch eine Frage in den Sinn kam. „Vielleicht können Sie mir helfen, vielleicht muss ich mich an Böhnke wenden, aber eine Sache interessiert mich noch: Ist untersucht worden, ob der Geländewagen von Gerstenkorn am Lahey-Park gestanden hat?"

Der Kommissar aus Düren musste lachen. „Sie sind gut, Herr Grundler. Über diese Frage hat mein Kollege Böhnke mit mir auch schon diskutiert. Aber ich muss sie enttäuschen, kein Reifenabdruck auf dem Parkplatz der Anlage passt zu Gerstenkorns Fahrzeug." Das spräche zunächst dafür, dass der Wagen nicht beim Wegbringen der Leiche von Fleischmann benutzt wurde. Es könne aber auch sein, dass die Spuren nicht mehr zu finden waren, weil sie von anderen verdeckt wurden.

Was konnte ich mit den Informationen von Küpper anfangen?, fragte ich mich. Sie deuteten alle darauf hin, dass ich Gerstenkorn aus dem Kreis der Verdächtigen aus-schließen musste. Der Mann, den ich nicht kannte und der mir dennoch unsympathisch war, hatte seinen Kopf aus allen Schlingen gezogen. Selbst wenn er mit dem Mord an Fleischmann nichts zu tun haben sollte, so blieb er für mich ein Krimineller, wenn ich unterstellte, dass die Ro-mane von Fleischmann den Tatsachen entsprachen. Gab es überhaupt keine Mittel, diesen korrupten Kerl zu über-führen? Ich wunderte mich, dass mir Gerstenkorn, zu der Zeit, in der ich in Düren gelebt hatte, nicht aufgefallen war. Vielleicht lag es daran, dass ich mich damals nicht sonderlich für die Kommunalpolitik interessiert hatte. Ich würde Renate nach Gerstenkorn fragen. Hoffentlich kam die Frau bald wieder auf die Beine.

Ich kam nicht dazu, lange meinen Gedanken über Gers-tenkorn und Renate nachzuhängen. Böhnke hatte das dringende Bedürfnis, mich wiederzusehen. „Ich hole Sie nach der Mittagspause ab, Herr Grundler", bestimmte er. „Wir werden dann einen guten Bekannten besuchen."

„Wen denn?", fragte ich neugierig.

„Meinen Kollegen Bloemen."

Mit dieser Antwort musste ich mich für den Augenblick begnügen. Bloemen war ein Kommissar der niederländi-schen Polizei, den ich im Zusammenhang mit den Atten-taten bei der Karlspreisverleihung kennen und schätzen gelernt hatte.

# Piet van Dyke

„Was wollen Sie von Bloemen oder was will Bloemen von Ihnen?" Ich wollte schon gerne wissen, was Böhnke im Schilde führte, als er mich zu Hause abholte und wir uns auf der Autobahn im Gedränge der Lastwagen zur niederländischen Grenze schoben.

„Eine Art Amtshilfe", gab Böhnke wenig aufschlussreich zur Antwort. Doch dann bequemte er sich freundlicherweise, mich aufzuklären, bevor ich meinen Unmut äußern konnte. „Unsere niederländischen Kollegen haben eine Wohnung ausgemacht, deren Inhaber seit einigen Tagen nicht mehr gesehen wurde.

In der Wohnung wurden unter anderem Briefe und Unterlagen gefunden, die auf Deutsch abgefasst sind oder aus Deutschland stammen. Bloemen hat mich gebeten, mich einmal umzuschauen und ihm vielleicht Tipps zu geben."

Ich blickte verständnislos aus dem Seitenfenster auf die ehemaligen Zollhäuschen am Grenzübergang Vetschau. „Und was habe ich damit zu tun?", fragte ich beiläufig. Jenseits des imaginären Schlagbaums lebten sehr viele deutsche Zeitgenossen, mancher Limburger meinte sogar, zu viele. Da war es nichts Außergewöhnliches, derartige Papiere zu finden.

„Nichts", erwiderte Böhnke lässig, „noch nichts. Aber vielleicht haben Sie bald etwas damit zu tun. Denn auf einem Briefumschlag, den die Polizei in der Wohnung gefunden hat, steht als Adresse der Name Ihrer Mandantin."

„Bitte?" Ich musste mich verhört haben wegen des laut dröhnenden Lasters, den wir gerade überholten.

Bereitwillig wiederholte sich der Kommissar laut und deutlich. „Auf einem der Briefumschläge steht der Name Ihrer Mandantin, Frau Doktor Renate Leder."

Sofort stand ich unter Spannung. „Wohin fahren wir?" Jetzt hatte ich es eilig. Was, um alles in der Welt, hatte Renate hier zu tun?

„Zunächst treffen wir uns im Polizeipräsidium in Heerlen mit Bloemen, dann geht's weiter in die Gemeinde Landgraaf nach Ubach over Worms." Böhnke grinste mich besserwisserisch an. „Wenn Sie wissen, was ich meine."

Ich grinste ebenso frech zurück. „Ich habe in Ubach over Worms schon Rockkonzerte gehört, da wussten Sie noch gar nicht, dass westlich von Aachen Holland liegt, Herr Kommissar." Es war gut und gerne 20 Jahre her, dass ich die Gegend als Jugendlicher unsicher gemacht hatte. Die Orte hinter der niederländischen Grenze waren schon damals immer ein gar nicht so geheimer Geheimtipp für Diskos und Rockkonzerte gewesen. Etliche Wochenenden hatten wir damals dort verbracht. Seitdem war ich aber nur noch gelegentlich dorthin gekommen.

Meine spöttische Bemerkung hatte jedenfalls den gewünschten Erfolg. Böhnke wurde sachlich. „In Ubach over Worms haben Nachbarn die Polizei alarmiert, weil an einem Haus inzwischen der Briefkasten überquoll mit Post und Zeitungen. Die Kollegen haben daraufhin festgestellt, dass der Hausbewohner vor knapp 14 Tagen spurlos verschwunden ist. Es liegen keine Hinweise auf einen Urlaub oder eine planmäßige Reise vor. Ein überstürztes Verlassen des Hauses kann auch ausgeschlossen werden. Anscheinend ist der Bewohner aus dem Haus gegangen, beispielsweise zu einem Einkauf und ist nicht mehr zurückgekehrt. Alle Ermittlungen sind im Sande verlaufen."

„So wie der geknechtete Ehemann, der nur mal kurz Zigaretten holen will und 20 Jahre später als Millionär in Südamerika stirbt."

Der Kommissar lächelte, während er den Dienstopel auf den Parkplatz vor dem Polizeipräsidium lenkte. „So bestimmt nicht. Der Mann lebte allein, war unauffällig, höflich und kontaktscheu, wie die Nachbarn sagen. Sein Name ist Piet van Dyke."

Der Name war für mich zunächst zweitrangig, die für mich wichtigste Erkenntnis brachte ich noch einmal ins Gespräch: „Sein Name ist Piet van Dyke und er besitzt einen Briefumschlag, auf dem der Name von Doktor Renate Leder steht."

Bloemen, ein zufrieden blickender, stämmiger Mann in Böhnkes Alter, begrüßte mich herzlich, nachdem er in Heerlen in den Opel eingestiegen war. „Der Mann, vor dem kein Verbrecher sicher ist", versuchte er zu scherzen. Er sprach ausgezeichnet Deutsch mit mir, nachdem er sich zuvor mit seinem Kollegen Böhnke in einem mir unverständlichen Singsang aus Öcher und Limburger Platt warmgeredet hatte.

Doch ich ging auf die neckende Bemerkung nicht ein. Mir hing immer noch der Briefumschlag nach, den ich nicht einordnen konnte. „Was ist damit?", fragte ich den Polizisten.

Bloemen zuckte mit den Schultern. „Das wissen wir leider nicht. Wir untersuchen ihn noch."

„Warum?" Ich empfand es als merkwürdig, dass die niederländische Polizei einen mit einer deutschen Anschrift versehenen Briefumschlag untersuchte, den sie in der Wohnung eines angeblich verschwundenen Niederländers gefunden hatte.

„Sie werden schon von selbst darauf kommen, Herr Grundler", bekam ich ausweichend und geheimnisvoll zur Antwort, die mich neugierig und zornig zugleich machte. Ich saß auf dem Rücksitz und ärgerte mich über den stockenden Verkehr, durch den wir uns langsam aus Heerlen hinausschoben.

Wir brauchten fast eine halbe Stunde für die wenigen Kilometer, bis wir in Ubach over Worms vor einer frei stehenden, weiß getünchten Villa angekommen waren. Entlang der Straße standen etliche Häuser der besseren Art in schmucken Gärten, hinter denen sich, wie ich erkennen konnte, Grünland erstreckte.

„Schön hier", meinte ich nach meinem Rundblick über die ruhige Wohngegend. „Hier lässt sich angenehm leben." Allein schon die Wohnlage war Grund genug, zu fragen, warum jemand von hier spurlos und ohne Grund verschwand. „Von hier würde ich nur im Sarg oder unfreiwillig gehen", sagte ich beeindruckt zu Böhnke, der stumm lächelte.

Wir beobachteten Bloemen, der die schwere Haustür aus Eichenholz aufschloss. „Willkommen bei Piet van Dyke", sagte er und forderte uns mit einer einladenden Handbewegung wie ein höflicher Gastgeber auf, ihm ins Haus zu folgen. Wir könnten uns getrost umsehen und bräuchten keine Rücksicht zu nehmen, sagte er. „Ermittlungstechnisch ist die Untersuchung abgeschlossen."

„Und hat zu welchem Ergebnis geführt?", fragte ich.

„Wir gehen davon aus, dass van Dyke das Haus freiwillig verlassen hat. Nichts deutet darauf hin, dass er entführt worden ist. Auch gibt es keine Anhaltspunkte auf eine Reise", schilderte Bloemen.

Schweigend und mit offenem Mund schaute ich mich in dem prächtigen Gebäude um. Vom hellen Flur mit dem weißem Marmorboden und der silbrig glänzenden Brokattapete an den Wänden führte an einer Seite eine geschwungene Holztreppe ins Obergeschoss. Große, moderne Gemälde in einer Art Realismus, die auf den ersten Blick wie gewaltige Fotografien wirkten, wurden von Strahlern angeleuchtet. Ich ging durch den Flur in die Küche und staunte nicht schlecht über die Einrichtung. Die Einbauküche hätte für einen kleineren Restaurantbetrieb ausgereicht. „Die Küche kostet fast so viel wie ein Einfamilienhaus", schätzte ich und schaute durch das große, gardinenlose Fenster hinaus ins Grün. Der Bewohner hatte hinter dem Haus auf Bäume und Büsche verzichtet. Der Garten ging nahtlos über in Weiden, die sich leicht in ein Tal hinabschwangen.

Der Anblick des Wohnzimmers verschlug mir die Sprache. Parkettböden mit Perserteppichen, Ledergarnituren, rustikale, massive Schränke, unverhangene Fenster bis zum

Boden, wieder die ausdruckstarken Gemälde, viele Lampen und eine große Kaminecke ließen erkennen, dass der hier lebende Mensch nicht gerade einer der Ärmsten war.

„In dieser bescheidenen Hütte hauste der bedauernswerte Piet ganz alleine?", stellte ich mit einem fragenden Blick auf Bloemen ironisch fest.

Der Polizist nickte. „Alleine schon, aber nicht einsam. Er hatte oft, fast täglich, Besuch. Wie die Nachbarn berichten, standen ständig, auch über Nacht, Autos in der Einfahrt. Van Dyke selbst fuhr nur mit dem Taxi."

„Wovon lebt unser Freund?" Mit einer normalen Berufstätigkeit würde nach meiner Ansicht niemand zu einem derartigen Lebensumfeld gelangen. Da steckte entweder eine Erbschaft dahinter, die den Müßiggang finanzierte, oder ein auf nicht ganz saubere Weise erwirtschaftetes Vermögen. „Was macht er beruflich?"

Bloemen stieg die breite Treppe ins Obergeschoss hinauf und winkte mir zu. „Kommen Sie?", forderte er mich und Böhnke freundlich auf. Zielstrebig steuerte er ein Zimmer an, das vollgepackt mit Bücherregalen war. Ein mächtiger Schreibtisch stand vor einem wandhohen Fenster, das den Blick hinaus ins Grün gewährte. „Hier, an diesem Tisch, verdient Piet van Dyke sein Geld", erklärte Bloemen ruhig und er fuhr in einem sachlichen Tonfall fort. „Er ist der uneingeschränkte Herrscher der pornografischen Schriften Europas. Es gibt kein Pornoheft weit und breit auf diesem Kontinent, in dem nicht irgendwelche Ergüsse von van Dyke stehen."

„Damit lässt sich so viel Geld machen?" Ich betrachtete Bloemen voller Skepsis, der bestätigend nickte.

205

„Damit und mit Drehbüchern für exklusive Pornofilme. Außerdem hat van Dyke selbst Filme produziert." Er deutete mit der Hand nach unten. „Und im Keller gibt es noch ein komplett ausgerüstetes Filmstudio mit allem Inventar, das für einen Videofilm benötigt wird. Oben schreiben, unten filmen ist anscheinend eine äußerst lukrative Angelegenheit."

Offensichtlich war das eine einträgliche Beschäftigung, musste ich staunend anerkennen. „Was sagen denn die Nachbarn zu dieser nicht gerade alltäglichen Berufstätigkeit?"

„Sie wissen von nichts", antwortete Bloemen. „Für sie ist van Dyke ein unscheinbarer Biedermann, der jetzt spurlos verschwunden ist."

Langsam verfestigte sich in mir eine Vermutung. „Verraten Sie mir freundlicherweise, was Frau Doktor Renate Leder mit diesem Herrn Piet van Dyke zu tun hat?"

„Wenn wir das wissen würden, wären wir weiter", stöhnte der Polizist.

„Was wissen Sie überhaupt?" Mir wurde das planlose Herumreden von Bloemen zu bunt.

„Ganz einfach", mischte sich Böhnke beschwichtigend ein. Er hatte das richtige Gespür dafür, dass mein Geduldsfaden bald reißen würde. „Meine niederländischen Kollegen haben heute Morgen herausgefunden, dass Piet van Dyke nicht nur Piet van Dyke heißt, sondern auch Renatus Fleischmann."

Das saß. Ich schluckte und hatte Mühe, die Neuigkeit zu verdauen.

206

„Ein Vergleich der Fingerabdrücke auf Gegenständen in den beiden Wohnungen hat zu dieser Erkenntnis geführt", ergänzte der Kommissar. „Unser ermordeter Renatus Fleischmann führte zweifelsfrei ein Doppelleben; in Aachen war er der zurückgezogen und bescheiden lebende Krimiautor, in Ubach over Worms der Mann, der mit Pornografie zu Reichtum kam und seinen Lebenswandel genoss."

„Aha." Mehr blieb mir im Augenblick nicht zu sagen.

Van Dyke habe sich seine Honorare immer als Barschecks auszahlen lassen, die er in verschiedenen Banken einlöste. Er sei erst seit zwei Jahren richtig im Geschäft gewesen. Irgendwann wäre die Steuerfahndung garantiert auf ihn aufmerksam geworden, behauptete Bloemen. „Lange hätte er sich nicht mehr unerkannt in den Niederlanden herumtreiben können."

Mich interessierte dieser Aspekt nicht sonderlich. Schnell hatte ich die Tatsache des Doppellebens akzeptiert, die damit verbundenen Nebengeräusche waren für mich bedeutungslos. Mich interessierte vielmehr die Frage, ob Fleischmann oder van Dyke ermordet worden war. Sollte der Pornoschreiberling gemeint sein, konnte ich die bisherigen Untersuchungen in Deutschland wahrscheinlich abhaken, war der Krimiautor das Mordopfer, tappt ich immer noch im Dunkeln. Welche Beweggründe der Tote gehabt hatte, sich eine doppelte Existenz aufzubauen, war eine Frage, die ein Psychologe beantworten konnte. Mir war dieses Phänomen momentan ziemlich gleichgültig.

„Das ist der falsche Ansatz", glaubte Böhnke mir widersprechen zu müssen. „Ich an Ihrer Stelle würde fragen, welche Rolle Ihre Mandantin Frau Doktor Leder in dieser vertrackten Angelegenheit spielt."

War das so wichtig, welchen Weg wir einschlugen? Ich wusste es nicht und sah nachdenklich aus dem Fenster hinaus in das weitläufige Grün. Endlich kam mir eine Idee, die mir vielleicht weiterhelfen würde „Haben Sie auf dem Briefumschlag Fingerabdrücke von Renate Leder gefunden?", fragte ich.

Bloemen sah zunächst mich, dann Böhnke mit staunendem Blick an. „Das ist mir nicht bekannt", antwortete er entschuldigend, „aber ich werde mich darum kümmern. Das dürfte schnell geklärt sein." Der Polizist griff nach dem Telefon und gab wenige Augenblicke später eine Anweisung.

Ich hörte ihm bei seinem Telefonat nicht zu. Was passte hier zusammen und was nicht? Je länger ich mich mit diesem Fall beschäftigte, umso verworrener wurde er. Auf was hatte ich mich eingelassen, bedauerte ich mich, um mich schleunigst zu verbessern: In was für ein Geschehen hatte mich Böhnke bloß hineinmanövriert?

„Fehlanzeige, Herr Grundler." Bloemen räusperte sich laut. „Außer den Fingerabdrücken von van Dyke gibt es keine anderen."

Mit dieser Aussage konnte ich gut leben. Ich grinste Böhnke an. „Das ist doch eine gute Nachricht, oder nicht?"

Der Kommissar runzelte die Stirn und kniff die Augen zusammen. Er verstand mich nicht oder tat so, als hätte er mich nicht verstanden.

Ich sah jedenfalls keinen Anlass, ihn in meine Überlegung einzuweihen, und freute mich über die Verunsicherung, die sich in Böhnkes Gesichtsausdruck spiegelte.

Er wollte zu einer Bemerkung ansetzen, unterließ sie dann aber.

Noch einmal blickte ich hinaus ins Freie, in das beruhigende Grün, dann wandte ich mich den Bücherregalen zu. Bücher und Zeitschriften in deutscher, englischer, aber auch niederländischer Sprache waren darauf deponiert. Meterweise fanden sich pornografische Hefte, vermutlich Belegexemplare. Auf zwei Regalbrettern befanden sich Videokassetten, gewiss die gesammelten filmischen Werke des Erfolgsautors. Ich würde mir freiwillig nicht die Mühe machen, dieses Zeug durchzublättern oder anzuschauen, und ich hoffte, dass sich keine Notwendigkeit ergeben würde, den Kram als Beweismaterial durchsehen zu müssen.

„Wir werden wohl nicht umhin kommen", bemerkte Bloemen. „Wenn wir nicht auf andere Weise auf den Mörder von van Dyke stoßen, finden wir eventuell in den Filmen oder Heften die notwendigen Hinweise."

„Welchen Mörder suchen Sie? Den von van Dyke oder den von Fleischmann?" Auf Bloemens Antwort war ich gespannt.

Doch er wollte sich nicht festlegen. „Woher soll ich das wissen, Herr Grundler?" Er drängte zum Aufbruch, er habe noch eine Konferenz, entschuldigte der Polizist sich. „Wenn Sie noch einmal wieder kommen wollen, können Sie mich gerne anrufen", bot er an, „aber jetzt müssen wir zurück nach Heerlen."

209

Während der Rückfahrt schwiegen wir uns an. Jeder von uns ging seinen Gedanken nach, verspürte aber wenig Lust, sie den anderen mitzuteilen.

Ich war insgeheim fasziniert von den ständigen Wendungen, die es während meiner Beschäftigung mit dieser Geschichte gab. Das Geschehen entwickelte sich verzwickter als ich je in einem Krimi gelesen hatte. Mehr und mehr fand ich Gefallen an meiner, zum Teil selbst gestellten Aufgabe, im Sinne von Renate Leder Licht in das Dunkel zu bringen, durch das Böhnke und ich seit geraumer Zeit tappten. Wir befanden uns mitten in einem Fall, den Fleischmann garantiert zu einem Krimi verarbeitet hätte, wenn er nur gekonnt hätte.

Ich schloss die Augen und lehnte mich in den Sitz zurück. Fleischmann war van Dyke. Das war eine bislang unbekannte Beziehung, eine Verbindung, die ich vielleicht auf Renates Soziogramm wieder fand. Das eingekreiste D drängte sich auf. Stand das D etwa für van Dyke? Es konnte durchaus sein. Mir stockte der Atem. Wenn dies der Fall war, dann hatte Renate über das Doppelleben des Autors Bescheid gewusst, vielleicht hatte sie sein Geheimnis herausbekommen, vielleicht hatte er es ihr verraten. Dafür sprach das Pornoheft, das wir in ihrer Wohnung gefunden hatten. Darin würden sich garantiert Geschichten von van Dyke befinden, davon war ich überzeugt. Das herauszufinden, würde eine weitere Aufgabe für die Assistenten von Küpper sein, ich würde mich nicht damit befassen.

Und dann? Wie geht es weiter? Ich pustete tief durch. Die beiden Personen D und S waren in Renates Zeichnung die entscheidenden Figuren gewesen. D war vielleicht geklärt, aber wer war S? Es würde ein Leichtes sein, das Soziogramm restlos zu entschlüsseln, wenn ich auf diese Frage eine Antwort bekam. Wer war S? Welche Beziehung hatte er zu D, zu van Dyke, zu Fleischmann?

Erst als ich mit Böhnke allein auf der Autobahn in Richtung Aachen war, kamen wir ins Gespräch.

„Kann man mit Pornos so viel Geld verdienen?", fragte ich ihn zweifelnd.

„Anscheinend." Böhnke schüttelte den Kopf. „Wie wir wissen, hat Fleischmann weder eine Erbschaft gemacht noch kommt er aus reichen Verhältnissen. Er hat sich seine Lebensqualität hart erarbeitet, wenn ich es einmal so ausdrücken darf. Ich frage mich nur, welchen Sinn es machen soll, dass er zwei Leben führte. Das wird wohl sein Geheimnis bleiben, denke ich mal." Er sah mich staunend an. „Was haben Sie eigentlich gemeint, als Sie von der guten Nachricht sprachen, dass die Fingerabdrücke der Lektorin nicht auf dem Briefumschlag sind?"

Ich verkniff mir nur schwerlich ein Schmunzeln. „Das verrate ich Ihnen ein anderes Mal. Spätestens, wenn Sie mir einen Gefallen getan haben."

„Und der wäre?" Böhnke zeigte sich kooperativ.

„Ich möchte gerne einmal an van Dykes Computer spielen", antwortete ich und schob eine Frage nach: „Ist das machbar?"

Das müsse machbar sein, entgegnete der Kommissar zuversichtlich. Er werde Bloemen von der Notwendigkeit

211

überzeugen, dass ich mich intensiv in der Wohnung des Schreiberlings umschauen müsste.

In der Soers steuerte der Kommissar das Polizeipräsidium an. „Noch einen kurzen Blick ins Büro", entschuldigte er sich, „dann bringe ich Sie nach Hause."

Bereitwillig trottete ich hinter Böhnke her vom Parkplatz durch das moderne Gebäude. Die wenigen Beamten grüßten mich entweder respektvoll oder nahmen mich gar nicht zur Kenntnis. In Böhnkes Zimmer ließ ich mich erschöpft in einen Sessel in der Besucherecke fallen, während der Kommissar den Papierstapel auf seinem Schreibtisch sichtete.

„Das hat uns ausgerechnet noch zu unserem Glück gefehlt", stöhnte er und kam kopfschüttelnd mit einem Fax in der Hand auf mich zu. „Lesen Sie!"

Die Information war von der Autobahnpolizei Mönchengladbach. Die Behörde teilte in einem Nachtrag mit, dass der Verkehrsunfall auf der A 61, bei dem der 44-jährige Mann getötet worden war, wahrscheinlich durch einen geplatzten Reifen verursacht worden war. Im defekten Reifen fehlte ein fünfmarkgroßes Stück Profil.

# Ernst Langerbeins

Lange schauten der Kommissar und ich uns schweigend an, ehe ich das Wort ergriff. „Denken Sie etwa das, was ich auch denke?", fragte ich vorsichtig, nachdem ich mich gesammelt hatte.

Böhnke wandte sich von mir ab und ging zum Fenster. „Was denken Sie denn?", fragte er zurück, während er hinaus ins Freie schaute.

„Ich denke, dass der tödlich verunglückte Kriminalbeamte eine noch nicht näher definierte Rolle beim Ableben von Renatus Fleischmann alias Piet van Dyke gespielt hat." Ich könne mir nicht zwei Fahrzeuge vorstellen, bei denen der gleiche Fehler im Reifenprofil vorhanden war. „Ich unterstelle einfach, dass der Mann mit seinem Wagen am Lahey-Park war, als Fleischmanns Leiche dort abgelegt wurde, und ich unterstelle weiterhin, dass der Mann mit seinem Wagen dabei war, als Gerstenkorns Fahrzeug in der ehemaligen Baumschule entsorgt wurde."

Böhnke nickte zustimmend. Er hatte sich umgedreht und beobachtete mich aufmerksam. „Fahren Sie fort", forderte er mich freundlich auf. Er setzte sich auf die Kante seines Schreibtischs und griff nach einem Stift und einem Block.

„Wenn ich unterstelle, dass der Polizist im Lahey-Park und in der ehemaligen Baumschule war, und ich außerdem weiß, dass es sich bei dem vermeintlichen Unfallopfer um einen Kriminalbeamten handelt, der aus Erkelenz stammt und nun bei der Staatsanwaltschaft Mönchengladbach arbeitet, komme ich zu der Vermutung, es könne sich bei diesem Menschen um den Maulwurf handeln, den Sie suchen, Herr Böhnke." Ich war mir ziemlich sicher, auch wenn ich noch meine letzten, leichten Bedenken hatte. Das ging mir jetzt zu glatt. „Vielleicht war der Kerl der Drahtzieher und die Hauptperson, vielleicht spielte er nur

213

eine Nebenrolle", versuchte ich meine Behauptungen zu relativieren.

„Sie können es drehen und wenden, wie Sie wollen, Herr Grundler", unterbrach mich Böhnke unzufrieden. „Es hat auch für mich den Anschein, dass dieser Mensch maßgeblich am Geschehen beteiligt war."

Der Kommissar machte sich einige Notizen, dann griff er zum Telefon. Wie ich mitbekam, sprach er mit einem Kollegen namens Jansen, also mit der Polizeistation in Erkelenz. Ohne näher auf den Anlass seines Telefonats einzugehen, stellte Böhnke nach einigen einleitenden Floskeln die Frage nach dem verstorbenen Kriminalbeamten.

Jansen schien ausgesprochen redselig und entgegenkommend. Jedenfalls kam seine Antwort auf der Stelle.

Noch während Böhnke den genannten Namen aufschrieb, bedankte er sich und beendete das Telefonat. Er sah mich zufrieden an. „Ernst Langerbeins", sagte er nur.

„Kenne ich nicht", entgegnete ich spontan. „Musste ich den kennen?"

„Warum sollten Sie den Mann kennen?" Böhnke dachte nach. „Ich habe auch noch nie von ihm gehört. Er stand jedenfalls nicht auf meiner Liste der möglichen Maulwürfe." Es gab ihm schon zu denken, dass er alle möglichen Kollegen in seine Ermittlungen einbezogen hatte, aber jetzt ausgerechnet jemand zum Hauptverdächtigen wurde, der ihm namentlich nicht bekannt war. Ob seine bisherige Arbeit überhaupt einen Sinn gehabt habe, fragte Böhnke zweifelnd. Dann schüttelte er sich und pustete durch. Irgendwie musste er weitermachen.

214

Er würde sich die Personalakte des Mannes besorgen, schilderte der Kommissar mir bereitwillig sein weiteres Vorgehen. „Mich interessiert schon, was das für ein Mensch war."

„Mich auch." Jetzt fiel ich Böhnke schnell ins Wort. „Und vor allen Dingen interessiert es mich, wie er zu Fleischmann stand." Ich versuchte mich in Ironie: „Langsam gehen uns die Mitspieler aus. Gerstenkorn verduftet. Langerbeins verunglückt. Da bleibt fast keiner mehr."

„Und ich kann die Akte schließen. Wir schieben einfach alle Schuld auf Langerbeins und haben den Fall gelöst. Wie wär's?" Der Kommissar sah mich lächelnd an. „Oder sollen wir uns doch noch um den Metzger und seinen Freund kümmern?"

„Darum und um Langerbeins und um Gerstenkorn und um Renate Leder und um Piet van Dyke und um all die anderen, die wir noch finden, wenn wir uns in der Literaturlandschaft und der Pornoszene umgeschaut haben." Er habe noch eine zweite wichtige Aufgabe, erinnerte ich Böhnke. „Sie müssen dafür sorgen, dass ich an van Dykes Computer herumspielen darf."

Böhnkes Angebot, von einem Streifenwagen nach Hause gefahren zu werden, lehnte ich dankend ab. Ich nutzte die Zeit, von der Soers zum Templergraben zu marschieren, um das Erlebte zu sortieren. Der Tag kam mir bei der Rückbesinnung ziemlich konfus vor, mit immer neuen Fragen und immer neuen Wendungen. Ich hatte das ziemlich sichere Gefühl, dass wir die Nuss noch lange nicht geknackt hatten und vor allem bereitete mir Fleischmann

Kopfzerbrechen: hier in Aachen der ordentliche und biedere arme Poet, in Ubach over Worms der im Reichtum schwelgende Autor pornografischer Schriften. Eigentlich passte es nicht zusammen und wenn es doch zwei Seiten von Fleischmann waren, die da zutage traten, dann blieb die Frage: Wegen welcher Seite seines Lebens war er getötet worden?

Diese Frage stellte ich auch Sabine, als sie mich gegen Mitternacht aus Hamburg anrief. Ich hatte ihr wieder ausführlich von meinem Tagesablauf berichtet und freute mich über ihre Anteilnahme an meiner brotlosen Arbeit, auch wenn sie eine Antwort schuldig blieb.

Ich wäre froh, wenn sie wieder bei mir wäre, säuselte ich zum Abschluss des Gesprächs meiner Liebsten ins Ohr und sie säuselte zurück, ich solle angenehm schlafen und etwas Schönes träumen.

Doch vor dem Schlaf stand die niemals endende Arbeit. Mit Renates Zeichnung in der Hand legte ich mich ins Bett. Ich hatte einen neuen Namen, den ich in ihr Soziogramm einarbeiten konnte. Langerbeins, für den möglicherweise das L stand, das dann allerdings nicht mehr für Renate Leder gelten konnte. Ich drehte und wendete meine Kombinationen, doch blieb ich wieder bei der entscheidenden Kombination D und S stecken. So viel fand ich heraus: L hatte etwas mit S zu tun, der zweiten Hauptfigur neben D, die immer noch anonym war.

Ich fand sehr spät in einen unruhigen Schlaf, in dem mich Dick und Doof ärgerten.

Das Telefon, das mich am Morgen weckte, gehörte eindeutig nicht zu meinem Traum. Böhnke riss mich aus dem Schlaf. Ich hatte tatsächlich, trotz des Radioweckers, verschlafen und war insgeheim sogar erleichtert über die Störung, auch wenn ich den Kommissar anknurrte, als er mich, wie mir ein Blick auf die Uhr verriet, gegen neun Uhr anrief.

„Was wollen Sie Störenfried jetzt schon wieder von mir?", stöhnte ich gähnend.

„Sie mit zwei freudigen Überraschungen wecken", sagte er froh gelaunt. „Mein Kollege Bloemen hat für Sie heute einen unbeaufsichtigten Aufenthalt in der Wohnung von van Dyke organisiert. Fragen Sie mich bitte nicht, wie er es geschafft hat. Ich weiß es nicht und will es, ehrlich gesagt, auch gar nicht wissen. Nehmen Sie die Möglichkeit wahr?"

„Selbstverständlich", brummte ich. Wie konnte Böhnke nur so dämlich fragen?

„Dann fahren wir also gegen drei nach Holland", fuhr der Kommissar zufrieden fort. „Bloemen unternimmt mit mir einen gemütlichen Nachmittag und Abend und Sie haben freie Bahn."

Er ließ mir keine Zeit, diese Ankündigung zu verdauen.

„Ich erwarte Sie in einer Stunde in meinem Büro, Herr Grundler", sagte er bestimmend.

„Warum?" Ohne eine sinnvolle Erklärung ließ ich mich nicht gerne kommandieren, aber Böhnke hatte gewiss einen triftigen Grund, zumal noch die zweite freudige Überraschung fehlte.

„Weil ich dann die Personalakte von Langerbeins habe. Sie wird mir gerade per Kurier aus Mönchengladbach gebracht. Ich kann mir gut vorstellen, dass Sie gerne einen Blick hineinwerfen möchten."

Böhnkes Bereitwilligkeit ehrte mich, aber sie machte mich auch stutzig. Warum in aller Welt nötigte er mir quasi alle Informationsquellen auf?

„Weil Sie so herrlich quer denken", entgegnete Böhnke auf meine Frage vergnügt. Er wurde sachlich und ernst. „Ich will alle Fälle klären, den Mord an Fleischmann, die Attentate auf Frau Doktor Leder und Wagner, Gerstenkorns Politpoker und die Rolle Langerbeins."

Den Metzger samt Freund hatte Böhnke in seiner Auflistung unterschlagen. Aber ich nahm an, dass er diese beiden Personen sicherlich nicht außer Acht lassen wollte.

„Bis gleich." Schnell verabschiedete ich mich, sprang unter die kalte Dusche und machte mich fit für den Tag.


Der dünne, grüne Aktenordner, der das Beamtenleben von Langerbeins enthielt, lag schon auf dem kleinen Tisch in der Besucherecke von Böhnkes Büro. Auch lachten mich eine Kaffeekanne und zwei mit Käse belegte Brötchenhälften an.

„Sie können sich ungehemmt bedienen und in der Akte herumstöbern", forderte mich Böhnke nach meinem Eintreten auf. Er war an seinem Schreibtisch sitzen geblieben. „Kümmern Sie sich nicht um mich, ich habe noch zu tun", meinte er mit einem gequälten Blick auf seine Papiere, „Spesenabrechnungen und anderer Schreibkram, mit dem mir die Verwaltung das Leben schwer macht."

Interessiert blätterte ich durch den Hefter, der neben der Bewerbung für den Polizeidienst vornehmlich Beurteilungen von Langerbeins enthielt. Nach den Unterlagen war der Mann vor rund 44 Jahren in Erkelenz geboren worden, hatte am dortigen Cusanus-Gymnasium das Abitur gemacht und war nach seinem Wehrdienst auf dem Luftwaffenstützpunkt Nörvenich zur Kriminalpolizei gekommen. Als Kommissar war er vor etwa acht Jahren von der Dienststelle Erkelenz zur Staatsanwaltschaft nach Mönchengladbach gewechselt, was ihm neben einer Beförderung auch ein neues Aufgabengebiet eingebracht hatte. Für die Ermittlungsbehörde entscheidend waren bei dem Wechsel die angeblich überdurchschnittliche Leistung und seine einwandfreie Führung im Dienst gewesen. Langerbeins selbst hatte in seinem Versetzungsgesuch für die Stelle in Mönchengladbach auch private Gründe ins Spiel gebracht. Er wolle nach seiner Scheidung sich nicht nur privat, sondern auch beruflich neu orientieren, hatte er erklärt.

Kinder hatte Langerbeins keine, auch hatte er nicht wieder geheiratet. Jedenfalls fanden sich keine Hinweise darauf in der Akte.

Mit der lapidaren Notiz, der Beamte sei bei einem Verkehrsunfall tödlich verunglückt, wurde die Akte geschlossen.

Ich war enttäuscht über die spärlichen Informationen, die nüchtern und sachlich die kurze, jäh beendete Dienstzeit von Langerbeins dokumentierten. Das war alles, was von diesem Menschen in den Staatsarchiven übrig bleiben würde. Vor allem enthielten die Papiere nichts, das auch nur andeutungsweise auf Langerbeins eventuelles Fehlverhalten hinweisen konnte. Der einzige Makel war vielleicht seine Scheidung, aber heutzutage ging ja fast jede zweite Ehe in die Brüche; eine Scheidung war schon fast normaler als eine Silberhochzeit.

Die beigefügten Fotos, die Langerbeins zum Zeitpunkt seiner Bewerbung und seiner Versetzung zeigten, waren ebenfalls nicht aussagekräftig. Mich starrte ein Durchschnittsgesicht an, wie es normaler nicht sein konnte. Langerbeins hätte als älterer Bruder von Fleischmann aus der Familie Jedermann gelten können. Für einen Augenblick hatte ich gedacht, ich hätte diesen Mann schon einmal irgendwo gesehen. Aber das beruhte wohl auf einer Täuschung, sagte ich mir.

Ohne Interesse wegen des geringen Informationsgehaltes klappte ich den Hefter zu und legte ihn auf dem Tisch ab.

„Ich habe nichts gefunden", sagte ich zu Böhnke, der über seinen Papieren brütete.

„Dann geht es Ihnen auch nicht besser als mir", entgegnete er ruhig, ohne aufzublicken. „Nach der Akte ist Langerbeins ein normaler, unauffälliger Beamter gewesen, der seine Pflichten dienstgemäß erfüllte. Quasi ein Normbeamter."

„Mit anderen Worten: kurzer Strich, langer Strich, abhaken", kommentierte ich und Böhnke bestätigte. „So ist es."

Er schaute auf. „Bis auf eine Kleinigkeit, die ich noch klären will."

„Bis wann?"

Der Kommissar grinste mich an. „Keine Bange, mein Freund. Bis zu unserer Fahrt nach Heerlen habe ich alle Informationen, die ich brauche."

Ich sah auf die Uhr. Es war nicht einmal Mittag. Was sollte ich bloß mit dem angebrochenen Tag anfangen?
„Sie können mich gerne begleiten, Herr Grundler", schlug Böhnke kollegial vor. „Nein", korrigierte er sich schnell. „Sie müssen mich sogar begleiten, weil ich von dort sofort nach Heerlen weiterfahren möchte."
„Wohin geht's denn?" Ächzend erhob ich mich.
„Nach Erkelenz, ins Standesamt."
Mir genügte diese Angabe. Ich wusste, was Böhnke vor hatte, bestimmt hätte ich ihm eine Fahrt in das schöne Städtchen vorgeschlagen, wenn er nicht von allein darauf gekommen wäre.
Nach einem erstaunlich schmackhaften Imbiss in einer Stehpizzeria in der Nähe des Rathauses steuerten wir am frühen Nachmittag das Standesamt an, wo bereits ein Mitarbeiter auf uns wartete. Offenbar hatte Böhnke unseren Besuch gut vorbereitet.
Die Daten von Langerbeins waren schnell auf dem Bildschirm erschienen, nachdem der zuvorkommende Beamte die Befehle in den Computer eingetippt hatte. Sie sagten uns nichts Neues: geboren in Erkelenz, gestorben auf der Autobahn, wie die Eltern war Langerbeins ein waschechter Erkelenzer gewesen, anders als seine ehemalige Ehefrau Brigitte, eine geborene Schmitz, die es aus dem Kreis Düren nach Erkelenz verschlagen hatte. Erwin und Brigitte Langerbeins hatten nach der Heirat in einem

Haus in der Innenstadt gewohnt. Nach der Scheidung hatte Langerbeins den Wohnsitz innerhalb von Erkelenz gewechselt, seine Exfrau hatte es vorgezogen, in ihre ehemalige Heimat zurückzukehren.

„Das war's dann wohl", kommentierte ich das wenig erbauliche Ergebnis unserer Untersuchung. „Dafür hat es sich nicht gelohnt, hierhin zu fahren." In meinem linken Ohr entwickelte sich ein pfeifender Ton, ein aufdringliches Piepsen als Warnsignal für irgendetwas. Der Ton war lästig, und ich war froh, als er endlich abklang. Er hatte mich nachdenklich gemacht. Mein Körper reagierte sofort, wenn ich etwas Ungewöhnliches bemerkt hatte, das Piepsen war ein untrügliches Zeichen dafür. Aber ich wusste nicht, was ich herausgefunden hatte und verfluchte deshalb meine Unfähigkeit, mit meinem Unterbewusstsein richtig umzugehen.

„Wenn Sie recht haben, haben Sie recht, mein Freund", kommentierte Böhnke nachdenklich meine Bemerkung. Auch er schien enttäuscht und bat den Beamten, ein Telefonat führen zu dürfen.

Ich verabschiedete mich derweil und fragte nach dem Weg zum Steueramt. Wenn ich schon einmal im Erkelenzer Rathaus war, wollte ich zumindest eine lieb gewordene Bekannte begrüßen.

Die Hundesteuerstelle hatte ich schnell gefunden. Als ich ohne Anklopfen in das Zimmer eintrat, staunte mich ein älterer, graumelierter Mann überrascht an.

„Wo finde ich Gerlinde Brause?", wollte ich, nicht weniger überrascht, wissen. „Ich dachte, sie arbeitet hier«, entschuldigte ich mich für mein zu forsches Eintreten.

„Sie meinen bestimmt Frau Müllejans", verbesserte mich der freundliche Beamte lächelnd. „Gerlinde hat sich beurlauben lassen. Sie ist schwanger."

Da hatte meine merkwürdige Geschichte mit Hieronymus Müllejans doch noch ein zufrieden stellendes Ende gefunden, schmunzelte ich in mich hinein, als ich mich auf den Weg zurück zu Böhnke machte.

# Wiederkäuer

Bloemen war ausgesprochen zurückhaltend und wortkarg, als Böhnke und ich ihn in der Heerlener Polizeistation abholten und mit ihm nach Ubach over Worms fuhren. Es schien, als würde der Polizist es bereits bereuen, mir eine Zutrittsmöglichkeit zu van Dykes Haus verschafft zu haben, sich jetzt aber nicht trauen, seine Zusage zurückzunehmen. Doch scherten mich die unausgesprochenen Bedenken des Kommissars nicht sonderlich. Ich winkte ihm, mit dem Haustürschlüssel in der Hand, freundlich nach, als er als Beifahrer von Böhnke nach Heerlen zurückfuhr.

In knapp fünf Stunden, etwa gegen 22 Uhr, so hatten wir ausgemacht, würden mich die beiden Polizisten abholen; bis dahin hatte ich gewissermaßen freie Bahn.

Leise vor mich hin pfeifend schloss ich die Haustür auf und trat in den pompös ausgestatteten Flur, in dem es nach abgestandener Luft roch. Schnurstracks eilte ich die Treppe hinauf in das Arbeitszimmer von van Dyke und öffnete dort zunächst einmal das Fenster. Der Ausblick in die grüne Natur war nicht nur schön, er war zugleich beruhigend und entspannend. Auf der Weide, die sich bis ins Tal erstreckte, lagen dösend einige Rindviehcher und ließen sich von der noch wärmenden, nachmittäglichen Sonne des goldenen Oktobers bescheinen. Manche schienen gelangweilt zu mir aufzublicken, als sie mich im Fensterrahmen stehen sahen, doch hatten sie schnell das Interesse an mir verloren und käuten unbeeindruckt wieder.

,So ein Hornochse hat es schön', dachte ich mir, als ich mich an den Schreibtisch setzte und mich konzentriert umschaute.

Mit dem Wissen, dass van Dyke und Fleischmann ein und dieselbe Person waren, fiel es mir leichter, die Gemeinsamkeiten zwischen den so unterschiedlichen Arbeitsplätzen des zwielichtigen Schreiberlings zu finden, wobei ich ungeprüft unterstellte, dass der Kerl alles andere als eine gespaltene Persönlichkeit war. Er hatte wahrscheinlich nur sein Leben getarnt, entweder als armer Poet oder als erfolgsverwöhnter Produzent von pornografischen Schriften.

Die Gemeinsamkeiten waren augenscheinlich, die Ordnungsliebe gab es in diesem prunkvollen Arbeitszimmer ebenso wie in der kargen Schreibstube in Aachen. Fein geordnet lagen die Stifte und das Papier in den Behältern. Die Kassetten, Bücher und Ordner standen gerade aufgereiht in den Regalen. Auch in dieser Wohnung hatte der Autor auf ein Telefon verzichtet. Wer sich, wie ich, nicht blenden ließ von der üppigen Pracht, die den Reichtum des Besitzers nicht verhehlte, erkannte durchaus die Strukturen, nach denen Fleischmann sein Arbeitsleben organisiert hatte. Er liebte es klar, überschaubar, griffbereit und schnörkellos, allen widersprechenden Äußerlichkeiten dieses Zimmers zum Trotz, insofern war er sich in seiner beruflichen und äußerlichen Zwiespältigkeit durchaus treu geblieben.

Ich hielt mich nicht lange an den Büchern und Aktenordnern auf, sondern schaltete zielstrebig den Computer an. ›Dann wollen wir einmal‹, redete ich zuversichtlich mit mir, während der Rechner langsam hochfuhr. Geduldig betrachtete ich den sich aufhellenden Bildschirm und öffnete interessiert die verschiedenen Koffer, die abgelichtet wurden. Die Dateien waren übersichtlich gegliedert. Mich wunderte nur, dass Fleischmann in der Lage war, sich in niederländischer Sprache ebenso wie in Deutsch auszudrücken. Die pornografischen Texte waren in der Mehrzahl in Niederländisch geschrieben, die Korrespondenz mit Verlagen dagegen vornehmlich in Deutsch. Die Informationen, die sich vor mir öffneten, waren sicherlich interessant, aber gaben mir keine unmittelbaren Aufschlüsse über Fleischmann und über einen eventuellen Grund, weswegen er gezwungenermaßen aus dem Lebensspiel ausscheiden musste.

Ich lehnte mich zurück, schloss die Augen und atmete tief durch. ‚Wie war das noch gewesen mit den versteckten Datei in der Aachener Wohnung von Fleischmann?‘, fragte ich mich. Mit der Maus gab ich dem Computer meine Befehle und hatte das Gesuchte schnell gefunden. Wie ich nicht anders erwartet hatte, hatte Fleischmann dasselbe Passwort genommen; den Namen des fiktiven Bürgermeisters, der im wahren Leben Gerstenkorn war.

Gespannt wartete ich auf die Geheimnisse, die sich mir hoffentlich bald auftaten. Verblüfft schaute ich auf den Bildschirm, auf dem eine nahezu unüberschaubare Anzahl von neuen Koffern aufleuchtete. Viele konnte ich anhand der Bezeichnungen schnell identifizieren, in etlichen Koffern befanden sich einzelne Romane oder Texte, wie ich den Namen entnahm.

Bei anderen Namen stutzte ich: Gerstenkorn, Langerbeins, Leder, Schmitz, Schranz, Wagner, Willibald, Zahn las ich neben einigen niederländischen Namen. Offenbar für jede Person, die für ihn irgendeine Bedeutung hatte, hatte Fleischmann eine eigene Datei angelegt. Hinter Leder steckte die umfangreiche Korrespondenz, die der Autor mit der Lektorin geführt hatte, wie ich nach dem Anklicken erkannte. Die Briefe waren nach dem Datum geordnet. Der letzte Brief war knapp zwei Wochen alt. Ihn würde ich mir noch anschauen, nahm ich mir vor, bevor ich diese Datei wieder verließ. Bei Wagner würde es nicht anders als bei Renate sein, dachte ich mir. Was allerdings mit Gerstenkorn und Langerbeins war, darauf war ich gespannt. Auch Schranz und Willibald interessierten mich mehr als der Verleger und die Lektorin. Die Vermutung lag nahe, wer und was sich hinter diesen Namen verbarg.

Leise vor mich hin pfeifend klickte ich „Langerbeins" an und stieß auf eine ellenlange Liste von Texten. Es würde Stunden dauern, sie alle durchzulesen, stöhnte ich, als ich den Obersten in der Reihe öffnete. Ich traute meinen Augen nicht, als ich las, was Fleischmann in einem Brief an Langerbeins geschrieben hatte, andererseits hatte ich damit rechnen müssen.

Erst nach zweimaligem Lesen verstand ich den Inhalt: Fleischmann verlangte in dem Brief an Langerbeins unumwunden, er möge ihm Informationen aus der Polizeibehörde und über Gerstenkorn besorgen, anderenfalls würde er publik machen, dass der Polizist in Pornofilmen mitgewirkt hat. Langerbeins hatte, wie Fleischmann behauptete und damit wohl auch wusste, die entsprechenden Beziehungen. „Auch die abendlichen Parties mit den Damen haben Ihnen ebenso wie Ihrem Freund sehr gefallen. Gerne lasse ich Ihnen eine Kopie der Videos zukommen, die ich aufgenommen habe", schrieb Fleischmann übertrieben höflich.

Ich nannte dieses Vorgehen kriminell, das war pure Erpressung. Doch würde das Verbrechen zwangsläufig ungesühnt bleiben. Ich machte mir nicht die Mühe, den Brief auszudrucken. Das war Aufgabe der niederländischen Polizei.

Ich schickte den aufschlussreichen Brieftext zurück in die elektronische Sammelmappe und wollte den nächsten anklicken, als ich den beißenden Brandgeruch wahrnahm. Vom Flur musste er kommen. Als ich mich umdrehte, entdeckte ich den hellen Qualm, der langsam durch die Türritze über den Boden in das Zimmer kroch und an der Wand entlang zur Zimmerdecke stieg. Es roch verbrannt, jetzt hörte ich es auch knistern. Offenbar brannte das Treppenhaus und es war nur noch eine Frage von wenigen Minuten, bis die Flammen sich in diesen Raum hineingefressen hatten.

Rasch ging ich zur Tür und drückte vorsichtig die Klinke herunter. Doch die Tür ließ sich nicht öffnen, jemand hatte sie von außen verriegelt und mich in dem Zimmer eingesperrt. Zu meinem Glück, fiel mir erschrocken ein. Falls ich die Tür tatsächlich geöffnet hätte, wäre ich wahrscheinlich von einer Feuerwalze erfasst worden. Jedenfalls glaubte ich mich an die Anweisung der Feuerwehr zu erinnern, im Brandfall niemals oder nur nach besonderen Vorkehrungen eine Tür zu öffnen, die zum Feuer führte. Ich überlegte nicht lange, eilte zum Fenster und suchte nach einer Ausstiegsmöglichkeit. Das Rankgitter für die Kletterrose bot sich geradewegs als Fluchtweg an. Ohne zu zögern, schwang ich mich auf den Sims, griff nach dem bewachsenen, fest verankerten Drahtgestell und hangelte mich langsam ab.

‚Da hast du noch mal Schwein gehabt, mein Freund', freute ich mich mit mir selbst. Doch war ich wohl etwas voreilig gewesen. Ich hörte noch den lauten Knall und bemerkte den heißen, stechenden Schmerz in der linken Hand. Unwillkürlich ließ ich das Gitter los, ich spürte, dass ich fiel, während ich einen zweiten Schuss vernahm und einen klatschenden Einschlag in das Mauerwerk.

Der Aufprall auf den weichen Boden schmerzte nicht einmal. Mich überfiel ein fast schon wohliges Gefühl. Ich war ruhig, zufrieden und wollte nur noch schlafen.

Dann war es still und dunkel um mich.

# Angsthasen

„Sie kann man auch keine drei Stunden alleine lassen, ohne dass ein Unglück passiert." Die bärbeißige Art, in der Böhnke mich tadelte, gab mir große Zuversicht. So schlimm konnte es nicht um mich bestellt sein, anderenfalls hätte der Kommissar wahrscheinlich mit traurigem Blick und stumm neben mir am Krankenbett gehockt.

Ich hatte Glück im Unglück gehabt. Wenige Minuten nach meinem erzwungenen Ausstieg aus dem Fenster und dem Sturz ins Gebüsch neben dem Haus hatten mich Feuerwehrleute gefunden und für meinen Transport in ein Krankenhaus gesorgt. Für mich bestand weitaus mehr Hoffnung als für das Haus von Fleischmann. Es brannte vollkommen aus, die Inneneinrichtung war restlos zerstört. Nichts konnte gesichert werden.

Die beiden limburgischen Tageszeitungen hatten ausführlich über die mysteriöse Brandstiftung in der gut bürgerlichen Villengegend geschrieben, ohne allerdings auf meine Anwesenheit oder die Identität von van Dyke einzugehen. Vermutlich hatte die Presse auf Bitten der Polizei zurückhaltend über van Dykes Leben berichtet. Diesen Eindruck hatte jedenfalls Böhnke nach seinem Gespräch mit Bloemen gewonnen.

Einen glatten Durchschuss der linken Hand hatten die Ärzte im Heerlener Krankenhaus bei mir diagnostiziert. Da fielen die leichte Gehirnerschütterung, die Prellungen und Schürfwunden als zusätzliche Sturzfolgen nicht weiter ins Gewicht. Die Ärzte versorgten und verbanden mich und schoben mich zwei Tage später nach Aachen ab; auf meinen Wunsch hin ins Luisenhospital. Das Klinikum schien mir für meine Verletzung einfach eine Nummer zu groß. Ich hatte nichts anderes zu tun, als abzuwarten, bis die Verletzung ausgeheilt war, dafür brauchte ich keinen hochwissenschaftlichen, medizinischen Apparat. Außerdem, aber das behielt ich für mich, war ich so in der Nähe meiner Mandantin, der bemitleidenswerten Renate Leder.

„Sie haben verdammt viel Schwein gehabt", meinte Böhnke, der meine vermeintliche Gelassenheit bewunderte. „Ein paar Zentimeter tiefer und weiter links und Sie hätten wahrscheinlich ein ernsthaftes Problem mit dem Herzen bekommen. Da wäre nicht viel von Ihnen übrig geblieben."

Sollte ich mich deswegen aufregen? Ich hatte keine Zeit, mich zu bedauern. Vielmehr freute ich mich über mein Glück. Zwar beunruhigte mich der Versuch irgendwelcher Ganoven, mich ins Jenseits zu befördern, doch war dieser Versuch erfreulicherweise misslungen, was mir die Gelegenheit bot, mich auf die Suche nach dem oder den Übeltätern zu machen. Das war mir immer noch lieber, als jemand anderen wegen meines Ablebens mit dieser Aufgabe betraut zu wissen.

„Es ist doch wohl klar, dass die Brandstiftung und der Schuss auf meine Wenigkeit kein Zufall waren", meinte ich zu Böhnke. „Da besteht mit Sicherheit irgendein Zusammenhang mit unserem Freund Renatus Fleischmann. Oder?" Ich sah den Kommissar fragend an.

Er nickte bestätigend. „Davon können wir wohl ausgehen." Aber dies sei die einzige Erkenntnis, die er inzwischen habe. „Bloemen und seine Kollegen haben nicht sonderlich viel gefunden, das auf den oder die Täter schließen lassen könnte", berichtete Böhnke von den Ermittlungen in Ubach over Worms. „Anscheinend haben sich die Brandstifter unbemerkt ins Haus geschlichen, Sie eingeschlossen und den Brand gelegt. Außerdem muss sich einer von ihnen oder der Einzeltäter auf der Kuhweide auf die Lauer gelegt haben, um mit einem Gewehr auf Sie zu schießen."

Es blieb eine Frage offen: Woher hatten die Ganoven den Schlüssel zu van Dykes Haus und zum Arbeitszimmer? Die Antwort darauf hatte weder der Kommissar noch ich.

Ich lehnte mich in das Krankenbett zurück und schloss die Augen. Böhnke hatte mir nichts Neues erzählt, sondern lediglich die Vermutungen bestätigt, die Dieter und ich bereits aufgestellt hatten.

Mein Freund hätte am liebsten sofort unsere Frauen von ihrer Musicaltour im Norden zurückgeholt, als ich ins Krankenhaus eingeliefert wurde.

Aber ich hatte ihn von dieser Absicht abbringen können. „Ich habe hier meine Ruhe und du kannst ungestört deine Kanzlei leiten. Was willst du mehr?", hatte ich ihn gefragt und er war mir eine Antwort schuldig geblieben.

Lange hatte ich überlegt, ob ich Sabine überhaupt von dem Attentat auf mich berichten sollte. Am Vorabend hatte ich sie dann doch in ihrem Hotel angerufen und ihr mein schmerzvolles Abenteuer erzählt.

Sie hatte mir schweigend zugehört und schwieg noch länger, als ich ihr sagte, sie solle in Hamburg bleiben. „Wenn du willst", hatte sie schließlich langsam und zögernd gesagt, „aber nur, wenn du mir versprichst, bald mit mir nach Mallorca zu fliegen."

Erpressungen dieser Art, und dann noch von meiner Liebsten, ließ ich mir gerne gefallen. Sie passten gut in meine Planung. Außerdem, so fügte Sabine nach meiner Zusage hinzu, käme sie mit Do ohnehin in spätestens drei Tagen nach Aachen zurück. „Du siehst ja, was passiert, wenn ich dich einmal nicht unter Kontrolle habe."

Der nächste Besucher ließ nicht lange auf sich warten. Ich kam einfach nicht dazu, mich auszuschlafen oder etwa noch einmal Fleischmanns Krimis zu lesen, die mir Böhnke gebracht hatte. Ich legte gespannt ein Buch beiseite, als zaghaft an der Zimmertür angeklopft wurde.

Umso überraschter war ich, als Kommissar Küpper eintrat. Gefolgt wurde er von einem Mann Anfang 30, der sich verlegen umschaute, während der Bernhardiner mir erfreut die Hand entgegenstreckte. Er hielt sich nicht lange mit Höflichkeitsfloskeln auf, sondern kam unverzüglich auf den Grund seines Besuches zu sprechen, nachdem er seinen schüchternen Begleiter als Heinrich Schmitz vorgestellt hatte.

Ich nickte flüchtig zum Gruße und runzelte dann die Stirn. Es schien mir, als hätte ich den Mann, wenn auch nur flüchtig, irgendwo schon einmal gesehen. Er war nicht alleine gewesen.

„Mein Kollege Böhnke hat mir von Ihren Untersuchungen berichtet und in diesem Zusammenhang auch Langerbeins erwähnt", hörte ich den Kommissar berichten.

Siedend heiß fiel mir das Telefonat aus dem Erkelenzer Rathaus ein. Während ich mich auf die Suche nach Gerlinde Brause begeben hatte, musste Böhnke seinen Dürener Kollegen angerufen und über die ehemalige verwandtschaftliche Beziehung von Langerbeins in den Kreis Düren berichtet haben.

Der Bernhardiner deutete siegessicher auf Schmitz. „Dieser junge Mann ist der Bruder von Langerbeins ehemaliger Ehefrau."

Sofort schaltete mein Verstand auf eine höhere Arbeitsleistung um. Langerbeins Verflossene war nach der Scheidung zurück in ihre Heimat in den Kreis Düren gezogen, erinnerte ich mich; in den Einzugsbereichs des Bernhardiners und in die unmittelbare Nähe des dubiosen Herrn Gerstenkorn. „Ja, und?", fragte ich äußerlich desinteressiert, innerlich jedoch gespannt. Küpper hatte bestimmt nicht aus der Angst vor einer einsamen Autofahrt von Düren nach Aachen den ständig nervös mit den Augen blinzelnden Schmitz mitgebracht. Das unangenehme Piepsen in meinem linken Ohr sprang wieder an und wurde laut.

Der Kommissar grinste schelmisch. „Herr Schmitz ist nicht nur der ehemalige Schwager von Langerbeins, er ist auch einer der persönlichen Referenten unseres ehrenwerten Bürgermeisters Gerstenkorn." Er winkte entschuldigend ab und korrigierte sich, „er war einer der ehemaligen Referenten, denn Gerstenkorn ist ja über alle Berge."

„Ja, und?" Ich war nicht bereit, mir überflüssige Gedanken zu machen, ich wollte wissen, was es mit Schmitz zu bewenden hatte. Ich schüttelte den Kopf, fingerte im Gehörgang und war froh, als das Piepsen endlich abebbte.

„Wir haben Herrn Schmitz gebeten, mit uns zusammenzuarbeiten, um Gerstenkorns Gebaren aufzudecken." Küpper stöhnte gespielt beleidigt. „Aber der junge Mann ziert sich noch. Vielleicht können Sie ihn motivieren, uns zu helfen."

Was, in aller Welt, wollte der Bernhardiner von mir? Ich sah nachdenklich hinaus aus dem Fenster in den wolkenverhangenen Himmel. Helfen, das konnte doch nur bedeuten, die Rolle von Langerbeins aufzuklären, dachte ich mir. Kritisch musterte ich Schmitz, der unsicher mit seinen Händen spielte und ununterbrochen mit den Mundwinkeln zuckte.

„Haben Sie noch Kontakt zu Langerbeins gehabt nach dessen Scheidung von Ihrer Schwester?", fragte ich streng. Da war doch was? Ich verfluchte mich und meine Einfältigkeit. Warum war ich nur so schwerfällig und begriffsstutzig? Es dauerte lange, ehe ich aus meinen Überlegungen die richtige Idee herausgefiltert hatte.

Schmitz errötete binnen Sekunden und begann zu schwitzen. Er senkte schweigend den Kopf.

„Hat er", antwortete an seiner Stelle der Bernhardiner streng. „Das wissen wir von seiner Schwester."

„Warum?"

Küpper und ich sahen den unruhig mit dem Oberkörper schwankenden Schmitz an. Der Schweiß perlte über seine Stirn.

„Warum haben Sie noch Kontakt zu Langerbeins gehalten?", wollte ich wissen.

Der nervöse Mann stierte mich schweigend an und schwitzte weiter vor sich hin. Der Kerl gefiel mir nicht, er war zwar ordentlich und seriös mit Anzug und Krawatte gekleidet wie ein gewissenhafter Beamter, aber zugleich wirkte er auf mich wie ein verklemmter, spießiger Zeitgenosse, der krampfhaft versuchte, ein Geheimnis zu verbergen, weil er sich schämte.

„Kann es sein, dass Sie und Langerbeins eine Gemeinsamkeit hatten?" Ich sah Schmitz höflich an, der mir durch seine Gestik zu verstehen geben wollte, er habe meine Frage nicht verstanden.

„Kann es sein, dass Sie ebenso wie Ihr ehemaliger Schwager erpresst wurden wegen eines sexuellen Intermezzos außerhalb der ehelichen Beziehung?" Er war wahrscheinlich der Mann, den Fleischmann in dem Erpresserschreiben als Freund von Langerbeins bezeichnet hatte.

Schmitz zitterte, er hatte keine Kraft, sich zu wehren oder zu verteidigen. „Woher wissen Sie das?", flüsterte er fragend.

„Spielt das eine Rolle?", hielt ich bestimmend dagegen. „Ist es nicht so, dass jemand von Ihnen und Langerbeins Informationen haben wollte, die er für Romane verwenden konnte?" Ich erachtete es für müßig, ausdrücklich auf die mitgefilmten Sexspielchen und den Brief von Fleischmann an Langerbeins hinzuweisen. Schmitz war gemeinsam mit Langerbeins dem scheinheiligen und hinterhältigen Schreiberling auf den Leim gegangen und hatte nicht den Mut gehabt, sich bei der Polizei zu offenbaren. „Sie

235

brauchen mir nur zu bestätigen, dass ich Recht habe. Das genügt mir schon."

Schmitz nickte stumm und blickte verschämt auf den Boden, in den er wohl am liebsten auf der Stelle versunken wäre.

„Sie haben also Langerbeins mit Informationen aus dem Umfeld von Gerstenkorn versorgt und Langerbeins hat diese Informationen an Fleischmann weitergegeben. Stimmt's?"

Wieder nickte Schmitz schwach.

„Sie haben sich erpressen lassen und Ihren Chef verraten." Ich triumphierte innerlich. Ich war fast am Ziel und wertete das erneute Piepsen im Ohr als positives Zeichen. „Warum sind Sie nicht zur Polizei gegangen?"

Das Häufchen Elend sah mich nervös an. Seine Antwort ließ mich an seinem Verstand Zweifeln: „Ich wollte meine Beamtenlaufbahn nicht gefährden", flüsterte er. „Als persönlicher Referent von Gerstenkorn bin ich mehrmals befördert worden."

„Und jetzt? Jetzt ist Gerstenkorn weg. Jetzt können Sie doch frei reden."

Schmitz schüttelte den Kopf. „Es ist besser, wenn ich schweige, sonst kann ich mir gleich den Koffer packen." Er fürchtete offenbar den langen Arm Gerstenkorns, der ihn auch noch aus dem Ausland packen könnte.

„Brauchen Sie nicht", meinte ich im ruhigen Tonfall, „ehe Sie sich versehen, sind Sie ein toter Mann. Oder finden Sie es nicht merkwürdig, dass Langerbeins sterben musste und ich beinahe erschossen worden wäre? Wir drei haben eines gemeinsam, wir sind Fleischmann alias van Dyke und Gerstenkorn sehr nahe gekommen." Ich winkte lässig mit der Hand. „Ich würde auf Ihr Überleben keinen angeschimmelten Pfifferling mehr verwetten, Herr Schmitz."

Der Mann war wirklich eine leicht zu knackende Nuss. Er sprang prompt auf meine plumpe Masche an und gab das Spiel schon verloren, obwohl es noch gar nicht richtig begonnen hatte.

Es war eigentlich unvorstellbar, dass der Angsthase eine Hauptrolle spielen sollte. Aber so war es wahrscheinlich. Ich würde darauf wetten, dass das S in Renates Soziogramm für Schmitz stand.

„Also gut", stotterte er leise und resignierend. „Fleischmann hat Langerbeins und mich mit einem Porno erpresst. Erst hat er uns heiß gemacht und uns zu einer Sexparty in sein Haus eingeladen, dann hat er uns gedroht, Bilder von uns zu veröffentlichen."

Fleischmann hatte Informationen aus der Politszene haben wollen, die Schmitz ihm über Langerbeins lieferte. Er hatte die Fakten über Gerstenkorn geliefert, die Fleischmann in seinen Romanen verwertete. „Gerstenkorn hat sich nicht immer genau an den Wortlaut der Gesetze gehalten. Ich habe selbst Telefonate mitbekommen, in denen er mit Landesministerien oder Unternehmen mauschelte. Aber er war immer schlau genug, keine Beweise zu hinterlassen, und gerissen genug, alle in seine Geschäfte einzubeziehen, die ihm gefährlich werden konnten." So war Schmitz im Laufe der Zeit immer mehr zum Mitläufer geworden, dessen Wohl und Wehe von der Gefälligkeit des politischen Alleinherrschers abhängig war.

Schmitz schluckte schwer. „Und er hat mir deutlich gemacht, dass er mich finanziell und körperlich ruinieren würde, wenn ich nicht die Klappe halten würde."

In seiner Art war Schmitz nicht zu beneiden. Zum einen hatte er Angst vor Fleischmann wegen des Pornos, zum anderen fürchtete er sich vor Gerstenkorn wegen dessen politischer Skrupellosigkeit. Und zu allem Übel musste der korrupte Hasenfuß damit rechnen, dass ihm das bisschen Leben von einem Unbekannten genommen wurde, der auf immer noch unerklärliche Weise in diese vertrackte Geschichte verstrickt war.

Je länger Schmitz redete, umso mehr hatte ich das Gefühl, er war froh, sich erleichtern zu können. Nur fehlten die Beweise, mit denen er seine Behauptungen untermauern konnte.

Schmitz bestätigte mit seinen Schilderungen im Prinzip den Wahrheitsgehalt der Geschichten Fleischmanns. Sein Bericht hatte nur einen Fehler. Wir konnten ihn nicht verwerten, um Gerstenkorn dingfest zu machen. Da stand bestenfalls Aussage gegen Aussage. Für mich war zweifelsfrei, dass bei dieser Konstellation der gewiefte Politiker die besseren Karten hatte. Gerstenkorn würde unbestraft aus den Affären herauskommen und brauchte nicht einmal einen Prozess zu fürchten. Die Erwartung, dass er vielleicht politisch angreifbar war, würde ihn nicht weiter stören. Er hatte sein Schäfchen im Trockenen. Mit einem politischen Scherbenhaufen hatten sich allenfalls seine Parteifreunde zu befassen, derweil er sich die Sonne auf den Pelz scheinen ließ.

„Es wird keinen Kläger geben und damit auch keinen Richter", sagte ich sachlich zu Küpper, der betrübt nickte.

„Es wird nur eins geben", ergänzte der Bernhardiner grimmig. „Ich werde meinen Journalistenfreund Bahn auf die Geschichte ansetzen. Er kann ja bei Gerstenkorn nachfragen, was er von den Gerüchten halte, die sich nach seinem Wegzug um seine Vergangenheit ranken.«"

Beim Abschied gab ich Schmitz den gut gemeinten Ratschlag mit auf den Weg, er möge gut auf sich aufpassen. „Sonst begegnen Sie bald Ihrem ehemaligen Schwager und Fleischmann wieder. Haben Sie Langerbeins eigentlich von Gerstenkorns beabsichtigten Verkauf des Geländewagens berichtet?"

Schmitz nickte zustimmend. Die Stimme versagte ihm.

„Noch eine Frage", schob ich schnell nach, bevor er mir in Tränen zerfloss. „Kennen Sie Frau Doktor Leder?"

Der Feigling schüttelte verneinend den Kopf und ich glaubte ihm.

Endlich wusste ich, woher ich Schmitz kannte. „Besitzen Sie einen roten Golf?"

Der Schwächling nickte stumm.

Das war's. Schmitz und Langerbeins waren die beiden Figuren gewesen, die mich in Aachen beobachtet hatten und die auch Renates Krankenzimmer im Visier gehabt hatten.

„Warum?", fragte ich. „Das war doch niemals Ihre Idee?"

„Nein", flüsterte Schmitz. „Langerbeins hat es gewollt. Er hat mir gesagt, was ich zu tun habe und ich habe es getan."

Den Grund für Langerbeins Handeln kannte er nicht. „Er hat's mir nicht gesagt."

Doch mir reichte diese Bemerkung. Langerbeins hatte garantiert nicht auf eigene Rechnung gehandelt, da steckte noch jemand hinter. Aber wer?

Küpper wollte den verängstigten Schmitz sofort zu Bahn schleppen. „Der Gang in die Öffentlichkeit wird Sie wahrscheinlich mehr schützen als ein weiteres Schweigen", vermutete der Kommissar wohl nicht zu Unrecht.

Mir kam der schnelle Aufbruch der beiden nicht ungelegen. Schmitz' Bekenntnis gab mir zusätzliche Anhaltspunkte, die allerdings nicht dazu führten, dass die Mordgeschichte durchsichtiger geworden wäre. Es machte nur den Hintergrund des Geschehens verständlicher. Dabei verfestigte sich in mir die Ansicht, dass Gerstenkorn wohl nicht als Mörder Fleischmanns in Frage kam. Der gerissene Politiker wusste wahrscheinlich bei aller moralischen Fragwürdigkeit seines Tuns gut zu unterscheiden zwischen politischen Machenschaften und kriminellen Handlungen. Ich war fast schon dazu bereit, ihn aus dem Kreis meiner Verdächtigen zu streichen; wenn da nicht sein ausgebrannter Geländewagen gewesen wäre.

Lang ausgestreckt lag ich in meinem Bett und starrte nachdenklich gegen die weiße Zimmerdecke. Irgendetwas musste ich übersehen haben, irgendeinen Aspekt beachtete ich zu wenig, sagte ich zu mir. Aber was?

Gerne hätte ich mich jetzt mit Renates Soziogramm beschäftigt, aber das lag bei mir zu Hause auf dem Schreibtisch. Van Dyke und Schmitz, falls für die beiden D und S standen, dann könnte ich Renates Kombinationsgewirr vielleicht vom markierten Ergebnis her aufdröseln. Doch mit dieser Aufgabe musste ich wohl oder übel noch warten.

Symbolisch klopfte ich der Lektorin anerkennend auf die Schulter. Sie hatte wahrscheinlich die dubiose Geschichte durchschaut, kam aber nicht mehr dazu, aus ihrer Erkenntnis die richtige Konsequenz zu ziehen. Ein neuer Gedanke beunruhigte mich: Hatte Renate etwa versucht, Fleischmann mit ihrem Wissen zu erpressen? Das wollte und konnte ich nicht glauben. ‚Bestimmt nicht‘, redete ich mir ein, ‚so etwas würde Renate nie tun.‘ Aber ich tat mich schwer damit, mir Glauben zu schenken.

Ich lehnte mich in das Bett zurück, verschränkte die Hände hinter dem Kopf, schloss die Augen und wollte schlafen, als das Telefon klingelte. Verärgert tastete ich nach dem Gerät neben mir auf dem Tisch.

„Ja, bitte!“, meldete ich mich träge.

„Spreche ich mit Herrn Grundler?“, fragte leise und vorsichtig eine mir unbekannte Stimme.

„So ist es in der Tat“, bestätigte ich barsch. „Wer sind Sie? Was wollen Sie?“ Diese Art von Anrufen mochte ich nicht sonderlich. Das konnte schon nichts sein, wenn ein fremder Typ mich anrief und dabei noch nicht einmal wusste, ob er überhaupt mit mir sprach.

„Ich bin Renatus Fleischmann“, antwortete der Kerl am anderen Ende der Leitung.

„Kann nicht sein“, entgegnete ich spontan gereizt, „der ist tot.“ Die Antwort hatte mich noch nicht einmal verblüffen können.

„Nein, ich lebe. Ich bin Renatus Fleischmann", sagte der Mann beharrlich.

Jetzt war es an mir, mich ungläubig zu wiederholen: „Was wollen Sie?"

„Ich bitte Sie eindringlich, sich nicht mehr mit mir und meiner leidigen Angelegenheit zu beschäftigen", sagte mein Gesprächspartner entschieden. Er holte kurz Luft. „Herr Grundler, Sie schaden mir mehr, als dass Sie mir helfen, wenn Sie sich um mich kümmern."

Mich interessierte das Gefasel nicht sonderlich, mir war nach handfesten Fakten. „Wo sind Sie, Herr Fleischmann?", fragte ich streng.

„Das tut nichts zur Sache", entgegnete er. „Ich bin untergetaucht und habe mich versteckt. Ich muss für lange Zeit von der Bildfläche verschwinden."

„Warum?"

Der Unbekannte, der sich als Fleischmann ausgab, lachte verbittert in das Telefon hinein. „Sie sehen doch, warum. Man will mir ans Leder."

„Warum?" Mehr blieb mir nicht zu fragen. Fleischmann oder der Mann, der sich als Fleischmann ausgab, hatte es verdient, dass ich nicht gerade freundlich mit ihm umging.

„Warum wohl? Ich bin einigen Zeitgenossen zu nahe getreten mit meinen Romanen. Sie wollen sich rächen."

„Wer will sich rächen?" Es kamen viele in Frage, die nicht gerade gut auf den Schriftsteller zu sprechen waren.

Für einige Momente schwieg der vermeintliche Fleischmann.

Ich befürchtete schon, er hätte das Telefonat beendet. Offenbar führte er es von einer Telefonzelle. Jedenfalls bekam ich ein Rauschen mit, das von einem vorbeifahrenden Lastwagen stammen konnte.

„Ich nehme an, Schranz und sein Freund haben es auf mich abgesehen. Sie wissen, der Metzger", sagte Fleischmann endlich.

Diese Behauptung sei sehr dürftig, gab ich zu bedenken. Ein noch nicht veröffentlichter Roman als Motiv für einen Rachefeldzug sei nicht sehr überzeugend, raunzte ich. „Damit stellen Sie mich nicht zufrieden." Ich hätte gerne mehr Informationen gehabt.

Wieder ließ sich Fleischmann viel Zeit mit einer Entgegnung. „Sie haben bestimmt das Skript meines neuesten Roman gelesen, nehme ich jedenfalls an. Den Hintergrund der Geschichte liefert ein krimineller Handel an dem Schranz und sein Freund maßgeblich beteiligt sind. Es ist in der Tat so, dass die beiden Rinder aus England und Irland in die Niederlande holten und dort auf einer Weide unterbrachten, ehe die Tiere in Deutschland geschlachtet wurden. Außerdem importierten sie tief gefrorenes Rindfleisch aus England nach Deutschland. Es wurde in einem Fleischverarbeitungsbetrieb von Schranz aufgetaut, mit dem Frischfleisch vermengt und als frisches Rindfleisch aus deutscher Produktion verpackt und verkauft. Damit haben die beiden sehr viel Geld verdient."

„Woher wissen Sie das?" Langsam machte mich der Mann neugierig.

Er lachte grimmig auf. „Reiner Zufall. Die Rinder wurden auf die Weide hinter meinem Haus in Ubach over Worms gebracht. Ich konnte gewissermaßen von meinem Arbeitszimmer aus den Viehtransport beobachten. Ich habe mich auf die Fährte gesetzt und dabei die Geschichte herausgefunden. Man muss nur zur richtigen Zeit mit den richtigen Methoden die richtigen Leute, sprich die Schwarzarbeiter bei Schranz, ansprechen."

Ich ließ diese Schilderung unkommentiert im Raum stehen. „Wer ist denn der Tote, der als Fleischmann identifiziert wurde?", fragte ich stattdessen.

„Woher soll ich das wissen?", erhielt ich prompt zur Antwort. „Wahrscheinlich irgend so eine arme Socke, die von niemandem auf der Welt vermisst wird. Ein Illegaler, der bei Schranz gearbeitet hat."

„Und wie kam ausgerechnet diese arme Socke an Ihren Personalausweis?"

„Das habe ich mich auch gefragt. Dabei ist die Antwort so simpel. Ich habe gedacht, ich hätte den Ausweis verloren, vor ein paar Wochen in Aachen oder so. Ich habe den Verlust sofort gemeldet und einen neuen Ausweis beantragt. Das können Sie übrigens im Einwohnermeldeamt in Geilenkirchen nachprüfen. Und jetzt kommt es." Der Mann, der sich Fleischmann nannte, machte erneut eine Kunstpause. „Ich glaube, dass mir Schranz den Ausweis entwendet hat. Bei einer Feier bei ihm. Ich habe dort übernachtet."

Ich stutzte, aber bevor ich etwas sagen konnte, gab mir Fleischmann eine Erklärung. „Schranz und ich waren früher einmal befreundet. Wir haben gemeinsam studiert und uns auch eine Studentenwohnung geteilt."

Nun war aus der Freundschaft wohl eine Feindschaft geworden, wobei ich immer noch nicht verstand, warum ein Fremder statt Fleischmann durch den Häcksler gedreht worden war.

„Das war wohl als Drohung gedacht. Schranz hat schon immer perverse Ideen gehabt, um Menschen zu schocken. Ich habe jedenfalls diesen Mord als Warnung verstanden."

„Hm." Mir gefiel diese Überlegung nicht sonderlich, sie schien mir nicht glaubhaft. Was war mit Renate Leder, mit Wagner, mit Langerbeins? Was hatten die damit zu tun? Warum sollten sie dafür zahlen, dass Fleischmann mit Schranz im Streit lag?

„Das passt zu Schranz. Er hatte alle Menschen in meinem Umfeld geschädigt, um mich zu isolieren und mir zu zeigen, wozu er fähig ist. Jetzt bin ich an der Reihe. Oder haben Sie etwa geglaubt, der Anschlag in meinem Haus in Ubach over Worms galt Ihnen?" Fleischmann schnaubte.

„Bestimmt nicht. Schranz und seine Helfershelfer haben wahrscheinlich angenommen, ich sei in dem Haus. Sie sind nur ein Zufallsopfer, Herr Grundler."

Auch diese Überlegung gefiel mir nicht sonderlich. Aber was gefiel mir schon an dieser undurchsichtigen Geschichte? Woher wusste er von dem Attentat?

„Woher soll ich wissen, dass Sie tatsächlich Renatus Fleischmann sind?", fragte ich unvermittelt. Der Kerl konnte mir erzählen, was er wollte. Für mich galt Fleischmann so lange als tot, so lange nicht das Gegenteil bewiesen war.

Ein lautes Lachen war die Antwort. „Diese Frage musste ja kommen. Aber keine Sorge, ich bin's wirklich. Ich habe in meiner Wohnung in Aachen unter dem Boden der mittleren Schublade an der linken Seite des Schreibtischs mit Klebeband eine Diskette befestigt. Sie können sie holen. Darauf befinden sich die Konzepte für weitere Krimis, die ich noch schreiben wollte. Unter anderem über meine Lieblingsfigur, einen Bürgermeister."

„Sie meinen Gerstenkorn."

Für einige Momente verschlug es dem vermeintlichen Fleischmann die Sprache. „Sie sind gut", sagte er dann anerkennend.

„Wie lautet das Password für Ihre versteckten Dateien?", fragte ich schnell.

Doch erntete ich statt einer Antwort wieder ein lautes Lachen. „Sie sind wohl doch nicht so gut", meinte Fleischmann spitz.

Es schien mir, als sei er erleichtert. Ich sah keinen Grund, ihn eines Besseren zu belehren.

„Es kann nur in Ihrem Interesse sein, wenn Sie sich aus der Sache zurückziehen, Herr Grundler", behauptete er.

„Lassen Sie mich in Ruhe. Ich muss mir irgendwo eine neue Existenz aufbauen. Ich habe genug verbrannte Erde hinterlassen."

Er gehe den falschen Weg, hielt ich Fleischmann entgegen. „Kommen Sie zu mir. Ich gebe Ihnen Rechtsschutz und begleite Sie zu einem befreundeten Kommissar", schlug ich vor.

Doch lehnte Fleischmann entschieden ab. „Ich habe keine Lust, im Bau zu landen."

Und ich hätte keine Lust, mir länger seinen Schwachsinn anzuhören, sagte ich brüsk. „Sich aus dem Staub zu machen, ist feige." ‚Passte aber zu dem Schwein', fügte ich für mich hinzu. Am liebsten hätte ich den Telefonhörer auf die Gabel geworfen, aber ich hielt es für angebracht, Fleischmann im Gespräch zu halten.

„Was ist mit Renate?", fragte er nach einer Pause. Anscheinend war Fleischmann über alle Geschehnisse bestens im Bilde. Er musste aufmerksam die Zeitungen gelesen haben und wusste Bescheid.

„Der geht es gut", behauptete ich dreist. Ich war wütend über den Angsthasen, der sich nicht traute, Verantwortung für sein Handeln zu übernehmen. „Sie ist aus dem Koma aufgewacht. Morgen kann ich mit ihr sprechen." Ich war gespannt, wie Fleischmann reagieren würde.

Aber er blieb still.

„Wissen Sie übrigens, dass sie schwanger ist?", setzte ich schnell nach.

Fleischmann blieb mir eine Antwort schuldig. Er hatte aufgelegt, kaum dass ich die Frage gestellt hatte.

Ich ließ mir das Gespräch noch einmal durch den Kopf gehen, ehe ich wieder zum Telefon griff. Wirklich überzeugt von der wundersamen Wiedergeburt des Porno schreibenden Krimiautors war ich nicht. Aber wenn der Anrufer nicht Fleischmann gewesen war, wer war es dann? Wer wollte mich verarschen?

Meine ersten beiden Versuche am Telefon brachten mich nicht weit. Mein Anruf bei Böhnke blieb erfolglos. Ich hätte ihn gerne sofort auf den Weg zu Fleischmanns Wohnung geschickt, aber so musste ich mich wahrscheinlich bis zum nächsten Morgen gedulden. Vielleicht war ja doch etwas dran an den Hinweisen meines geheimnisvollen Gesprächspartners.

Auch mein Anruf bei Wagner brachte mich nicht weiter. Ich hätte gerne die Reaktion des Verlegers auf das Wiederaufleben seines Starautors mitbekommen.
Aber Wagner war noch nicht von seinem Segeltrip zurück, wie mir seine Frau berichtete. Er hätte die vorgesehene Maschine für den Rückflug verpasst, bedauerte sie.
Glück hatte ich bei meinem Anruf in Hamburg. Sabine saß in ihrem Hotelzimmer und hatte freundlicherweise die Ruhe, sich meine neuen Erlebnisse anzuhören, ohne sie kommentieren zu wollen.
„Sag noch etwas Nettes", bat sie zum Abschied.

Nach kurzem Überlegen fiel mir ein, was ich meiner Liebsten noch unbedingt berichten wollte. „Weißt du, was mit Gerlinde Brause ist?", fragte ich geheimnisvoll.
„Nein."
„Sie muttert."

# Tot oder lebendig?

Tot oder lebendig? Das war die Frage, die ich mir unentwegt stellte. War Fleischmann tot oder weilte er noch unter den Lebendigen? Das ungewöhnliche Telefonat hatte mich längst nicht überzeugt. Im Prinzip hätte jedermann, der nicht minder dumm war als ich, sich im Gespräch mit mir als Fleischmann ausgeben können, sofern er wie Renate oder ich die richtigen Fäden zusammengeknüpft hatte. Andererseits, und das sprach dafür, dass ich tatsächlich mit Fleischmann telefoniert hatte, konnte der Anrufer Hinweise geben, die eigentlich nur der Autor geben konnte.

Vielleicht erhielt ich durch die angebotene Diskette weitere Aufschlüsse. So lange ich sie nicht in Händen hielt und nicht ausgewertet hatte, so lange blieb ich skeptisch. Immerhin stand nach wie vor die kategorische Aussage Böhnkes im Raum, der mir steif und fest versichert hatte, dass der Tote am Lahey-Park eindeutig Fleischmann gewesen war.

Ich wartete gespannt auf den Besuch des Kommissars. Wenn es nach meinen Vorstellungen gegangen wäre, hätte ich schon das Krankenhaus verlassen. Aber die Ärzte und Krankenschwestern hatten zu meinem Missmut Gefallen an mir gefunden und legten gesteigerten Wert auf meine Anwesenheit. Jedenfalls verweigerten sie mir beharrlich den Entlassschein und verdonnerten mich sogar zur permanenten Bettruhe mit der Begründung, ich müsse noch beobachtet werden. Das gelegentliche schmerzhafte Piepsen in meinem linken Ohr gab den Medizinmännern zu denken. Ich allerdings vermutete, die Weißkittel hatten zu viele Betten auf der Station frei. Dennoch akzeptierte ich die Verlängerung meines Aufenthaltes, auch unter dem Gesichtspunkt, dass ich hier ungestört von der Arbeit in der Kanzlei recherchieren konnte.

Mein Freund und Chef Dieter hatte mir schon lamentierend in den Ohren gelegen, ich solle mich doch endlich wieder einmal im Büro blicken lassen. Ohne mich liefe der Laden nicht so gut. Seine geänderte Organisationsstruktur war offensichtlich ein Fehlschlag gewesen, wie ich nicht ohne Genugtuung zur Kenntnis nahm.

Ich hatte Böhnke am Morgen angerufen und ihn gebeten, die Diskette zu besorgen. Nach meiner misslungenen Durchsuchung in Ubach over Worms stand mir nicht der Sinn nach einem Alleingang, zum anderem machte ich mir Sorgen wegen Renate Leder.

Die Reaktion des angeblichen Fleischmann, das abrupte Ende des Telefonats, gab mir zu denken. Mein Kontrahent würde bestimmt versuchen, mit der Lektorin Kontakt aufzunehmen, dachte ich mir. Mit der Lüge, sie sei aufgewacht, hatte ich ihn vielleicht geködert, ins Luisenhospital zu kommen. Vielleicht war sie nicht nur eine Vertraute gewesen, sondern auch seine Geliebte? Auf jeden Fall wollte ich für einen möglichen Besucher gewappnet sein. So postierte ich mich in einem Rollstuhl in Blickweite zur Intensivstation und damit in mittelbarer Nähe zu Renates Zimmer und beobachtete das geruhsame Treiben auf dem Flur. Insofern hatte meine verweigerte Entlassung auch einen positiven Aspekt. Wenn Fleischmann oder wer auch immer kam, wollte ich ihn mir schnappen.

„Na, Sie Glückskind!" Freundlich schlug mir Böhnke auf die rechte Schulter. Unbemerkt hatte er sich von hinten genähert und grinste mich an, als ich mich zu ihm umgedreht hatte.

„Wo ist die Diskette?", fragte ich aufgeregt. Alles andere interessierte mich nicht.

Entschuldigend hob der Kommissar die Hände. „Die ist nicht mehr da. Es ist uns jemand zuvorgekommen."

Ich sah ihn ungläubig an. „Das kann doch nicht wahr sein." Oder hatte mich der Tippgeber belogen?

Böhnke seufzte. „Ist aber wahr. Meine Kollegen haben in Fleischmanns Wohnung nach Ihren Angaben die Diskette gesucht. Sie muss wohl tatsächlich unter der Schublade geklebt haben. Aber als wir kamen, war sie weg. Wir fanden nur noch ein Stück Klebeband. Nach unseren Untersuchungen muss jemand vor weniger als zwei Tagen das Band abgerissen und die Diskette mitgenommen haben."

Der Kommissar pustete durch. „Und nicht nur das. Der Unbekannte hat außerdem frische Hemden, Hosen und Pullover mitgenommen und benutzte zurückgelassen. Bei der Dreckwäsche handelt es sich eindeutig um von Fleischmann getragene Kleidung."

Wieder einmal verstand ich überhaupt nichts mehr. Wer konnte die Diskette gestohlen haben? Wer wusste außer Fleischmann über das Versteck Bescheid? Hatte es überhaupt die Diskette gegeben? Aber wer sollte in der Wohnung herumgeturnt sein, wenn nicht Fleischmann selbst? Ich blicke nicht mehr durch, bekannte ich und schaute Böhnke an. „Tot oder lebendig? Was ist mit Fleischmann?"

Der Kommissar gab sich sicher. „Das ist für mich keine Frage: Fleischmann ist tot."

251

„Und das Telefonat? Und die Diskette? Und die Kleidung? Und der gestohlene Personalausweis? Was ist damit?", hielt ich dagegen.

Böhnke verzog das Gesicht zu einer Grimasse, die Langeweile ausdrücken sollte, mit der er aber seine Verlegenheit übertünchen wollte. „Das sind Indizien, mein Freund, mehr nicht, aber keine handfesten Beweise."

„Die haben Sie?"

Böhnke lächelte nachsichtig. „Die glauben wir zu haben. Und ich bin davon überzeugt, dass Fleischmann nicht mehr unter den Lebenden weilt."

„Und ich glaube das Gegenteil." Mehr aus Widerspruch als aus Überzeugung bezog ich die Gegenposition. „Sollen wir eine Münze werfen?"

„Wir werden es sehen", meinte Böhnke gleichmütig. Er forderte mich auf, ihn zu begleiten. Die Krankenhausluft mache ihn krank, sagte er. „Ich habe Appetit auf eine gute Frikadelle. Kommen Sie mit?"

„Wohin?"

Der Kommissar drehte sich auf dem Absatz um und ging los. „Zu Schranz", antwortete er.

Zögernd folgte ich ihm. Hoffentlich passte das Personal während meiner nicht genehmigten Abwesenheit gut auf meine Mandantin auf.


In einem kleinen Dorf auf halber Strecke zwischen Jülich und Erkelenz, dessen Namen ich nicht kannte und den ich auf der Stelle wieder vergaß, steuerte Böhnke abseits der Schnellstraße zielsicher eine Metzgerei in der Ortsmitte an, die eindeutig an den Schriftzügen und der Fassade als Filiale des Schranz-Imperiums zu erkennen war.

„Hier hat alles angefangen", erklärte mir Böhnke, während er den Wagen am Straßenrand parkte. „Von diesem Geschäft aus hat Schranz seine Expansion betrieben. Auch heute noch steht er hier hinter der Theke und bedient eigenhändig die Kundschaft." Der Kommissar sah sich kurz auf der leeren Straße um und schritt dann entschlossen auf das Geschäft zu.

Es war angenehm kühl und hell in dem Verkaufsraum. Die gläsernen Theken gaben den Blick frei auf die Fleischwaren, die appetitlich und ordentlich in Schalen dekoriert waren.

Ein jüngerer Mann trat höflich grüßend auf uns zu und fragte uns nach unseren Wünschen.

Es musste sich um Schranz handeln. Auch wenn ich den Mann zum ersten Mal sah, konnte es sich nur um Schranz handeln. Selbstsicher sah uns der Mann Anfang oder Mitte dreißig, der in einem sauberen weißen Kittel gekleidet war, an.

Böhnke deutete auf die gebratenen Frikadellen in der Auslage, von denen er zwei bestellte. „Auf die Faust", fügte er hinzu, „ich habe gehört, sie sollen sehr gut schmecken."

Schranz nahm das Kompliment freundlich dankend an. „Qualität spricht sich eben herum", meinte er souverän, während er uns die in leichter Klarsichtfolie verpackten Frikadellen reichte.

„Ein Bekannter von Ihnen, ein Herr Fleischmann, hat Sie empfohlen", sagte Böhnke, als er bezahlte.

253

Für einen Augenblick stutzte Schranz, dann schien er zu überlegen. „Kenne ich nicht", sagte er überzeugt und reichte uns das Wechselgeld, das er in der Kasse abgezählt hatte.

Man könne auch nicht jeden Kunden kennen, räumte Böhnke lächelnd ein, bei den vielen Filialen, die Schranz habe. „Wie viele sind's eigentlich?"

„Dreizehn", antwortete Schranz mit sichtlichem Stolz, „und in knapp zwei Wochen eröffnen wir in Langerwehe bei Düren die nächste." Er deutete souverän um sich. „Alle sehen so aus wie diese hier. Hier ist mein Zuhause."

„Wie schaffen Sie das?", fragte ich bewundernd. „Da steckt doch eine Menge Verwaltungskram hinter. Buchführung, Personaleinstellung und so weiter."

„Mach alles ich." Schranz war erstaunlich redselig. „Ich habe von meinen Eltern das Metzgergeschäft gelernt und mir mein betriebswirtschaftliches Rüstzeug auf der Universität geholt. Ich mache alles oder zumindest vieles selbst."

„Vom Schlachten über den Verkauf bis zum Finanzamt?" Ich gab mich begeistert.

So sei es, bestätigte Schranz stolz. „Ich mache alles, da habe ich wenigstens auch alles unter Kontrolle. Ohne den Chef läuft bei mir nichts." Er sei ein Arbeitsstier, der mit vier Stunden Schlaf am Tag auskomme und quasi rund um die Uhr arbeite, beschrieb Schranz sich.

Böhnke hatte Schranz kauend zugehört und dabei ständig genickt. Er schluckte und zeigte auf ein eingeschweißtes Stück Rindfleisch. „Deutsch?"

„Bei mir bekommen Sie nur deutsche Produkte", antwortete Schranz, „in meinem Betrieb geschlachtet und verpackt."

„Kann ich das Fleisch mitnehmen als Sonntagsbraten?" Böhnke zückte das Portemonnaie. „Lange kein Rindfleisch mehr gegessen."

Bereitwillig steckte Schranz das verpackte Fleisch in eine Tragetasche, die er über die Theke reichte und nahm von Böhnke den Geldschein entgegen. „Es wird Ihnen bestimmt schmecken. Wenn nicht, kommen Sie zu mir zurück und Sie erhalten Ersatz." Diese Garantie würde niemand außer ihm geben. „Ich möchte nur zufriedene Kunden.«

„Dann haben Sie vielleicht bald einen mehr", sagte Böhnke zum Abschied und schob mich hinaus auf die Straße.

„Was halten Sie von ihm?", fragte der Kommissar mich auf der Rückfahrt.

„Ein Strahlemann, ein gewiefter Kaufmann, ein Glückskind? Was weiß ich?", antwortete ich. Der Mann beeindruckte durch sein selbstsicheres Auftreten. „Der lässt sich nicht so schnell überrumpeln. Ich glaube nicht, dass der so leicht in ein Fettnäpfchen tritt."

Böhnke lächelte grimmig. „Hat er aber eben getan."

Ich war erstaunt: „Wieso?"

„Haben Sie nicht bemerkt, dass er uns belogen hat?"

Ich schwieg und sah nachdenklich aus dem Seitenfenster.

„Bei Ihnen wirkt wohl schon das BSE", hänselte mich Böhnke. „Oder haben Sie schon wieder vergessen, dass

Fleischmann und Schranz einmal die besten Freunde waren. Sie haben es mir doch selbst erzählt.!

„Ja und?" Was nützte uns dieses Wissen, wenn Schranz die angebliche Freundschaft aus Studentenzeiten verleugnete und wir sie nicht beweisen konnten. Es sei denn, Fleischmann würde uns den Beweis liefern.

Aber lebte Fleischmann überhaupt noch? War er tot oder lebendig?

Oder hatte uns wieder jemand auf eine falsche Fährte locken wollen?

## Zähes Leder

Eine hektische, beunruhigende Betriebsamkeit empfing Böhnke und mich, als wir wieder im Luisenhospital ankamen. Schon der unbesetzte Streifenwagen der Polizei vor dem Hauptportal, auf dem sich überflüssigerweise das blaue Alarmlicht drehte, verhieß nichts Erfreuliches. Die verkniffenen Mienen der Polizisten im Eingang verstärkten den negativen Eindruck. Der knappe Bericht, den sie Böhnke bereitwillig gaben, machte mir Angst. Jemand sei unbemerkt, wahrscheinlich als Arzt oder Pfleger getarnt, in die Intensivstation eingedrungen und habe dort die Apparaturen am Krankenbett einer jungen Frau abgeschaltet, berichteten sie.

Ich hörte nicht länger zu, sondern hastete hinauf auf die Station. Meine Befürchtungen, jemand habe es auf die wehrlose Renate Leder abgesehen, trafen zu. Durch die offenen Türen, vorbei an zwei verdutzten Polizisten, die mich nicht aufhalten konnten, schob ich mich in das Krankenzimmer, in dem mehrere Schwestern und Ärzte aufgeregt an den medizinischen Apparaturen hantierten. Wie ein kümmerliches Häufchen Elend lag die zierliche, blasse Frau bewegungslos in ihrem Bett. Renates Gesicht war von einer Atemmaske verdeckt. Ihre dünnen Arme waren durch mehrere Schläuche mit Infusionsflaschen verbunden.

Erschöpft rieb sich ein junger Arzt durchs Gesicht und schüttelte verständnislos den Kopf. „Ob sie jetzt noch durchkommt, wage ich zu bezweifeln", sagte er mehr zu sich als zu den anderen in den Raum hinein. Enttäuscht ging er auf den Flur, auf dem ihm Böhnke entgegenkam.

Ich folgte den beiden in ein Arztzimmer, in dem Böhnke und ich nach der gegenseitigen Vorstellung vor einem Schreibtisch Platz nahmen.

„Was ist passiert?", fragte Böhnke den Arzt, während er mich streng ansah. Ich kannte diesen Blick schon zu Genüge. ‚Halte die Klappe, hier stelle nur ich die Fragen!', sollte er mir sagen.

Der Mediziner sah angespannt und ausgemergelt aus. Er hatte sich auf den Ellbogen gestützt und die Hände gefaltet. „Da gibt es nicht viel zu sagen. Die Schwestern haben im Überwachungsraum bemerkt, dass die Apparaturen am Bett der Patientin Leder nicht mehr einwandfrei arbeiteten. Die Alarmsignale und der fehlende Ausschlag auf den Monitoren deuteten darauf hin, dass etwas geschehen war. Normalerweise kündigen die Merkmale einen eingetretenen oder unmittelbar bevorstehenden Exitus an." Der Arzt fuhr sich mit den Händen fahrig durchs Haar. „Bei der sofortigen Kontrolle sahen sie dann, dass jemand an den Geräten manipuliert hatte. Den Rest haben Sie mitbekommen. Wir haben die Patientin wieder angeschlossen und mit zusätzlichen Medikamenten versorgt und können jetzt nur noch beten. Ich hoffe, dass Frau Doktor Leder zäh ist."

„Zwei Fragen", bat Böhnke übertrieben höflich. „Wieso kann jemand unbemerkt in das Zimmer gelangen? Wurde jemand gesehen?"

„Ich weiß nicht, wie der Mann oder die Frau hineingekommen ist. Er oder sie hat sich hineingeschlichen und ist später unerkannt abgehauen. Wir haben das Zimmer nicht länger mit einem Wachposten versehen können, nachdem die Polizei abgezogen ist." Der Arzt sah Böhnke vorwurfsvoll an, als hätte die Polizei ein Mitverschulden, weil sie das Zimmer nicht mehr überwacht hatte. „Im Zimmer selbst war der Täter ungestört. Es gibt keine optische Kontrolle jedes einzelnen Raums, sondern nur die Überwachung der computergesteuerten Apparate in einem Zentralraum. Dort laufen alle Informationen aus allen Zimmern zusammen. Die moderne Technik ist effizienter als die menschliche Arbeitsleistung und spart außerdem Personal. Das nennt man Kostensenkung im Gesundheitswesen."

‚Der Mensch ist überall zu ersetzen', dachte ich zynisch, ‚als Patient ebenso wie als Pfleger. Hauptsache, die Computer ticken richtig.'

„Also gibt es keine Anhaltspunkte auf einen möglichen Täter?", wollte Böhnke wissen.

Der Arzt erhob sich schwerfällig und gab die erwartete Antwort. „Es gibt nichts. In unserem Haus laufen so viele Patienten, Besucher und medizinisches Personal herum, da kann nicht jeder jeden kennen und nicht jeder jeden kontrollieren." Er reichte uns resignierend die Hand zum Abschied. „Es ist schade, dass anscheinend nichts mehr ohne Vertrauen geht. Irgendwann geht die Welt am Missbrauch des Vertrauens zugrunde."

Mit diesem Wort zum Tage eilte ich in mein Zimmer. Ich hatte keine Lust mehr, eine Sekunde länger im Krankenhaus zu bleiben. Ich hätte viel zu tun, sagte ich zu Böhnke, während ich meine wenigen Klamotten in einer Sporttasche verstaute.

„Was denn?", fragte er.

„Ich möchte gerne noch einmal in Fleischmanns Wohnung und anschließend in die meiner Mandantin", sagte ich ihm. „Und ich gehe fest davon aus, dass Sie mir die Möglichkeit dazu verschaffen." Ich grinste Böhnke an, der zurückgrinste.

„Kein Problem, mein Freund, aber nur unter einer Bedingung: Sie bekommen Geleitschutz durch die Schutzpolizei."

„Gerne." Ein Aufpasser im Nacken konnte mir unter den gegebenen Umständen nur Recht sein. Er erhöhte meine Überlebenschance nicht unerheblich. „Vielleicht stehe ich ja immer noch auf der Abschussliste irgendeines Idioten." Schleunigst verließ ich das Krankenzimmer und ging zu Böhnkes Wagen, ohne mich auf der Station abzumelden.

„Wohin?", fragte mich der Kommissar, während er den Zündschlüssel drehte.

„Zur Stephanstraße", gab ich zur Antwort, „und anschließend zur Paugasse."

Ich freute mich, dass der Kommissar nicht widersprach. Im Gegenteil, über Funk beorderte er einen Streifenwagen zu Fleischmanns Wohnung und bat darum, die Schlüssel zu beiden Wohnungen mitzubringen.

Schon nach wenigen Minuten standen wir vor dem Mietshaus und warteten auf die Schutzpolizisten.

„Was machen Sie, während ich mich amüsiere?", fragte ich.

„Ich", Böhnke lehnte sich lässig gegen seinen Dienstwagen, „ich habe auf meinem Schreibtisch noch mehrere unerledigte Fälle liegen, die ich endlich abhaken möchte."

Diese allgemeine Antwort hätte Böhnke sich schenken können. „Was denn?", fragte ich weiter.

„Nichts, dass Sie zu interessieren hat", blockte der Kommissar weiter ab, „lassen Sie sich überraschen, wenn es so weit ist." Er richtete sich auf und winkte einen grünen Polizeiwagen heran, der sich langsam auf der Straße näherte. „Dort kommt Ihr Kindermädchen."

„Ich glaube nicht, dass Sie viel finden", meinte der ältere Streifenpolizist skeptisch bei der Begrüßung, bevor er mit mir ins Dachgeschoss kletterte. „Mit Ihnen soll es aber nie langweilig sein", meinte er weiter, als er die Wohnungstür aufschloss. „Ich werde schon dafür sorgen, dass Ihnen nichts passiert." Er zog es vor, sich keine weiteren Gedan-

ken darüber zu machen, dass ich als Zivilist unter Polizei-
schutz ungehindert in fremden Wohnungen herumstöbern durfte.

Dermaßen beruhigt trat ich an Fleischmanns Schreibtisch.
Nichts deutete darauf hin, dass sich seit meinem letzten
Besuch etwas geändert hatte. Aber anscheinend war einiges in der Zwischenzeit passiert. Nachdenklich setzte ich
mich und schaltete den Computer an. Geduldig wartete
ich, bis sich das Programm aufgebaut hatte und ich mit
dem Gerät arbeiten konnte. Als ich die geheimen Dateien
mit dem Passwort öffnen wollte, war meine Arbeit unvermittelt beendet. Der Computer akzeptierte zwar dieses
Passwort, teilte mir dann jedoch nüchtern mit, dass die
von mir gesuchten Dateien nicht existierten. Der Fall war
für mich sonnenklar: Derjenige, der die Diskette im
Schreibtisch deponiert oder der die Diskette entfernt
hatte, hatte auch am Computer hantiert und mich ins
Leere laufen lassen.
Notgedrungen stöberte ich einige Zeit durch die beste-
henden Dateien, die mir verständlicherweise keine neuen
Informationen liefern konnten. Enttäuscht wandte ich
mich den Büchern und Aktenordnern in den Regalen zu.
Ich wusste nicht, wonach ich suchte, aber ich hoffte, irgendetwas zu finden, das mir weiterhalf. ‚Warum eigentlich?', fragte ich mich. Warum ging ich nicht einfach nach
Hause und ließ die Angelegenheit auf sich beruhen? Es
gab allerdings einen Grund, der mich antrieb. Jemand
hatte versucht, mich umzubringen. Wahrscheinlich war
ich ihm zu nahe getreten oder war ihm sogar schon so

dicht auf den Fersen, dass er befürchtete, ich würde ihn entlarven. Ich musste wohl damit rechnen, dass er nicht ruhen würde, bis ich ihm nicht mehr schaden konnte. Da war es in meinem Sinne besser, wenn ich ihn ausschaltete. Außerdem stand ich immer noch in Renates Schuld, redete ich mir jedenfalls ein.

Ich blätterte mehrere Aktenordner durch und blieb bei der Sammlung der Autorenverträge hängen, die Fleischmann mit Wagner abgeschlossen hatte. Die Verträge, die offensichtlich Kopien waren, waren inhaltlich identisch. Nur beim letzten Vertrag, bei dem über das „Metzger-Manuskript«, gab es einen kleinen Unterschied, er war nicht von Fleischmann unterschrieben, sondern nur von Wagner. Bestimmt gab es dafür eine plausible Erklärung, die mir zwar nicht einfiel, die mir aber der Verleger oder vielleicht auch die Lektorin geben könnten. Ich schob den Aktenordner zurück ins Regal und stand enttäuscht auf.

„Außer Spesen nichts gewesen", meinte ich bedauernd zu dem Polizisten, der am Küchentisch saß und interessiert in einem Krimi von Fleischmann las.

Er sah mich fragend an: „Und was nun?"

„Jetzt bringen Sie mich bitte in die Wohnung von Frau Doktor Leder." Mir graute schon vor dem Chaos aus Papier, durch das ich mich wühlen musste, um vielleicht einen Anhaltspunkt zu finden.

„Wenn's weiter nichts ist", meinte der Polizist mit Langmut und steckte ungeniert das Taschenbuch in die Jackentasche. „Ich habe heute ohnehin nichts mehr vor."

Kurze Zeit später standen wir vor dem kleinen Haus an der Paugasse und schauten uns verblüfft an.

„Hier ist wohl Tag der offenen Tür", kommentierte mein Begleiter in Anbetracht der weit aufstehenden Haustür. Er hielt mich energisch am Arm zurück, als ich in Renates Wohnung eintreten wollte. „Ich würde vorschlagen, wir lassen unsere Freunde von der Spurensicherung anrücken. Das sieht mir sehr nach einem Einbruch aus."

Wenig begeistert akzeptierte ich seinen Vorschlag und wartete auf die Kriminalpolizisten, die sich Zeit ließen mit ihrem Erscheinen und noch mehr mit ihrer Untersuchung. Viel zu lange dauerte es mir, bis sie mir erlaubten, die Wohnung zu betreten. „Wenn Sie glauben, mehr zu finden, als wir erkennen können, dann versuchen Sie Ihr Glück", forderte mich ein Kripomann auf.

Bislang war ich der Auffassung gewesen, in der Wohnung der Leder hätte das Chaos geherrscht. Aber nunmehr erwies der vorherige Zustand noch als wohlgeordnetes Durcheinander. Jetzt konnte ich in der Tat von einem Chaos reden. Darin nach Spuren zu suchen, schien mir ebenso müßig wie die Suche nach dem Ende des Regenbogens hinten am Horizont.

Selbst im Schlafzimmer hatte der Einbrecher respektlos gewütet. Renates Bett und der Kleiderschrank waren demoliert, die Wäsche lag verstreut umher. Im Wohnzimmer hatte der Unbekannte alle Papiere, Bücher und Ordnern aus den Regalen gerissen und auf den Boden geworfen. Alle umgekippten Schränke und die ausgeschütteten

Schubladen lagen leer dazwischen. „Hier hat jemand etwas gesucht", stellte ich mehr für mich fest als für den Polizisten, der neben mir stand. „Aber was?"

„Gute Frage." Mein Begleiter verzog gequält den Mund. „Wenn wir das wüssten, würden wir auch wissen, ob er es gefunden hat oder nicht. Eines ist allerdings sicher, auf Geld hat es unser Gauner nicht abgesehen." Er zeigte mir einen geöffneten Briefumschlag, in dem ich einige Geldscheine erkennen konnte. „Das sind fast tausend Mark, die der Einbrecher nicht mitgenommen hat. Ich kann mir beim besten Willen nicht vorstellen, dass er diesen Umschlag übersehen hat."

Ohne allzu große Erwartungen setzte ich mich auf den Schreibtischstuhl und stöberte in den herumliegenden Blättern. Endlich wusste ich, wonach ich suchen musste und wirbelte zur Verblüffung meines Schupos kniend durch die ungeordnete Papierflut. Doch ich fand nicht, was ich haben wollte, was für mich zwei Möglichkeiten zuließ: Entweder hatte ich Renates erstes, durchgestrichenes Soziogramm übersehen oder der Einbrecher hatte es mitgenommen.

Ich hatte keine Lust mehr, mich durch dieses Durcheinander zu wühlen und verabschiedete mich eilig. Schnurstracks machte ich mich auf den Weg zur Kanzlei. Es war vielleicht nicht das Schlechteste, mich dort einmal wieder blicken zu lassen. Aber ich fand niemandem, dem ich mit meinem Arbeitseifer hätte imponieren können. Die Räume waren leer, unsere Mitarbeiter und unser Brötchengeber hatten schon den Feierabend angetreten.

Müde ließ ich mich an meinem Schreibtisch nieder, blätterte wenig konzentriert durch die Post und rief Dieter an. Ob er mit mir den Abend verbringen wollte, fragte ich ihn. Aber ihm war nicht nach meiner Gegenwart. „Ich muss den Haushalt machen und die Wohnung auf Vordermann bringen", stöhnte er. „Morgen kommen unsere Frauen zurück, dann muss alles blinken, das Geschirr gespült und die Wäsche gewaschen sein. Weißt du, wie die Waschmaschine funktioniert?"

Ich musste passen. Mit derart komplizierten technischen Dingen hatte ich mich noch nicht befasst, sie überließ ich gerne anderen. Unwillkürlich musste ich an Sabine denken. Schnell wählte ich die Rufnummer in ihrem Hotelzimmer und freute mich, als sie abhob.

„Du hast Glück, wir wollten gerade los", sagte sie drängend statt einer Begrüßung. „Was gibt's?"

Nichts Besonderes, antwortete ich enttäuscht, und berichtete von meinem nicht gerade erfolgreichen Arbeitstag.

„Morgen wird alles besser", tröstete mich meine Liebste, „morgen bin ich wieder bei dir."

Diese Aussicht machte mich etwas munterer. Schnell ging ich quer durch die Stadt zu meiner Wohnung.

Mit Renates Zeichnung in der Hand lümmelte ich mich in einen Sessel. Wenn D und S für van Dyke und Schmitz standen, dann, . . . Ich schlängelte mich durch das Labyrinth der Buchstaben und Striche und kam mehr und mehr zu der Erkenntnis, dass viele Verbindungen passten. Von Schmitz zu Langerbeins war es nicht weit, ebenso wenig von Langerbeins zu van Dyke. Vieles wurde mir klar, nur das Wichtigste nicht: Welche Rolle spielte Renate, die das verwirrende Spiel offenbar durchschaut hatte, und wer war der große Unbekannte, der alle Fäden in der Hand und uns in Atem hielt? Gähnend streckte ich mich und dachte an Sabine. Zufrieden kroch ich ins Bett und bemühte mich um meine Nachtruhe. Bekanntlich vergeht die Zeit niemals schneller als im Schlaf.

Doch ich kam nicht zum Schlafen, das unerbittliche Telefon hinderte mich daran. Fluchend stand ich wieder auf. „Dieser Anschluss ist zurzeit nicht besetzt", knurrte ich in den Hörer.

„Und ich habe Sie nicht angerufen", erhielt ich prompt zur Antwort. Böhnke ließ sich von mir nicht aus der Ruhe bringen. „Haben Sie Magenschmerzen?"

„Wieso?" Mir ging es den Umständen entsprechend gut, entgegnete ich.

„Sie haben ja auch kein Rindfleisch von Schranz gegessen", erklärte der Kommissar durchaus vergnügt. „Dem werde ich morgen einen Besuch abstatten. Er hat mir kein zartes Rindfleisch verkauft. Das Zeug war ungenießbar. Das war zähes Leder."

# Würstchen

Mein Interesse an einer geregelten Bürotätigkeit war nach dem Frühstück äußerst gering. So ließ ich es am nächsten Morgen sehr langsam und ruhig angehen und trat erst gar nicht den Fußmarsch zur Kanzlei an. Der gestrige Besuch hatte mir deutlich gemacht, dass es ohne mich ging, auch wenn Dieter mir eine andere Ansicht verkaufen wollte; insofern hatte ich kein schlechtes Gewissen, als ich mich daran machte, in meiner Wohnung aufzuräumen. Sabine sollte nicht unbedingt in einer Räuberhöhle nächtigen müssen, sagte ich mir, als ich mit Wischlappen und Staubsauger werkelte und den Staub neu sortierte.

Allerdings kam ich nicht weit. Als ich auf meinem Schreibtisch in den Papieren und Büchern kramte, ließ ich mich gerne von der wenig erbaulichen Hausmannstätigkeit ablenken.

Aus der willkommenen Ablenkung wurde schnell Arbeit, als ich mich an meine eigene schreiberische Vergangenheit erinnerte und ich mich auf der Suche nach den Belegen der viele Jahre zurückliegenden Autorentätigkeit machte. Meine eigene Geschichte mit allen Haken und Ösen brachte mich ins Grübeln und ließ mich zu Schreibpapier und Bleistift greifen. Gedankenversunken hockte ich am Schreibtisch und vergaß die Zeit um mich. Ich war auf irgendetwas gestoßen, das mit dem Geschehen um Fleischmann zu tun hatte und das nicht passte.

Ich würde mit Böhnke über meine Überlegungen reden müssen und ich war gespannt, was er mir zu sagen hatte. „Wie wär's mit einem Würstchen?" Ich verstand die Frage nicht, die mir der Kommissar am frühen Nachmittag am Telefon stellte. Ich saß immer noch am Schreibtisch und grübelte vor mich hin.

Er war bei Schranz gewesen, berichtete der Kommissar mir, und hatte das Rindfleisch reklamiert. „Jetzt habe ich stattdessen ein Würstchen bei mir und wollte Sie einladen, mit mir im Präsidium zu speisen."

Ohne Zögern nahm ich sein Angebot an, mich von einem Fahrer zur Soers bringen zu lassen. Wenn Böhnke mit mir essen wollte, dann wollte er auch mit mir reden. Insofern hatten wir wohl beide das Bedürfnis nach gegenseitigen Gedankenaustausch. Außerdem hatte mir der Hinweis auf das Würstchen deutlich gemacht, dass ich Hunger verspürte.

Ich war einigermaßen erstaunt, als ich erkannte, dass Böhnke nicht allein in seinem Büro auf mich wartete.

In der Besucherecke hockte ziemlich zerknirscht Schranz. Seine Selbstsicherheit war verflogen, nervös spielte er mit den Händen, Schweiß stand auf seiner Stirn. War er etwa das Würstchen, von dem Böhnke gesprochen hatte? Ich konnte mir jedenfalls nicht vorstellen, dass der Großmetzger freiwillig als Besucher ins Polizeipräsidium gekommen war. Jedenfalls machte er auf mich nicht den Eindruck, als sei er aus freien Stücken oder rein zufällig in Böhnkes Büro gekommen.

Mit einem zufriedenen Grinsen begrüßte mich der Kommissar. „Dank Ihrer Hilfe haben wir Herrn Schranz überführen können, Herr Grundler. Betrug, Steuerhinterziehung, Verstöße gegen das Lebensmittelgesetz und noch allerlei anderes. Herr Schranz und sein Kompagnon Willibald sind heute verhaftet worden."

„Wie haben Sie denn die beiden überführt?", fragte ich überrascht.

Böhnke klopfte mir auf die Schulter, während ich in meiner Kaffeetasse rührte. „Nach den Hinweisen, die Sie uns gegeben haben, haben wir die beiden beobachtet. Ausgehend vom Viehtransport ab der Weide in Ubach over Worms bis hin zu den Fleischverwertungsbetrieben haben wir das Geschehen kontrolliert. Bei einer Hausdurchsuchung haben wir auch Dokumente gefunden, die den unzulässigen Kauf der Rinder und den Import von tief gefrorenem Fleisch belegen." Es sei fast so gewesen, wie von Fleischmann beschrieben. „Aber letztendlich haben Sie uns die entscheidende Vorlage gegeben, Herr Grundler."

„Inwiefern?" Ich konnte mir meinen angeblich maßgeblichen Anteil an der Aufklärung des Verbrechens nicht erklären.

„Weil Sie mit Fleischmann gesprochen haben", sagte Böhnke laut, „und er Ihnen gesagt hat, wie sich das Geschehen abgespielt hatte."

Bevor ich einwenden konnte, dass ich mir bezüglich der Identität von Fleischmann nicht sicher war, hatte der Kommissar schon weiter gesprochen. „Erschwerend kommt hinzu, dass Schranz die Bekanntschaft mit Fleischmann leugnet. Wir wissen es besser." Böhnke griff nach einem Foto auf seinem Schreibtisch, das er mir mit einem Augenzwinkern brachte. Schranz hockte regungslos auf seinem Platz und stierte auf einen Punkt in der Zimmerecke.

Das fast vergilbte Bild zeigte drei junge Leute, die sich mit Bierflaschen in der Hand zuprosteten. „Das sind Schranz, Fleischmann und Willibald bei einer Feier während des Studiums." Das Trio sei unzertrennlich gewesen und hätte manchen groben Unfug angestellt, klärte mich der Kommissar auf.

„Wissen Sie noch, dass Sie einmal einen alten Käfer in den Brunnen am Europaplatz gefahren haben, Herr Schranz?" Dadurch war die Polizei auf die Drei aufmerksam geworden. „Dabei haben wir auch das Foto sichergestellt." Aber es gebe noch einen anderen Beweis. „Wir haben die drei Studenten damals Klavier spielen lassen. Die Fingerabdrücke von Ihnen, Herr Schranz, sind ebenso im Archiv wie die von Fleischmann."

Sofort klingelte es in meinem linken Ohr. Diese Bemerkung musste näher erläutert werden. „Jetzt ist jedenfalls Ihr Spiel aus, Herr Schranz", hörte ich Böhnke sagen. „Von der Untersuchungshaft geht's sofort ins Gefängnis, würde ich schätzen."

Ich hob die Arme, um mich zu Wort zu melden. „Was ist mit Fleischmann? Unterstellt, er ist tatsächlich ermordet worden, inwieweit ist Schranz daran beteiligt?" Ein Mord zur Verdeckung einer Straftat kam eventuell noch auf das Konto des Metzgers und seines nicht minder raffgierigen Freundes.

„Da ist nichts, mein Freund", enttäuschte mich Böhnke lächelnd. „Zur vermeintlichen Tatzeit haben sich die beiden nachweislich auf Ibiza befunden. Sie haben ein absolut wasserdichtes Alibi."

Ich sah Schranz an, der immer noch durch das Zimmer starrte. „Kennen Sie Erwin Langerbeins?"

Der Metzger schüttelte verneinend den Kopf.

„Haben Sie je die Namen Leder, Wagner, Gerstenkorn, van Dyke gehört?"

270

Wieder verneinte der gebrochene Mann stumm.

Ich nahm ihm ab, dass er die Namen nicht kannte. Schranz stand unter dem Eindruck seiner plötzlichen Verhaftung und hätte nicht die Energie gehabt, überzeugend zu leugnen.

„Die Liste unserer potenziellen Fleischmann-Mörder wird immer kleiner", meinte ich zu Böhnke, als wir endlich in der Kantine dazu kamen, eine Bratwurst zu essen. „Ich glaube, wir müssen Schranz streichen. Uns gehen langsam die Kandidaten aus. Oder?"

Kauend stimmte mir der Kommissar zu.

Oder lebte Fleischmann etwa noch? „Was machte Sie am Lahey-Park eigentlich so sicher, dass es sich bei der Fleischmasse um den Krimiautor handelt?", fragte ich argwöhnisch. Die Bemerkung aus dem Gespräch mit Schranz ließ mich vorsichtig werden.

Böhnke schluckte und lächelte verlegen: „Der Fingerabdruck. Unsere Mediziner haben in der Fleischmasse zwei Finger gefunden, die eindeutig von Fleischmann stammen. Ich kann mir nicht vorstellen, dass er freiwillig auf zwei seiner Finger verzichtet und sie zur Leiche eines anderen legt, um auf sich hinzuweisen."

„Warum, . . . ?" Ich kam nicht dazu, zornig meine berechtigte Frage zu stellen.

„Ich muss mich bei Ihnen entschuldigen, Herr Grundler. Ich habe Sie belogen, wie ich auch die Presse belogen habe." Ärgerlicherweise habe es einen jungen, allzu dynamischen Kollegen gegeben, der Sümmerling über die Fin-

271

gerabdrücke informierte. „Es hat einiges an Überzeugungskraft gekostet, den Journalisten davon zu überzeugen, dass der Kollege ihn falsch informiert hat." Böhnke schaute mir mit klaren Augen fest ins Gesicht. „Ich hatte es aus ermittlungstechnischen Gründen für besser und richtig gehalten, die Fingerabdrücke nicht ins Gespräch zu bringen. Das hätte Schranz vielleicht hellhörig werden lassen. Bei den Ermittlungen gegen ihn war es uns wichtig, seine Beziehung zu Fleischmann nicht zu früh publik werden zu lassen. Schranz hätte ja auch der Mörder sein können." Der Kommissar betrachtete mich mit einem verlegenen Lächeln, ehe er den Rest seiner Bratwurst in den Senf tunkte. „Und außerdem wollte ich Sie unbedingt bei meinen Ermittlungen dabei haben."

Was sollte ich darauf antworten? Ich konnte ohnehin nichts mehr ändern und Böhnke allenfalls über eine Honorarforderung eine Retourkutsche verpassen. Aber wie ich mich kannte, würde ich darauf verzichten. „Wer hat denn jetzt Fleischmann ermordet oder ermorden lassen?", fragte ich den Kommissar.

„Woher soll ich das wissen?", antwortete er mit einer Gegenfrage. „Ich weiß nur, dass Schranz ebenso wenig in Frage kommt wie Gerstenkorn."

„Was spricht zu Gunsten von Gerstenkorn?" Zwar hatte auch ich den Politiker nicht mehr auf der Rechnung, aber ich wollte wissen, wie Böhnke seine Ansicht begründete.

„Sein politischer Instinkt", meinte der Kommissar. „Als Gerstenkorn erfuhr, dass Fleischmann ermordet worden ist, sah er die Zeit gekommen, sich abzuseilen. Er konnte sich denken, dass er über kurz oder lang von den Ermittlungen betroffen sein und politischen Schaden erleiden würde. Spätestens nach dem verschlüsselten Hinweis auf sein Konto wusste er, was die Stunde für ihn geschlagen hatte. Da zog er kurzerhand die Reißlinie und verabschiedete sich schnurstracks in den unverdienten Ruhestand."

Offenbar lagen Böhnke und ich doch auf der gleichen Wellenlänge. Ähnlich hätte ich auch argumentiert. Doch gab es noch eine Ungereimtheit. „Wieso stand der ausgebrannte Geländewagen von Gerstenkorn in der ehemaligen Baumschule in Erkelenz?"

Böhnke erhob sich und brachte das Tablett zum Tablettwagen. „Weil ihn jemand dorthin brachte, der uns auf Gerstenkorn lenken wollte", antwortete er.

„Was ist mit Schmitz, dem Ex-Schwager von Langerbeins?" Es war mehr ein hoffnungsloser Versuch als eine konkrete Spur, die ich aufgriff.

„Den können Sie abhaken. Der ist mit den Nerven völlig am Ende und liegt im Krankenhaus. Der kann doch keiner Fliege etwas zu Leide tun und ist außerdem ein feiger Hund", antwortete Böhnke.

„Wissen Sie, was ich denke?", sagte ich, während wir zurück zu Böhnkes Büro gingen, und ich berichtete dem Kommissar von meiner Vermutung.

Er stimmte mir zu. „Es gibt also jemanden, der im Prinzip genauso viel weiß wie wir. Aber wer ist's?"

Vielleicht könne uns Wagner weiterhelfen, schlug ich vor. „Wir sollten ihn morgen besuchen und ihn fragen. Einverstanden?"

273

Schaden könne es nicht, entgegnete Böhnke zustimmend. „Übrigens", er hielt mich schmunzelnd zurück, „das mit dem zähen Rindfleisch war natürlich ein Scherz. Der Junge hat genug Dreck am Stecken, auch ohne meine Reklamation."

Es wurde schon wieder dunkel, als ich zum Templergraben zurückkehrte. Ich wunderte mich zunächst über das Licht, das aus meiner Wohnung schien, dann hatte ich es eilig. Sabine saß am Schreibtisch und zog gerade ein Blatt Papier aus der Druckerablage, als ich ins Zimmer trat. Ich umarmte sie und gab ihr einen satten Kuss.

„Mehr davon", sagte sie strahlend, „ich freue mich, wieder bei dir zu sein."

Die Freude sei beiderseitig, versicherte ich und sah mich kurz um. „Wo ist denn das Schöne, das du mir mitbringen wolltest?"

Meine Liebste löste sich aus meiner Umarmung und griff zu einer großen Einkaufstüte. Sie hatte mir eine blaue Jeans und ein graues Sweatshirt mitgebracht.

Und sie gab mir einen Packen Papier. „Ich habe die Geschichte von Fleischmann aufgeschrieben, die du mir am Telefon erzählt hast. Du magst doch gerne alles schwarz auf weiß." Sabine hatte während unserer Telefonate stenografiert und den Text jetzt umgesetzt. „Ich musste doch etwas tun, während ich hier auf dich gewartet habe. Oder hast du etwa geglaubt, ich würde deine unordentliche Hütte auf Vordermann bringen?"

# Altpapier

Der verschobene Hausputz war am nächsten Tag ange-
sagt. Sabine wirbelte mit Eimer und Tuch durch meine
kleine Wohnung. Sie hatte mich dazu verdonnert, nicht
behindernd am Schreibtisch Platz zu nehmen und sie ungestört arbeiten zu lassen.

Gerne gehorchend widmete ich mich den Aufzeichnungen, die meine Liebste für mich angefertigt hatte, und
wunderte mich beim Lesen mehr und mehr über die Hinweise, die in dem Text enthalten waren. Ich hatte sie in
der tagtäglichen Hektik nicht beachtet, übersehen, falsch
interpretiert. Mit meinem Wissen vom Vortag, den
Kenntnissen über Fleischmann, der Aufzeichnung meiner
Erlebnisse, dem Soziogramm von Renate und meinem
Studium der Dokumente brauchte ich nur einmal in die
Rolle des bislang Unbekannten zu schlüpfen und schon
war der Fall beinahe sonnenklar. Nachdenklich rieb ich
mir übers glatt rasierte Kinn, es kam nur ein Mensch als
Auslöser der kriminellen Handlungen in Betracht. Mechanisch griff ich zum Telefon und rief Böhnke an.

„Sie könnten recht haben", meinte er anerkennend, nachdem ich ihn aufgeklärt hatte. „Es fehlt wahrscheinlich nur
noch eine Kleinigkeit als Indiz, um den Täter zu überführen."

Diese Kleinigkeit wollte ich mir bei Wagner holen. Fleischmanns Verleger hielt vielleicht das letzte und obendrein
wichtigste Mosaiksteinchen in Händen, obwohl sein Büro
ausgebrannt war. „Wir sollten so schnell wie möglich zu
ihm fahren", schlug ich dem Kommissar vor.

Er willigte sofort ein. „Ich kümmere mich darum und melde uns bei ihm an, falls er wieder im Lande ist." Davon ging Böhnke ebenso aus wie ich; insofern war die Einschränkung überflüssig.

In einer halben Stunde wollte der Kommissar mich abholen und auf der Fahrt nach Baesweiler gerne den Umweg über Fleischmanns Wohnung machen, in die ich noch einmal kurz wollte.

Ich hätte dort etwas vergessen, erklärte ich Böhnke, der deswegen nicht nachfragte. Ich hatte etliches bei ihm gut, und das wusste er nur zu genau.

Gut erholt sah Wagner aus, als wir ihn in seinem Büro begrüßten, in dem er sich alleine aufhielt. Er hatte uns in eines der Mitarbeiterzimmer geführt. Sein Zimmer war zwar renoviert, aber unmöbliert, wie ich durch die geöffnete Tür sehen konnte.

„Sie sehen frisch und ausgeruht aus", machte ich Wagner ein schleimiges Kompliment.

„Das täuscht", entgegnete er mit leiser Stimme, während er uns Stühle an einem Tisch anbot. Das Zimmer wirkte aufgeräumt, als habe jemand vor dem Urlaub fein säuberlich seinen Arbeitsplatz sortiert und sei noch nicht zurückgekehrt. Die Bildschirme der Computer waren abgeschaltet, die Aktenordner standen ordentlich in den Regalen. Hier wurde offensichtlich nicht gearbeitet. „Die letzten Wochen waren schrecklich für mich. Immer wieder habe ich mir vorgestellt, was noch hätte passieren können", bedauerte Wagner sich. Er hatte die Zimmertür geschlossen und setzte sich zu uns.

Sein Gejammer über Vergangenes ließ mich unberührt. „Was wollen Sie jetzt tun?", unterbrach ich ihn fragend. „Machen Sie hier weiter oder hören Sie etwa auf?"

Der Verleger wechselte betrübte Blicke zwischen Böhnke und mir. „Ich höre auf. Ich habe nicht mehr die Energie, um noch einmal neu zu beginnen. Der immaterielle Schaden ist zu groß. Ich kann das Schreckliche nicht vergessen." Seine Mitarbeiter hätte er auf andere Stellen vermittelt. „Ich werde mich mehr ums Leben kümmern. Sie sehen ja, wie schnell es beendet sein kann." Er werde sich in sein Blockhaus in Kanada zurückziehen und von dort aus die Welt bereisen. „Meine Frau und die Kinder sind gestern schon losgeflogen. Wir werden dort unseren neuen Lebensmittelpunkt haben."

„Und Sie werden noch einige Früchte Ihres ehemaligen Verlags ernten«, sagte ich freundlich lächelnd. Aus Wagners Sicht war diese Entscheidung verständlich.

Der Verleger hob erstaunt die Augenbrauen, er schien mich nicht zu verstehen.

„Ich meine, Sie haben bestimmt noch irgendwo Restposten, die verkauft werden. Außerdem gibt's ja noch jährlich einen schönen Scheck von der Verwertungsgesellschaft Wort", fügte ich hinzu. „Oder?"

Wagner lächelte schwach und winkte müde ab. „Die paar Kröten machen weder einen Hasen fett noch die Toten wieder lebendig."

Die Bemerkung machte mich stutzig. Ich sah kurz Böhnke an, der mir aber zu verstehen gab, nicht nachzuhaken.

„Was passiert mit Ihrer Lektorin, Frau Doktor Renate Leder?", fragte der Kommissar höflich.

„Was soll mit ihr werden? Ich weiß es nicht«, antwortete Wagner. „Für mich kann sie jedenfalls nicht mehr arbeiten. Bei mir gibt es nichts mehr zu tun, der Christian-Maria-Wagner-Verlag hat seine Geschäftstätigkeit aufgegeben. Ich kann nur für sie beten, dass sie bald wieder auf die Beine kommt."

„Sie wissen, dass Frau Leder schwanger ist?"

Für einen Augenblick schoss die Röte in Wagners gebräuntes Gesicht. Dann hatte er sich wieder unter Kontrolle. „Woher soll ich das wissen?", antwortete er gereizt mit einer provozierenden Gegenfrage.

Aber ich ließ mich nicht beirren und kam zum nächsten Komplex. „Das Doppelleben Ihres Autors Renatus Fleischmann ist Ihnen bekannt?" Wieder schien es, als zeigte der Verleger eine Reaktion. Doch er blieb äußerlich ruhig und gelassen. „Nein. Was ist mit ihm?" Er sah uns staunend an.

Ich winkte ab. Wagners Reaktionen reichten mir als Antwort allemal. „Gibt es denn überhaupt nichts mehr an Akten oder Manuskripten?", wollte ich mit einem erneuten Themenwechsel wissen.

Wagner bedauerte. „Restlos alles ist vernichtet worden." Er deutete in Richtung Flur, in Richtung seines leeren Arbeitszimmers. „Dort hinten in meinem Büro, dort war die Seele des Verlags. Sie ist jetzt tot."

Und alle Bücher sind nur Altpapier, fügte ich für mich nach diesem Geschwafel hinzu. „Sie haben also nichts mehr. Nicht einmal einen Vertrag, der belegt, dass Fleischmann für Sie geschrieben hat?"

„Selbst den nicht mehr", bestätigte Wagner melancholisch. „Wenn mir einer meiner missliebigen Kollegen etwas wollte, könnte er mein Urheberrecht an Fleischmanns Werken anzweifeln und ich hätte Probleme, es zu beweisen."

Der Verleger übertrieb meines Erachtens. So dramatisch war seine Situation nun doch nicht. „Außerdem gibt es ja noch die Durchschriften der Verlagsverträge in den Unterlagen bei Fleischmann und wahrscheinlich wird Frau Doktor Leder auch Durchschriften besitzen. Oder?"

„Sie sagen es", bestätigte Wagner. „Aber es sind nur Durchschriften, keine Originale und besitzen somit nur eine eingeschränkte Beweiskraft." Er sah mich verunsichert an. ‚Worauf wollen Sie hinaus?', schien mich sein Blick zu fragen.

Ich griff nach einem flachen Aktenordner, den Böhnke in einer Tasche mitgebracht hatte. „Ich habe hier die Verlagsverträge von Fleischmann, die wir in dessen Wohnung gefunden haben. Sie kennen sie bestimmt?"

Wagner bejahte. „Selbstverständlich."

„Mir ist eine Merkwürdigkeit aufgefallen", fuhr ich langsam fort. „Alle Verträge sind von Fleischmann und Ihnen unterschrieben worden, nur auf dem Vertrag für den letzten Roman fehlt seine Unterschrift. Können Sie mir das erklären?"

Wagner sah mich lange mit festem Blick an. Er dachte nach und hob dann bedauernd die Hände. „Keine Ahnung, warum er nicht unterschrieben hat. Ich kümmere mich nicht um solche Kleinigkeiten. Ich unterschreibe die Verträge, die in meiner Unterschriftenmappe liegen, und ich muss davon ausgehen, dass meine Autoren sie ebenfalls unterzeichnen." Er rang sich ein flüchtiges Lächeln ab. „Aber es ändert doch nichts daran, dass ich Fleischmanns Verleger bin." Unerwartet sprang Wagner dynamisch auf. „Sonst noch Fragen?" Er schien kein Interesse mehr an dieser Unterhaltung zu haben.

Ich sah Böhnke an, der unschlüssig das Gesicht verzog.

„Kennen Sie die Namen Gerstenkorn, Langerbeins, Schranz oder Willibald?", fragte ich und kümmerte mich nicht um die Verärgerung bei Böhnke. „Oder Piet van Dyke?"

Wagner behielt seine wiedergewonnene Gelassenheit bei und überlegte übertrieben lange, während er mich fixierte. „Ich kenne einen Bürgermeister mit dem Namen Gerstenkorn und eine Filialkette Schranz. Aber Langerbeins und die anderen Namen sagen mir überhaupt nichts. Was ist damit?"

„Vergessen Sie's", knurrte ich und reichte Wagner die Hand. „Ich wünsche Ihnen eine ruhige Zeit in Kanada." Ich drehte mich auf der Stelle um und verließ schleunigst das Büro, ohne mich um den Kommissar und Wagner weiter zu kümmern. Mich kotzte das Theater an.

„Den kriegen wir nicht so leicht zu packen", fluchte Böhnke, als wir nach Aachen zurückfuhren. „Dabei weiß ich noch nicht einmal, ob wir ihn überhaupt packen müssen."

„Der hat Dreck am Stecken und nicht zu wenig", meinte ich wütend, „und kann vielleicht unbehelligt abhauen." Es gebe nur noch eine Hoffnung: „Wenn die Leder wieder einigermaßen auf den Damm kommt, kann Sie uns vielleicht als Zeugin dienen. Sie kann uns die Angaben liefern, die wir brauchen, um Wagner vor den Kadi zu zerren. Und wenn ich das Schwein höchstpersönlich aus Kanada nach Aachen holen muss." Ich lachte verbittert auf. „Ich komme mir wirklich wieder wie in einem Film oder einem Roman vor, in dem ich die Rolle des tragischen Helden spiele, der immer auf der Verliererseite steht."

„Sie sind aber in der Realität, Herr Grundler, und die ist nicht immer so, wie wir sie gerne hätten."

Wieder lachte ich auf. „Aber ich habe wenigstens dank Sabine ein unvollendetes Manuskript, das ich beenden kann. Und dabei konstruiere ich den Schluss ganz nach meinem Wunsch."

Böhnke sah mich kurz von der Seite an. „Wie sieht denn der Schluss aus?"

„Wagner wird dank der Zeugenaussage von Doktor Renate Leder überführt", antwortete ich schnell.

„Verraten Sie mir denn auch, wie sich Ihre Geschichte abgespielt hat?", bat mich der Kommissar interessiert.

Ich ließ mich nicht lange bitten. „In meiner Geschichte hat Wagner zusammen mit Langerbeins Fleischmann ermordet. Fleischmann war für Wagner zum Risiko geworden, weil Fleischmann herausbekommen hat, dass der Verleger ihn mit den Buchverträgen und den Honorarabrechnungen über Jahre betrogen hat und dass Wagner ein intimes Verhältnis mit Renate Leder hatte. Fleischmann hat

Wagner deswegen erpresst, Wagner sah die beste Gelegenheit darin, Fleischmann für alle Zeiten mundtot zu machen."

„Wieso hat Wagner Fleischmann betrogen?", wollte Böhnke wissen.

„Weil er ihm unseriöse Verlagsverträge untergejubelt hatte. Ich habe sie mit dem Vertrag verglichen, den ich vor Jahren einmal unterschrieben habe. Bei Fleischmann fehlten Angaben zu Folgeauflagen, zur beiderseitigen Nutzung der Nebenrechte, die Wagner nur für sich in Anspruch nahm und zu den Einnahmen über die Verwertungsgesellschaft Wort. Fleischmann ist dahinter gekommen, als er irrtümlicherweise einen korrekten Verlagsvertrag bei seinem letzten Roman unterzeichnete." Nach einer kurzen Pause fuhr ich fort. „Deshalb hat Wagner die Show mit der Diskette in Fleischmanns Wohnung inszeniert. Er wollte dadurch vom Austausch der Verträge ablenken. Er hat den verräterischen Vertrag gewissermaßen gestohlen und durch die, zwangsläufig nicht von Fleischmann unterschriebene Kopie eines anderen Vertrages ausgetauscht."

„Das glaube ich nicht", widersprach mir der Kommissar. „Ich kann mir nicht vorstellen, dass Fleischmann als mit allen Wassern gewaschener Pornoschreiber sich bei seinen Buchverträgen derart über den Tisch ziehen lässt. Ich kann mir vielmehr vorstellen, dass Fleischmann Wagner wegen der Verlagsverträge vor den Kadi zerren wollte und Wagner dies verhindern wollte. Ich würde auch noch akzeptieren, wenn Sie behaupten würden, Wagner sei von Fleischmann in einer verfänglichen Situation gefilmt worden."

Ich schwieg zu dieser Ansicht Böhnkes, der mich fragend anschaute. „Welche Rolle schreiben Sie Langerbeins in dieser Mordgeschichte zu? Woher kannte Wagner ihn?"

„Wahrscheinlich über Renate Leder. Ich kann mir gut vorstellen, dass Sie die einzige Vertraute von Fleischmann war. Sie war seine Lektorin und kannte aus ihrer Zeit als Journalistin in Düren vielleicht Gerstenkorn, Langerbeins und Schmitz. Fleischmann hat ihr gegenüber seine Romane erklärt, nicht wissend, dass die Lektorin ihr Wissen an Wagner ausplauderte. So kannte Wagner die Erpressung des Polizisten durch Fleischmann und machte sich dessen Abhängigkeit zunutze. Er hat Langerbeins die Dreckarbeit machen lassen und dafür gesorgt, dass Langerbeins von der Bühne abtrat, als er nicht mehr benötigt wurde. Spätestens nach dem Versagen im Krankenhaus, als er unmittelbar nach dem Unfall Renate Leder besuchen und wahrscheinlich auch ausschalten sollte, war Langerbeins für Wagner zum Sicherheitsrisiko geworden. Bei der Ermordung Fleischmanns ist Wagner in den Besitz der Kleidung, der verschiedenen Wohnungsschlüssel und des Personalausweises gekommen und konnte dort schalten und walten wie er wollte."

Böhnke fuhr auf den Parkplatz am Polizeipräsidium und schaltete den Wagen aus. „Und welche Rolle spielt der Metzger?"

„Er war im Prinzip ein Mitläufer bei den vielen Ablenkungsmanövern, die Wagner angestellt hat." Ich erinnerte Böhnke daran, dass wir in der Wohnung von van

283

Dyke einen Briefumschlag mit der Adresse der Lektorin gefunden hätten. „Ich vermute, darin wollte Fleischmann das ‚Metzger-Manuskript' verschicken. Doch er hat sich vertan und das Werk in einem anderen Umschlag zu seinem Pornoverlag geschickt. Der hat es als Fehllieferung erkannt und umgehend an den Wagner-Verlag geschickt. Dort ist es zufälligerweise in die Hände von Wagner gefallen. Er hat das Manuskript gelesen und sich die Verfehlungen von Schranz zu Eigen gemacht. Jeder Ermittler würde sich denken, dass Schranz vielleicht etwas mit dem Ableben von Fleischmann zu tun haben muss. Dafür sprach ja auch der Häcksler."

„Sie übersehen eines", gab Böhnke zu bedenken. „Wagner hat die Manuskripte immer sofort an die Lektorin weitergeleitet."

„Das hat er gesagt. Wissen Sie, ob es auch stimmt?", hielt ich dagegen. „Ich unterstelle einfach, dass er uns nicht die ganze Wahrheit gesagt hat."

Der Kommissar schwieg nachdenklich lange und pustete dann durch. „Eine wilde Konstruktion, muss ich sagen." Sie sei unwahrscheinlich und an den Haaren herbeigezogen.

„Glaube ich nicht«, hielt ich beharrlich dagegen. So sei halt das wahre Leben. Wenn alles immer im Gleichklang verlaufe und es nie Abweichungen gäbe, gäbe es wahrscheinlich auch keine Verbrechen. „Das ist eine wilde Konstruktion, ausgedacht von einem wirren Verleger. Er schaltete Fleischmann aus und musste dann die Lektorin ausschalten, damit sie ihm nicht auf die Schliche kam. Sie hätte wahrscheinlich den Hintergrund des Mordes aufgedeckt. Deshalb hat Wagner auch bei seinem Einbruch in ihre Wohnung das Soziogramm mitgenommen, nicht ahnend, dass ich die richtige Fassung besitze. Aber Renate ist vielleicht auch wegen der Schwangerschaft für Wagner zum Risiko geworden. Immerhin lebt er ja größtenteils vom Geld seiner Gattin, die bestimmt nicht begeistert ist, wenn sie von dem Seitensprung erfährt, unterstellt, er ist der Vater. Wagner hatte Langerbeins gezwungen, den Wagen von Gerstenkorn zu stehlen und damit den Unfall zu verursachen. Als Langerbeins beim ersten Versuch versagte, Renate Leder im Krankenhaus zu eliminieren, musste auch er sterben, nachdem nach den Brandanschlägen Gerstenkorns Wagen entsorgt war."

Böhnke sah mich staunend an. „Und jetzt wollen Sie mir bitte auch noch erklären, wie es zur Explosion in Wagners Büro, und zu den Brandstiftungen in der Druckerei und den Lagern gekommen ist?"

Ich grinste böse. „Die Explosion in seinem Büro hat Wagner selbst arrangiert. Er hatte den Zeitzünder so eingestellt, dass er das Zimmer verlassen konnte, bevor die Paketbombe hochging. Die Brände in Eschweiler dienten ebenfalls nur der Ablenkung. Und dafür sackt er auch noch Geld von den Versicherungen ein." Ich schüttelte mich, um das beginnende Piepsen im Ohr zu vertreiben. „Wagners Anschlag auf mich in Ubach over Worms, der Anruf als angeblicher Fleischmann im Krankenhaus und der zweite Versuch, Renate Leder zu killen, waren fast schon Verzweiflungstaten."

„Ich denke, Wagner war noch nicht aus seinem Urlaub zurück?", fragte Böhnke, weniger aus Unwissen als mit der Neugier, wie ich mir das Geschehen dachte.

„Glauben Sie das allen Ernstes? Der sagt seiner Frau, die Flüge hätten sich verspätet, was mit einem Blick auf jeden Videotext herauszufinden ist, und treibt sich in der Gegend herum, um mich und seine Lektorin zu beseitigen." Zuvor habe er wohl Langerbeins übers Telefon dirigiert, bevor er nach dessen Unvermögen selbst die Regie über sein Handeln übernahm.

Der Kommissar hielt das Lenkrad umklammert und blickte verständnislos aus dem Fenster. „Und wozu das Ganze?"

„Weil der brave, gute und anerkannte Verleger und Familienvater Christian Maria Wagner sich nicht als Betrüger und Fremdgeher, von mir aus auch als Teilnehmer an Sexparties, entlarven lassen wollte." Triumphierend sah ich Böhnke an, wenngleich ich weit davon entfernt war, meinen Triumph genießen zu können: „Ich habe doch sofort gesagt, dass der Verleger immer der Mörder ist." Ich öffnete die Beifahrertür und stieg langsam aus. „Gefällt Ihnen meine Geschichte?" Sie konnte, nein, sie musste sich so ereignet haben, wenn ich Renates Soziogramm richtig gedeutet hatte.

Auch Böhnke kletterte schwerfällig hinaus. „Nein, Ihre Geschichte gefällt mir in der Tat nicht", brummte er. Er schloss den Wagen ab. „Aber so wird es wohl gewesen sein." Und er fügte entschlossen hinzu, während er sich abwandte: „Was ich garantiert beweisen werde. Hoffe ich jedenfalls. Es hängt alles davon ab, ob Renate Leder wieder aufwacht und gesund wird."

286

# Das letzte Wort

Böhnke machte sich in den nächsten Tagen rar. Ich hörte und sah nichts von ihm, war aber auch nicht erpicht, mit ihm zu sprechen. Anscheinend ging es ihm nicht anders. Der unbefriedigende Ausgang der mörderischen Geschichte machte mich und wahrscheinlich auch ihn ärgerlich, sodass ich froh war, mich durch meine Arbeit abzulenken. Eine pikante Angelegenheit war auf meinem Schreibtisch gelandet. Ich sollte einen jungen Bundestagsabgeordneten vertreten, der in der Presse massiv attackiert worden war und der rehabilitiert werden wollte. Die Presse warf dem Politiker vor, er habe Schwarzarbeiter beschäftigt, die am Wochenende die Zufahrt zu seinem Bungalow gepflastert hätten. Der Parlamentarier wies darauf hin, dass die Arbeiter ohne sein Wissen auf Wunsch seines Schwiegervaters im Rahmen der Nachbarschaftshilfe die Arbeit kostenlos verrichtet hätten. Unverschämter Weise, so empörte er sich außerdem, hätten Nachbarn die Bauarbeiten sogar fotografiert und die Fotos an die Presse weitergegeben, ohne ihn um Erlaubnis zu fragen. Dies sei ein eklatanter Verstoß gegen seine Persönlichkeitsrechte. Die Nachbarschaftshilfe hatte nur einen kleinen und fatalen Haken. Bei den beiden Nachbarn handelte es sich um Polen, die ohne Arbeitserlaubnis und ohne Aufenthaltsgenehmigung bei uns lebten; da musste ich schon den Begriff der Nachbarschaft als grenzüberschreitende, europaweite Beziehung definieren, um eine Plausibilität hinzubiegen. Wenn's nach mir ginge, müsste der Politiker seine Koffer in Berlin packen und seinen

Rückzug aus der Politik erklären. Aber ich war ja nur sein Anwalt und nahm nur seine Rechte wahr.

Ich hätte Sümmerling fragen können, was an der Polit-posse dran war; doch ich ließ es sein. Sümmerling hatte die Berichte nicht verfasst. Außerdem musste ich damit rechnen, dass er mich auf den Fall Fleischmann ansprechen würde. Und danach stand mir überhaupt nicht der Sinn. Amüsiert legte ich die Handakte zur Seite. ‚Das ist der richtige Stoff für einen Lustfilm', dachte ich mir vergnügt und stockte in meiner Bewegung. „Lustfilm", das was das Stichwort. Ich erinnerte mich schlagartig daran, dass angeblich ein Produzent die Verfilmung der Fleisch-mann-Romane beabsichtigte.

Ich brauchte nicht lange, bis ich den richtigen Mann gefunden hatte, der mich aufklären konnte. Es war ein WDR-Mitarbeiter, der mir schon einmal eine Videoaufnahme über die Ermittlung eines raffinierten Mordes in der Rur in Düren überlassen hatte.

„Mit den Filmrechten lässt sich richtig Geld machen", bestätigte er mir, nachdem ich ihn informiert hatte. „Wagner kassiert und Fleischmann guckt in die leere Röhre, so sieht es aus, wenn der Vertrag zwischen Autor und Verleger nicht fair ist." Er würde sich umhören, versprach der Journalist, und den Namen des Produzenten herausbekommen.

Schneller als erwartet löste er sein Versprechen ein: Ein Kollege, der eine neue Produktionsfirma gegründet hatte, wollte Fleischmanns Romane für einen Privatsender verfilmen. Man sei bei den Verhandlungen schon sehr weit gewesen, der Kollege habe sich nur gewundert, dass Wagner immer großen Wert darauf legte, ohne Fleischmann mit ihm zu reden. Auch sollte Fleischmann auf keinen Fall am Drehbuch mitarbeiten.

Den Grund für Wagners Anliegen war mir jetzt klar. Fleischmann sollte nicht mitbekommen, welche lukrativen Geschäfte hinter seinem Rücken geplant waren.

Aber diese Erkenntnis brachte mich auch nicht weiter. Ich beschloss, sie zunächst für mich zu behalten. Böhnke würde sie nicht verwenden können.

Ich war ziemlich überrascht, als Sabine nach mehr als zwei Wochen einen Anruf von Böhnke in mein Büro durchstellte.

„Wir haben ihn", hörte ich den Kommissar zufrieden sagen.

„Wen?", knurrte ich, obwohl ich wusste, was er meinte.

„Fleischmanns Mörder."

„So. Wer ist's?" Es fiel mir schwer, mich zu konzentrieren und in die Geschichte zurückzuversetzen.

„Wer schon? Wagner selbstverständlich", antwortete der Kommissar. „Wir haben jetzt alle Beweise und Indizien, die ihn überführen."

„Die hatten wir schon vor 14 Tagen", brummte ich, „aber da wollten Sie nicht und haben ihn abhauen lassen."

„Das waren keine Beweise, das waren Vermutungen", glaubte Böhnke, mich belehren zu müssen, und er fuhr fort, ehe ich protestieren konnte, „aber Ihre Überlegungen haben mich veranlasst, noch einmal die Ermittlungen gegen Wagner zu intensivieren."

„Und was ist dabei herausgekommen?"

„Wir haben in einer Jagdhütte in der Eifel, die Wagner gepachtet hat, einen großen Häcksler gefunden. Es spricht vieles dafür, dass dort Fleischmann zerstückelt wurde. Der Häcksler ist zwar gründlich gereinigt worden, aber wir haben darauf einen Fingerabdruck Langerbeins gefunden. In der Hütte haben wir auch eine Ampulle des Betäubungsmittels gefunden, mit dem Fleischmann betäubt worden war. Das haben unsere Chemiker herausbekommen. Und wir haben eine Sackkarre gefunden, mit der wahrscheinlich der Müllsack mit Fleischmanns Überresten befördert wurde."

„Noch was?" Die Informationen hörten sich zwar gut an, konnten mich aber nicht begeistern.

„Unsere Chemiker haben noch etwas gefunden. Sie haben an dem Müllsack Wollfäden gefunden, die zu einem blauen Seemannspullover gehören müssen. Solche Fäden haben wir auch in Wagners Büro aufgespürt. Das Chaos nach der Explosion war zwar groß und das Zimmer ruiniert, aber unsere Spurensucher haben alles mitgenommen, was vielleicht noch auf eine verwertbare Spur hindeuten konnte." Böhnke atmete durch. Unsere Chemiker sind jedenfalls überzeugt, dass die Fäden zu ein und demselben Pullover gehören."

Langsam baute sich die Spannung in mir auf. Sollte ich etwa, wenn auch mit einer anderen Begründung, den Fall gelöst haben?

„Erinnern Sie sich noch an das Pornoheft, das Sie bei Frau Doktor Leder entdeckt haben?", fragte Böhnke, ohne eine Antwort zu erwarten. „Es ist uns endlich nach riesigem bürokratischen Aufwand und Ärger gelungen, ein komplettes Heft zu bekommen. Unsere Rechnungsprüfung hat wohl geglaubt, meine Assistenten seien auf das Heft scharf. Und wissen Sie, was wir auf den fehlenden Innenseiten gefunden haben? Ein Foto mit einem von hinten abgelichteten Mann, der einen blauen Seemannspullover trägt und den man mit wenig Fantasie als Wagner identifizieren kann."

„Ein Verleger als Pornostar", kommentierte ich ironisch.

„Das nicht gerade, aber zumindest als Zuschauer und Kulisse einer pornografischen Handlung." Der Kommissar konnte sich ein Schmunzeln nicht verkneifen. „Meine Assistenten haben sich daraufhin an den Pornoverlag gewandt und sich van Dykes sämtliche Berichte besorgt. Sie haben sie durchstöbert und sind dabei mehrmals auf eine Person gestoßen, die wahrscheinlich Wagner ist."

„Warum fragen Sie ihn nicht selbst, ob er es ist?", warf ich höhnisch dazwischen.

„Wie denn? Der ist doch in Kanada", fauchte Böhnke. Dann wurde er wieder sachlich. „Wir haben herausgefunden, dass er im Laufe der letzten beiden Jahre immer wieder hohe Bargeldbeträge abgehoben hat und van Dyke wenige Tage nach diesen Abbuchungen auf verschiedene Konten Bareinzahlungen vornahm. Es liegt wohl auf der Hand, dass der Autor den Verleger erpresst hat." Böhnke atmete kurz durch. „Hinzu kommt noch, dass es dem Verlag bei weitem nicht so rosig geht, wie alle dachten. Wagner hat gewaltige Probleme mit dem Finanzamt. Kurzum, er schlitterte in die unternehmerische Pleite. Den Erpresser loswerden und aus Deutschland verschwinden, das waren wohl die Motive für Wagner, Fleischmann mit Langerbeins Hilfe auszuschalten."

Nachdenklich rieb ich mir über die Nase. „Hätten Sie das nicht früher ermitteln können. Das liegt doch eigentlich auf der Hand?" Für mich machten jetzt auch die Filmrechte mehr Sinn. Vielleicht hatte Wagner versucht, auf diese Weise das Geld wieder hereinzuholen, das Fleischmann ihm abgepresst hatte.

„Eigentlich gibt es nicht", antwortete der Kommissar. „So lange Wagner nicht der Tatverdächtige war, gab es keinen Grund, gegen ihn zu ermitteln. Es ist eine Frage der Ökonomie, wenn wir uns zunächst auf die uns bekannten Tatverdächtigen konzentrieren."

„Selbst wenn es so ist, wie Sie es darstellen, bleiben für mich etliche Fragen. Warum führte Fleischmann ein Doppelleben und welche Rolle spielt die Lektorin? Warum hatte sie das Pornoheft und warum fehlten darin die Innenseiten. Was soll das?"

„Ich weiß es nicht, mein Freund", entgegnete Böhnke. „Vielleicht wacht die Frau bald auf und wir können sie fragen. Aber ist das überhaupt von Bedeutung, wenn wir den Mörder überführt haben?"

„Überführt ja, aber nicht geschnappt."

Böhnke wollte unbedingt das letzte Wort haben und ich ließ es ihm: „Noch nicht geschnappt", betonte er. „Es ist nur eine Frage der Zeit, bis wir ihn packen."

\*

Kurt Lehmkuhl wurde 1952 in der Nähe von Aachen geboren. Nach dem Abitur und dem Studium der Rechtswis-
senschaften war er über 30 Jahre lang für den Zeitungsverlag Aachen tätig, zunächst als freier Mitarbeiter, danach als Redakteur und als Lokalchef in Erkelenz. Nach
seinem Ausscheiden aus dem Zeitungsverlag Aachen arbeitet er als freier Journalist für zahlreiche Zeitungen und
Zeitschriften im In- und Ausland.

Neben der journalistischen Tätigkeit ist Kurt Lehmkuhl
schriftstellerisch aktiv. Seit 1996 werden seine Romane
veröffentlicht, beginnend mit „Tödliche Recherche". Häu-
fig stehen aktuelle Themen oder regionale Besonderhei-
ten im Mittelpunkt seiner Krimis, etwa der Aachener
Karlspreis oder die Braunkohleförderung im Rheinland.
Außerdem verfasst Kurt Lehmkuhl Reisereportagen und
Kurzgeschichten, ist als Dozent für Kreatives Schreiben
sowie als Moderator und Organisator von literarischen
Veranstaltungen und als Herausgeber von Anthologien
tätig.

Seine aktuellen „Böhnke"-Romane erscheinen größtenteils im Gmeiner-Verlag.

Die Reihe „Mörderisches Aachen" umfasst:

1. Tore, Tote, Tivoli
2. Ein Sarg für Lennet Kann
3. Blut klebt am Karlspreis
4. Die Aachen-Mallorca-Connection
5. Mörderische Kaiser-Route
6. Der Grenzgänger
7. Ein CHIO ohne Rasputin

Zur Serie „Tödliches Düren" gehören:

1. Tödliche Recherche
2. Tödliche Annakirmes
3. Tödliche Spritzen
4. Tödliches Vertrauen
5. Tödliches Roulette
6. Tödliche Mallorca-Träume

Als „Böhnke-Krimi" sind erschienen:

1. Raffgier
2. Nürburghölle
3. Dreiländermord
4. Kardinalspoker
5. Prinzenprinz
6. Fundsachen
7. Kohlegier
8. Weißgott
9. Böhnke und die Nächstenliebe

10. Marionettenspiel
11. Öcher Bend-Blues
12. Böhnke und das Endspiel

Weitere Romane sind:

1. Garudas Grüße
2. Kofferjäger

Zudem gibt es die Geschichtensammlungen:

1. Mörderisches Aachen
2. Der Manöverschaden

Von Reisen berichten:

1. Meine Welt: Mein Vietnam
2. Meine Welt: Mein Kirgistan
3. Meine Welt: Mein Kuba
4. Meine Welt: Mein Costa Rica

Anthologien sind:

1. Nachbarn unter sich/Buren onder elkaar
2. Blutroter Selfkant
3. Mörderischer Selfkant
4. Tödlicher Selfkant
5. Kunterbunter Selfkant
6. Kulinarischer Selfkant

(Die nach VHS-Kursen entstandenen Selfkant-Geschich-
tensammlungen haben als Benefizprojekt in-zwischen einen Spendenertrag von rund 50.000 Euro für ein Hospiz
erbracht.)